Staread
星 文 文 化

U0449237

宇宙第一可爱

完结篇

THE CUTEST

叶涩·著

长江出版社

目录

第一章

光照进来
的地方

0 0 1

第二章

幼稚鬼
联盟

0 5 7

第三章

宇宙第一
可爱

1 0 9

番外一

小冤家

1 5 5

番外二
岁月作陪
163

番外三
不渝
175

番外四
大姐姐
225

番外五
阳光下
241

新番外
影后之路
265

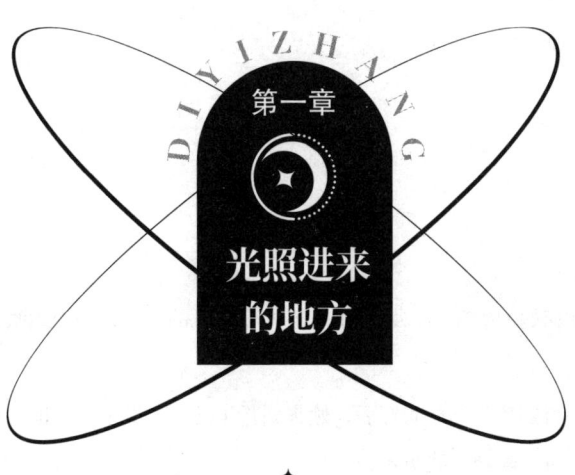

01.

圣皇医院里。

萧佑坐在何妈的病床边,她手里拿着两个粉色的气球,用力地吹着。

何妈:"……"

萧佑的手特别巧,气球吹好后,她来回折了几下,做了一个惟妙惟肖的气球兔子出来:"看,阿姨,我厉不厉害!"

何妈笑了,她的气色不是很好,最近一段时间都在化疗,身心很疲惫。

她看着萧佑,有些羡慕这份天真,同时又想起了自己的女儿,内心隐隐地疼。

在她的记忆里,芸涵从来没像萧佑这样放松过,她长时间处于一种紧绷的状态。

最开始是因为她和前夫逐渐破裂的感情,后来是云漾的离开,现在又是因为她的病。

"哎哎哎,阿姨,别难过啊。"萧佑赶紧安慰道,"咱手术的日子都定了,我问医生了,你们俩现在的身体状况都不错,手术十拿九稳啊。"

何妈沉默了片刻,她看着萧佑:"元宝那……"

刚开始,风瑜还给她打电话,到了后来,那孩子好像也知道了什么,不再坚持,只是偶尔给她发个信息问候。

萧佑放下气球，开始削苹果："她是个聪明的孩子，早就察觉到了，你们想要瞒着怕是也没那么简单。阿姨，其实我一直不明白，芸涵到底为什么要瞒着元宝啊？告诉她不好吗？"

何妈面色阴沉："芸涵曾经也不是这样的，当年，我和你叔叔吵架，他一次次摔门而去，芸涵搂着云漾说没事的，都会过去，她会保护妹妹。后来，云漾抑郁症严重了，她也说没事的，她会照顾好她。可后来，无论芸涵怎么哀求怎么不舍，我和他爸爸的婚姻还是破裂了，云漾也走了，现在的我也……她一直认为这一切的源头都是她自己，凡是靠近她的人都会变得不幸。"何妈看着萧佑，"小佑，这一切我都只是和你说说，但是很多经历真的不是嘴上说出来的那般云淡风轻。"

家庭破裂，最在意的人离开，承受撕心裂肺的痛……

这世上，从没有什么感同身受，不过是将心比心。

真正经历过的人，又怎么能把"过去"说得那么潇洒？

过不去的。

哪怕随着时间流逝，那伤口表面逐渐愈合，可偶然的一个瞬间，走到熟悉的角落，或是听到曾经听过的歌，吃到曾经一起吃过的饭……风吹开疤痕，扯开那层痂之后，曾经的伤口又会鲜血淋淋。

何妈低下了头："芸涵经历过，所以她不想让元宝走她走过的路，那也许会更痛。"

元宝还小，再痛苦的情绪久了也就淡忘了，她的身边还会有如芸涵一样的人陪着的。依元宝的性子，她从来不缺朋友。

可如果是眼睁睁地失去，那就是一辈子的念念不忘、刻骨铭心。

在下洼村相处的这些日子，元宝一直把何妈当成自己的母亲，从何妈身上找寻缺失已久的母爱。何妈知道，如果自己离开，对元宝造成的伤害，不会亚于当年云漾离开对何芸涵的打击。

萧佑的眼睛有些酸涩，不想把气氛弄得这么悲伤，她起身往外看了看："呀，下雨了。"

没一会儿，何芸涵就回来了，她的衣服被淋得透透的，浑身泛着凉气。

萧佑："你怎么把自己搞成这样？"

何妈也坐起身子，翕动了下唇，但没有说话。

何芸涵轻轻地摇了摇头，眼睛里的光亮没了："没事的，我知道现在不能生病。"

萧佑："……"

她真是又气又疼。

不能生病？芸涵到底把她自己放在哪个位置？

淅淅沥沥的秋雨搅得人心乱。

元宝在宿舍里捣鼓着厨具，苏敏跷着二郎腿在旁边看着，问："你这是啥？好香啊，给我吃一口。"这几天，元宝就像变了一个人，不爱笑了，看起来心事重重，让她特别不适应。

元宝一巴掌拍掉她伸过来的手："这是我熬了一天的养生汤，这个口味的，芸涵最爱吃。"

苏敏顿了一下："你还记着？"

元宝认真地搅着锅，她看了看窗外的天色："差不多了，我一会儿给她送过去。"

苏敏又看了看元宝桌子上有关对抗癌症的书，她叹了口气："元宝，其实……我知道你忘不了何老师，但有时候吧……我都不知道怎么跟你说。"她无奈地笑笑，"明天晚上有个 party，溪惜和洛颜都去，会有很多新面孔，对，咱大二有个学姐……"

她的话还没说完，元宝已经放好保温盒，拿了一把雨伞，跟没听见一般走了出去。

从宿舍里看雨不是很大，到了外面落在身上，就像针尖一般绵细。

元宝到圣皇的时候，萧佑正在会议室里给冯晏打电话，她今天有点伤感："冯部，我想请教你一个问题。"

冯晏："有话就说，有屁就放。"

萧佑撇嘴："如果有一天我得了绝症,你该怎么办?"

冯晏："你这样没心没肺,天天吃喝玩乐的人得不了绝症,这个问题不存在。"

萧佑："你这人真是没情调,那要是假设换过来呢?"

冯晏沉默了一会儿："萧佑,不要作这样的假设。"

光是想想,就让人难以抑制地心痛。

挂断电话,萧佑出了一会儿神,看到元宝进来,她一个激灵,赶紧坐好,拿着文件摆出一副忙碌的样子。

元宝看了看她:"萧总,我不是来逼问你的,别紧张。"

要是能问,她早就问出来了。

萧佑看着她:"这雨这么大,你往外跑什么啊?"

元宝没吭声,把保温盒拿了出来:"我给芸涵煲了汤,你给她,就说是你弄的。"

萧佑看了看汤,又看了看元宝:"我哪会煲汤啊……"

元宝:"那就说是公司大厨弄的,行吗?萧总?"

这声音,这眼神,萧佑是拒绝不了的,她其实内心很复杂,心疼芸涵又心疼元宝。

心里藏了秘密,不是一件舒服的事。

元宝没多说,她的时间很紧:"萧总,这段时间,谢谢你。"

这话说得萧佑的心刺疼,她以为元宝都要恨死她了,这孩子真是……太懂事了。

萧佑起身看着元宝,想说什么,唇翕动了一下,却没有说出口。

元宝像是能看透她:"我回去了,学校还有事。"

她要出国,除了护照,还有很多手续要办,不仅她自己十分忙碌,有些事还要去求几个姐姐才能办到。

眼看着元宝匆匆忙忙地来,匆匆忙忙地走,只为送这一碗汤羹,萧佑久久地凝神,过了片刻,她起身对身边的 Linda 吩咐:"给我备车。"

何芸涵从医院回到家,按照老样子,吃了一碗面条。

她现在的饭菜都是定制的,可以让她在保证营养的同时,增加一些体重。

里面多是鸡鸭鱼肉等高蛋白食品。

刚开始，她不适应，吃了就吐，夜里胃也会疼。

后来，熬着熬着，她也就忍过来了。

萧佑来的时候，她正准备洗澡，这段时间，除了妈妈和萧总，这个世界似乎再没有什么跟她有关联的人了。

她是感激萧佑的，却又不知道该如何诉说这份情谊。

萧佑看着她："还没洗澡呢？别感冒了，药我都让Linda给你放柜子里了，回头有需要你自己去拿。喏，这个给你。"

何芸涵看了看："我吃过了。"

萧佑硬是塞给她："拿着吧，我先走了。"

之后吹了个口哨，转身往楼下走，何芸涵盯着她的背影看了一会儿，又低头看了看手里的保温盒。

她抱着盒子走进屋，坐在沙发上，打开了盒子。

是她爱喝的素羹，上面还冒着袅袅热气。

何芸涵拿着勺子尝了一口，咬了咬唇，眼眶红了。

是她……

下雨天，人总是会多愁善感。

何芸涵洗完澡，抱着她的猪崽愣了一会儿神。

出国的日子已经定了，她开始收拾行李。大件的都带不走，行李箱里多是一些用惯了的生活用品。

大概整理了半个小时。

何芸涵发现了一个黑色的信封，她看了看，上面画了一个小猪笑脸，是元宝遗落在这里的。

她的手轻轻地摩挲着那小猪头，犹豫了片刻，把信封转了过去，上面有字——

写给十年后的自己。

窗外的雨还在下。

何芸涵的手略带些颤抖地打开了信封,她还记得,之前元宝曾经跟她说过,现在的年轻人,流行给十年后的自己写信,通常是几个问题,十年后拆开看看自己是否有了满意的答案。

元宝的字迹比较潇洒,不拘一格,自成一派。

写给十年后的宇宙第一大美女、性感美妞元宝的十个问题:

一、奶奶身体还好吗?姐姐呢?老何呢?

二、老何的情况怎么样?是不是在你的细心呵护之下,已经忘却一切烦恼啦?人到中年的她还是那样高冷矜持吗?

三、毕业后的你在做什么?还在娱乐圈吗?有没有像想象中一样,隐居山林?

四、你有没有成熟一些啊,不再因那些小烦恼惹老何生气?

五、你的超市开起来了吗?你成为老板娘了吗?老何是不是特别佩服你啊?

六、奶奶喜欢芸涵吗?姐姐呢?她们相处得怎么样?

七、何妈的身体怎么样了?她有没有开朗一些呀?

八、你有没有争口气,成为实力演技派啊?跟老何飙戏了吗?

九、现在的你是否可以肩并肩跟何老师站在一起,被人称作萧老师了?你是不是也可以保护她了?

十、最后一个也是最重要的问题,十年后的你和老何是不是关系还那么好啊?人生路漫漫,你们没有被任何挫折打败吧?她学会表达了吗?是不是也一天天跟你叨叨个不停啊?

何芸涵的手紧紧地捏着信纸,上面一字一句都是泪。

元宝写给十年后的信,所有的问题都跟她有关。

何芸涵仿佛能看见元宝在写这些问题时幸福的笑容,隐隐的期待。

消沉的心又开始跳跃。

坚持住，活下去。

只有活着，才能再看看她，看着她笑。

02.

美国，盛德伦医院门口。

Sophia穿着白大褂，腋下夹着书，走得飞快，元宝一直跟在她的身边，满面笑容。

到了停车场。

Sophia无奈，扭头看着元宝："小朋友，不是我不帮你，我是圣皇的员工，之前跟他们签了保密协议，除了萧总，何总是我的直属Boss。"

她怎么可能把何总的行踪透露出去，除非她不想吃这口饭了。

来美国两天了，元宝已经凭借姐姐们的帮助成功找到了Sophia，她笑了笑，说："那你怎么不直接把我赶出去？你还没有告诉何总和萧总？"

这里的安保措施特别精细，如果Sophia真的不愿意说，元宝早就被扔出去了。

Sophia一阵沉默，因为是中美混血，她的五官深邃，尤其是眼睛特别漂亮。她和萧佑认识多年，年纪轻轻就成为这个团队的领袖，聪明睿智。

元宝看出她态度的松动："我并不会干预什么，姐姐，我只是想让自己的一颗心能放下。"

这样真挚的话语，这样不气馁的精神，Sophia的心动了动，她抬头看着元宝："我不撵你，是因为曾经在何总的手机锁屏上，看到过你们的合影。"

何芸涵是一个很简单的人，她的东西几乎都是纯色系，包括衣服，也没有什么华丽的配饰，不像萧总，每次都给自己弄得花枝招展。所以，那张元宝两手比着心，搂着何芸涵脖子笑得灿烂的照片，实在太让Sophia印象深刻了。那女孩就好像是何总苍白人生中唯一的一抹亮色，所以在看到元宝的第一时间，她就认出来了。

元宝的心疼了一下，Sophia看着她："你的全名叫元宝？"

元宝点了点头，疑惑地看着 Sophia。

Sophia 在心中重重地叹了口气，那眼前的人她就更加不能得罪了。

在手术前，虽然是 Boss，但按照团队的要求，这样的手术都会提前告知风险，让对方准备一些后续的事宜。

何总立遗嘱的时候，除了萧佑，她和经纪人娜娜、心理医生高仪都在现场。

何芸涵的话很简单——

如果她没有挺过来，妈妈还在，那遗产就是妈妈和元宝一人一半。

如果她们都没有成功，那么她所有的一切都给元宝。

而且何芸涵在南海子开发区置办了一片空地，特意嘱咐萧总，如果可以的话，以后在那儿盖一间超市，然后在收银台那里专门给元宝留个像舞台一样显眼的位置。

"老何，我琢磨着啊，咱们这样住个三五年，你身体恢复得不错了，我就在那儿开个小超市，旁边支一个舞台，想要表演了就上去。回头你安心当幕后大老板，你这么精明锐利，一定没人敢惹我。"

那曾经是元宝的梦想。

如果她不在了，她希望那个女孩能开心。

如果她活下来了，那她就如元宝所愿，当她的专属幕后大老板。

何芸涵当时还嘱咐娜娜，学校的事儿务必打理好，元宝那里已经拜托了 K 导，只要她想回那个圈子，不惜一切代价为她保驾护航。

这一切都让 Sophia 觉得匪夷所思，可如今，面对元宝的坚持与执着，她隐隐明白了一些。

"对不起，元宝，我一会儿还有一台手术。" Sophia 的话很轻，也许是职业的洞察力使然，她感觉面前的女孩虽然在笑，但心里却十分悲伤。

事关其他病人，元宝自然是让开了。

Sophia 以为她听话离开了，并没有多想，专心准备下一场手术。

医生这个职业很累人。

一场手术，持续了四个小时。

手术完毕，Sophia 舒了一口气，她走出手术室，脱掉手术服，洗了手，准备休息片刻。

到了办公室，Sophia 喝着茶，习惯性地往楼下去看，没承想，看到了元宝。

元宝左手一个汉堡，右手拿着杯可乐，腿下压着一本书。她正在看书，这边吃得也特别欢实，风吹拂她的刘海，露出的眼眸是那样的明亮坚毅。

Sophia：“……"

一次又一次被拒绝，她从来没在这个女孩脸上看到过气馁的情绪，无论处于什么样的环境，她都能调整好自己的心态。

汉堡有点辣，元宝喝了一口可乐，这时姐姐萧风缱的电话进来了："元宝，你怎么样，吃饭了吗？回家了吗？"

元宝咳了一声，清了清嗓子："我好着呢，我在这边到处溜达，刚回家准备吃牛排呢。"她吧唧了一下嘴，"感觉没有火锅好吃。"

萧风缱沉默片刻："你在说什么胡话？我在你住的地方，你马上回来。"

元宝："……"

天哪！姐姐不是很忙吗？她怎么来了？

元宝吓得赶紧把最后一口汉堡咽了，之后夹着她的关于术后恢复注意事项的书籍撒丫子就跑。

楼上的 Sophia 忍不住笑了，真是个可爱的孩子。

一路跑到了租住的房子。

元宝站在门口等电梯，她喘息着缓和呼吸，等让自己看起来不那么凌乱之后，才上了楼。

房间门口，萧风缱坐在行李上等待，听见声音，她抬了抬头。

元宝有点紧张，她赶紧刷卡开了房门："姐……你怎么来了，不提前说一声？"

萧风缱沉默不语，她进了房间，四处看了看。

被子没有叠，到处都是吃剩的方便面盒、薯条袋，冰箱里只有蔫巴的黄瓜和一袋意大利面。

在她的印象中，元宝一直是有轻微洁癖的，绝对不允许家里的东西杂乱无章，可见这几天她有多么疲惫，什么都顾不得了。

看姐姐这表情，元宝有点害怕："我……我早上出去玩，忘收拾了。"

她不喜欢别人动她的东西，因此没有叫小时工。

萧风缱没吭声，她挽起袖子低头开始收拾，元宝知道姐姐的性格，不敢多说什么。

萧风缱的手脚很利落，元宝想要帮忙，她没理，自顾自地收拾着。

到了最后，元宝呆呆地坐在床上看着姐姐，她心里疼，她看见姐姐低头洗她换下来的衣服时，眼泪都滴到了盆里。

很快房间变得干净，衣架上挂满了床单被罩，还有她的衣服，屋里飘荡着清香的衣物柔顺剂味道，特别好闻。

萧风缱一直沉默着，随后她从楼下的超市买了些菜和肉上来，开火了。

如果说元宝的厨艺是大厨级别的，那萧风缱就是顶级大厨的水平。

红彤彤的火焰燃起，屋里到处都弥漫着香气。

朦胧间，元宝觉得此情此景有些像是小时候。不知不觉元宝睡着了，有姐姐在，她的心安稳了很多，这些天来她着急上火，夜里鼻血流了好几次，身体早就疲惫不堪了。

一觉睡醒，菜已经做好了。

红烧排骨、可乐鸡翅、扇贝粉丝、西湖牛肉羹……都是元宝爱吃的。

萧风缱在一边看报纸："醒了？过来吃饭。"

元宝屁颠屁颠地跑了过去，她盛了一碗米饭，吃了一口，眼泪差点流下来。

不是感动的，而是这些天来长了口腔溃疡，吃得太着急，烫疼了嘴。

萧风缱放下报纸，也盛了一碗饭，陪着妹妹吃。

元宝怕姐姐心疼，烫疼了也不敢声张，她坚持咬牙吃着饭，萧风缱像是小时候一样给她盛汤："我给你买了水果，一会儿榨点橙汁你喝了，还带了些维生素和营养品来，你要记得吃。"

元宝小声地"嗯"了一声。

现在的姐姐气场有点强大，她不敢多说话。

萧风缱淡淡地道："元宝，我是你姐，你无论怎么折腾，我都不会管不会干预，但这都是在保证你自己身体健康的前提下。"

元宝眼眶红了。

萧风缱："你不能有事，知道吗？你还有我，还有奶奶，奶奶岁数大了，不能着急。"

元宝低着头，一言不发，牛肉汤里泛起了阵阵涟漪。

晚上萧风缱去了一趟医院，找到Sophia。

"Sophia，好久不见。"

Sophia看了看萧风缱，尴尬地笑了笑。

萧风缱一本正经地道："萧总让我来了解一下何总手术的事宜，看后续有没有需要帮忙的。"

Sophia咳了一声，深邃的眸子盯着萧风缱："那个……风缱，萧总之前特意交代过，你是重点防范对象，如果你来，无论什么事都不能说不能讲。"

萧风缱："……"

萧总这只狐狸，怕是要成精了。

她虽然询问无果，但是留了后手，直接把Sophia拐回了家。回到家，萧风缱盯着还在睡眠中的妹妹，愣了一下。

不知不觉间，那个跟她在小破屋里相依为命的妹妹已经长大了，变得如此坚强执着。

萧风缱感到欣慰又心酸。

Sophia看着元宝睡梦中依旧紧蹙的眉，抿了抿唇。

萧风缱待不了多久，只能用有限的时间多为妹妹做点什么，她一边收拾着家务，一边和Sophia闲聊。

没有再去追问，真的就只是聊一些她和元宝小时候的事情，聊琐碎的家常。

在听到萧风缱说元宝小时候是多么乐观天真的小开心果时，Sophia的心像被刀子卷了一下，她还只是个孩子啊……

元宝不知道什么时候醒了，从姐姐身后走了过来，她有些疲倦，神情不是很好，怏怏地说："Sophia姐姐，我梦见芸涵手术了，出了很多血，她想找我，可怎么都找不到。"她刚睡了那么一会儿就梦魇了，梦里的内容让她一想到就害怕，"别的我不想问，我只是想知道，不是阿姨手术吗？为什么我看见芸涵也插着管子呢？"

这难不成就是所谓的日有所思夜有所梦？

Sophia 的心里特别难受，身为医生，生老病死，人情冷暖她见惯了，没有几个能像元宝这样执着乐观的。

元宝的眼圈红了："其他的，我都可以不问，您能不能把手术的日子告诉我？"

Sophia 看着元宝，又看了看一脸坚定的风缱，沉默了一会儿，她轻声说："就在四天后。"她抿了抿唇，"何总和母亲都已经准备好了。"

四天后……都……准备好了。

所以说……现在芸涵就在这里？

元宝笑了，她是含着泪笑的。

时间不早了，姐妹俩送 Sophia 回家。坐在车里，萧风缱看着脸上又有了笑容的妹妹，忍不住问："你笑什么？这个时候你还笑？就算是何总在，她也不知道你在啊。"

妹妹一年年长大，有了自己的心思，很多情绪都是她不能理解的。

元宝透过窗户，看着外面的霓虹灯："姐，她会知道的。"

只要她在。

无论到底是怎样一个情况，老何都一定会挺过来的。

元宝知道，老何一定舍不得丢下她。

很多东西在脑海里渐渐清晰，元宝拿出手机，搜索着"治疗肝癌，两人同时参与的手术是什么"。

明明心里已经有了答案，可还是需要确定，网友的回答与她的猜测非常一致。

元宝闭了闭眼睛："姐，回去吧。"

萧风缱看向她："不问了？"

元宝点了点头："嗯，回去休息。"

只有休息好，才有精力去照顾芸涵。

到了手术那一天。

何芸涵和何妈都很平静，一系列常规检查完毕，手术已经准备好了。

手术室门外，萧佑不知道从哪儿找了一个十字架来，她点着自己的额头，紧张得手心直冒汗："哦，国外的'God'，国内的'救苦救难观音菩萨'，保佑这可怜的母女俩。"

Sophia 站在何芸涵身边："何总，您放心，我们会全力以赴的。"

最后通过会诊决定，何芸涵要为何妈捐献百分之五十五的肝，虽然肝的自体恢复能力特别强，但这手术也是不小的挑战。

何芸涵点了点头，她已经换好了病号服，小猪仔就摆在病床对面的沙发上。

"还有半个小时，要插尿管进手术室了，您和阿姨不要紧张，麻醉师也是选的最好的，萧总就在门外等着，还有……"

Sophia 照例说完，便把门带上离开了。

一般在这个时候，病人的心情都非常复杂紧绷，需要给她们一定的时间和空间。

何妈缓缓起身，经过这段时间的治疗以及病魔的困扰，她的脸色蜡黄，眼神没了往日的神采，她走到何芸涵身边，缓缓地伸出手臂，抱住了女儿："芸涵，这一世为你母，妈妈对不起你。"

何芸涵的眼泪一下子涌了出来，何妈抱紧女儿，像小时候一样，吻了吻她的额头："妈妈爱你。"

没有过多的话。

——对不起。

——我爱你。

两句话，说尽了一世母女情。

屋外传来各种脚步声，一切准备就绪，何妈已经躺在床上等待进手术室，何芸涵还是有些放不下，她拿出手机，看了又看。

就在她放下手机，准备躺上病床的时候，一个华裔医生走了进来，她往楼下看了看："哎，那个不是娱乐圈的……叫什么来着？元宝吗？"

心，猛地一颤。

何芸涵快步走了过去，往楼下一看。

这样的天，元宝穿着何芸涵夸奖过的、最喜欢看她穿的粉色长裙，笑容纯净，一如两人初见之时。

她来了，她一直是个守信的女孩。

她说过要一直陪着芸涵，就绝不会食言。

四目相对。

两人的泪一瞬间都流了下来。

03.

Sophia 有些担心："何总……"

现在何芸涵的情绪不宜起伏太大。

何芸涵深深地看了元宝一眼，转身对着 Sophia 点了点头："我准备好了，一切拜托你了。"

元宝，我一定会活下去的。

何芸涵和何妈被推进了手术室。

此情此景，唯一陪在何芸涵身边、知悉她一切的萧佑再也没有办法躲避什么了。

试问，这世上还有谁能像元宝这样对芸涵？

没有了。

萧佑把元宝和萧风缱领了上来。

萧佑从小生活在蜜罐里，一家人的身体又都结结实实的，这样的生死大事，她还是第一次经历，饶是她平时淡定爽朗，现在也知道害怕了。

元宝一直坐在手术室门外的椅子上，她的身子绷得特别紧，上身挺得像军姿一样。

萧风缱看了看她，眉头紧锁。

手术室的灯一直亮着。

一台手术，从天亮到天黑。

中途，萧风缱去买了些速食给几个人充饥，对于身材要求严格的萧总一口气喝了一杯可乐，这才感觉没着没落的心好受了点。她偷偷看萧风缱："元宝怎么了？动也不动。"

萧风缱看了看妹妹，叹了口气："她那是绷着一口气呢。"

也许就是这一口气，才支撑她到了现在。

萧风缱甚至有一种预感，何芸涵如果不能从手术室出来，元宝也会活不下去。

萧风缱挑了一个汉堡递给元宝，是她爱吃的口味："吃点东西，手术都是这样长的时间。"

元宝动也没动，就像没听见一般，眼睛发直，呆呆地看着手术室。

萧风缱担心极了："元宝？"

她的手在妹妹眼前挥了挥，元宝回过神来，她看着萧风缱，眼里笼起一层雾气，小声地说："姐，我害怕。"

心，被敲了一下。

萧风缱心疼地把妹妹抱在怀里，安慰道："没事的，没事的，很快就出来了。"

元宝缩成一团，她感觉呼吸困难："姐……她会不会有事……芸涵是我最好的朋友，她如果有事……我……"

之前，她还信誓旦旦地告诉萧风缱，芸涵一定会没事的。

可真到了这一刻，坐在死气沉沉的手术室门口，元宝害怕了。

她怕极了。

怕芸涵离开，真的就那么消失了。

芸涵……

元宝死死咬着唇。

你要活下去。

萧风缱紧紧地抱住妹妹，她感觉元宝的身体很凉，凉到让她心惊。

元宝从来没觉得时间这么漫长，一分一秒，仿佛有一团火在炙烤她的心。

她想芸涵。

想她对自己的温柔，想她对自己的包容，想她一次又一次教她演戏时的认真。

她们说过的，老了也要相互陪伴。

元宝的手抚在胸口。

老天爷，只要芸涵能好，她愿意付出任何代价。

六个小时后，手术室的门被打开了，护士们推着何妈走了出来。几个人围了过去，为首的护士说道："让一让。"

那一刻，元宝的耳边"轰"的一声，脑袋里像是炸开了般。

为什么……芸涵没有出来？

时间在一瞬间凝固，血液仿佛在逆流，元宝感觉自己的意识像是被什么东西蒙住了一般，耳边嗡嗡作响。

她看着萧佑紧张地跟了几步，又跟她身后的护士说了些什么，看着姐姐也追了上去，焦虑地向手术室里面探头。

一瞬，只是一瞬，元宝感觉自己身体里所有血液都凝结到了胸口，她的眼睛一眨不眨地盯着护士看，心都要跳出来了。

护士长安抚着萧佑："萧总，何总那儿只是出了一点小问题，医生们正在处理，很快也会出来的。"

萧佑吐出一口气，萧风缱的心也放下了，她转身正要对元宝说几句话，看到妹妹的表情时，她的心一惊："元宝？没事的，护士说芸涵马上出来。"

元宝看着姐姐，像是在看她，又像是在看她身后的手术室大门。

那里有她牵挂的人。

下一秒钟，在萧风缱的惊呼声中，元宝的身子软绵绵地倒了下去。

萧佑的反应最快，她一下子蹲了过去，手护住元宝的后脑勺，旁边的护士也冲了过来，掐元宝的人中。

"元宝，元宝！"

大家都在叫她。

过了片刻，元宝幽幽地醒了过来，她第一反应就是扭头去看手术室，语调颤颤巍巍地说："她……"

萧风缱害怕极了，她赶紧说："她没事，没有事！"

直到这一刻，她才真正明白何芸涵在自己妹妹心中的分量。

又是漫长的等待。

元宝的身体状况不适合留在这儿，可萧佑和萧风缱都知道，这时候谁说她都没有用。

旁边手术室外也来了一家人，为首的一位衣着华贵的中年男子对着萧佑点了点头。

萧佑："这是……"

中年男子搓了搓手，看了看身边三位焦虑的女士："我的姐姐们，里面是我老妈。"

他们的手术提前结束了。

医生出来，在他们的注视下说了一声"节哀"。

瞬间，铺天盖地的哭声在医院走廊里回荡。

萧佑、萧风缱、元宝都怔怔地看着眼前的一幕，不知不觉间，全都泪流满面。

无论地位再高，财富再多，在残酷无情的死亡面前，谁也逃不过去。

这世上，还有比生离死别更痛苦的事吗？

所以如果能活着……就珍惜眼前的生活，拥抱一下在意你的人吧。

又一个小时过去。

手术室的灯终于灭了，门被打开。

萧佑和萧风缱都起身迎了过去，元宝却缩在椅子上，不敢动。

她害怕，害怕听到不好的消息。

Sophia 走了出来，她额头上都是汗，对着迎上来的两人点了点头，目光却落在了元宝的身上。

元宝紧张到连呼吸仿佛都不存在了，眼巴巴地看着她。

Sophia 对她点了点头，微笑道："虽然有点小波折，但手术还算顺利，现在要送 ICU 病房，你们暂时还不能探视，要把这二十四小时的危险期度过了。"

萧佑和萧风缱忍不住欢呼，两人扭头一起看元宝，只见元宝重重地吐了一口气，眼泪顺着脸颊滑落。

芸涵……

总算肯喝口水吃点东西了，萧风缱看着妹妹，心疼又不敢说什么。

萧佑拽着 Sophia："哎，老 S，手术的时候有什么小波折？"

Sophia 颇为疲惫，眼神倦倦地说："中途，何总血压陡然降低到了临界点，我们都吓坏了，好在她求生欲很强，挺过来了。"

萧佑有点不理解："这你都能看出求生欲？"

Sophia 抬头看着萧佑："何总当时双瞳已经失去焦距，对光反射消失，全身冰凉。"

萧佑一哆嗦："你快别说了。"

Sophia："萧总，我很累，您还有安排吗？"

萧佑赶紧让开，一边抱怨道："干吗啊，把我说得这么霸道？"

Sophia 撇撇嘴，绕开她，走到元宝身边蹲了下来，察看她的神色。

元宝有点虚弱地笑了笑，举了举手里的薯条："你吃吗？"

Sophia 点了点头："好。"

萧佑："……"

这到底怎么回事啊？

元宝再这样她可又要嫉妒了，刚开始是冯晏，现在连 Sophia 也被她拿下了？

没有给萧总嫉妒的时间，元宝吃了点东西就跑到 ICU 病房门外守着去了。

盛德伦医院还挺人性，虽然现在元宝还进不去病房，但是隔着玻璃，她能看见芸涵。

只要看着她，元宝的心就是安稳的。

何芸涵身上插着管子，元宝没敢去问 Sophia 手术的具体细节，她怕听了后自己受不了。

萧风缱走了过来："这下放心了？"

元宝的目光不离何芸涵，喃喃低语："姐……她很疼吧。"

萧风缱也透过玻璃看着何芸涵："元宝……你都不会生气吗？不会觉得委屈吗？"

其实有很多话，她一直想问元宝。

就是有天大的理由，也不能什么都不说就把人往外推，然后不声不响地离开吧？

元宝的眼睛盯着何芸涵："气？当然会，那都是以后的事……现在我只要看着她好好的。"

萧风缱觉得妹妹已经魔怔了，晚上，她给元宝买了饺子，元宝就坐在地上，不顾形象急急忙忙地吃完了，然后又眼巴巴地看着何芸涵。

萧风缱正要上前，萧佑抓着她："哎，你别说了，说也没用，本来现在元宝精神就不好，她还要浪费精力回应你，等今天观察期过了就行了。我找了院长，回头让元宝穿上隔离衣进去陪着，旁边有床。"

听到这话，萧风缱重重地叹了口气。

萧佑已经在休息室里眯了一觉，但她的脸色还是不太好，萧风缱看着她："萧总，我带您吃点饭去吧，这一次，多亏您了。"

萧佑打了个哈欠："不吃，我困了，把这时间节省下来，你跟着我去休息一下。"

她说完这话，看了看元宝。

这孩子真是个狠人。

都快二十四小时了，她的眼睛还瞪得跟灯泡一样大，仿佛眨一下，何芸涵就会消失一样。

人都离开了，夜色降临，周围安静了下来。

元宝看着躺在病床上的何芸涵，手抚着玻璃，喃喃地道："何老师……芸涵……老何……"

三种不同的称呼，饱含着浓浓的情意。

代表了两人从相遇之初到现在隔着玻璃期间所经历的一切。

从生到死，又从死到生。

元宝感觉自己虽然没有躺在床上，但也跟何芸涵一起在鬼门关走了一遭。

中途，除了去看了看何妈的情况，元宝一直没有离开。她不敢走，甚至累了连眼睛也不敢闭，一直盯着何芸涵看。

何芸涵的麻药劲儿已经过了，可她一直没有醒，会诊之后，Sophia 解释说可能是之前她的身体就处于一种长期劳累、精神疲乏的情况，现在也算是一种本能的休息，就像是有的人劳累之后会昏睡个一天一夜，属于正常现象。

可到了后半夜，何芸涵开始发烧。

刚开始还是低烧，查房医生作了相应的处理，可到了后半夜三点，她觉察出不对劲儿了，赶紧叫人。

元宝听见声响，一下子站了起来，紧张地看着 ICU 里的情况。她看见 Sophia 带着几个医生进去，她们看着机器上的指标，又检查了何芸涵的具体情况，忙成一团。

不知过了多久，Sophia 走了出来，她的脸色不是很好："元宝，萧总和你姐呢？何总还有家人来吗？"

元宝盯着她的眼睛问："什么事，你告诉我就行。"

她的眼神太锐利了，锐利到让 Sophia 无处躲藏，她纠结了一下，道："何总的情况不大好，她的伤口有轻微的感染，高烧一直不退，血压已经不正常了，我们很多药都不敢用。"

元宝听完脸色煞白，她哆哆嗦嗦地问："这……这怎么办？"

Sophia 不看她的眼睛，狠下心道："已经烧了一夜了，如果明天还退不了，就麻烦了。"

她出来，其实是想告知家属，然后下病危通知书的。

可是……

面对元宝，她又怎么说得出口？

Sophia 的身后跟着一个医生，她低头轻声说："老大，Lara 说病人在烧得迷迷糊糊时一直叫一个人的名字，听不清……"

何妈手术成功的事，Sophia 已经说给何芸涵听了。这个时候，除了元宝，她还能惦记谁？

Sophia 看着元宝，犹豫不决。

元宝一把抓住她的手："我……Sophia，求求你，让我进去……"

哪怕……

哪怕她真的走了……

也不能让她一个人孤零零的。

纷乱的脚步声响起，萧佑和萧风缱急匆匆跑了过来，萧佑看着 Sophia："怎么回事？"

Sophia 摇了摇头："情况不是很好。"

元宝一脸的泪："我要进去，我看看她，我再看看她，求求你……我求求你……"

Sophia 一惊，一把抓住要给她跪下的元宝："元宝，你别这样！"

萧风缱也是一把搀住妹妹："元宝，元宝……"

怎么会这样？白天不还好好的吗？

几经协调，元宝终于进了病房。

她一进去，看见身上插着管子的何芸涵，死死地咬住了唇。

一步……又一步……缓缓地靠近，元宝走到床边，看着何芸涵苍白如纸的脸颊，轻声叫着："芸涵……我来了。"

"滴答滴答——"，钟表在响。

所有人的心都被巨大的恐惧与不安笼罩。

医院走廊里苍白阴森的氛围更是令人心生不安。

而重症病房里，借着床头暗黄的灯光，元宝看着何芸涵，轻声哼唱。

I'm in the shadow of the shadow of the sun

（我会躲在暗淡的光影里）

Where I belong there's something coming on

（那里会有我所属的未来）

No more waiting times are changing

（不再等待时光变迁）

And there's something coming on

（未来将会上演）

她泪流满面，却依旧对病床上的何芸涵笑着："我不哭，芸涵，你说过的，最喜欢看我笑。"

彼时温暖的话语仿佛还在耳边，而如今，芸涵就这样脆弱地躺在面前，而自己却连碰一下都不能。

元宝抓着何芸涵没有插针管的那只手，喃喃道："芸涵，阿姨恢复得很好，她现在都已经排气，能够吃点东西了，你怎么还躺着啊？快点起来，我已经想好了，等你醒了，如果累了乏了，咱们就还回下洼村，一起去过想过的田园生活好不好？

"你不是喜欢那种竹林吗？咱们可以亲自设计房子，我带着姐姐和奶奶帮忙，再找上王叔，咱们自己盖。

"房子弄好了，咱俩再弄一个小院，里面种点花花草草，搭个棚子，你不是一直想养小猪崽吗？那就养上几只，我伺候着。

"我琢磨着啊，咱们这样住个三五年，等你身体恢复得不错了，我就在那儿开个小超市，我把进货流程什么的都弄好了，回头你安心当幕后大老板。你这么精明锐利，一定没人敢惹我。"

"……"

元宝的语气轻扬，就好像那场景就在眼前："再过个四五年，我就要三十了，一定特别能干。到时候，你也不会觉得我年纪小了，什么事也该跟我商量了，你啊，就得看我的脸色了。

"三十岁还好说，四十呢？你该更年期了，嘿，我会让着你的，但你也不能太欺负我。到时候，山里住腻了，我们就回来看看这些个姐姐们、朋友们怎么样？

"等到五十岁……"元宝想了想,"那时候,我估计我得发福了,我们老萧家人到了五十岁都容易胖,回头在下洼村的广场上,就能看见我潇洒的身影了,绝对是个招蜂引蝶的老太太。"

"六十岁,"元宝幽幽地说,"那时候,你这么高,该驼背了吧?你可得好好保养,看到我依旧貌美如花,还不得把你气死?"

"七十岁……"元宝眼里泛着泪花,"我们就算保养得再好,皮肤也都皱巴巴的了,老年斑估计也不少……"

"八十岁……"元宝擦着眼泪,"我们的身体也许都不好了,这样那样的毛病,也许……就像奶奶说的,可能哪天睡一觉就醒不过来了,可是……你别怕呢。"

唇上是咸咸的泪水,元宝的眼里满是悲伤:"芸涵,我们答应过彼此,做一辈子的好朋友。一辈子那么短,你如果不在了,我……我……"

元宝啜泣着:"别走。"

她没有想象中坚强。

她哀求着:"求求你……"

昏暗中,一行清泪顺着何芸涵的眼角缓缓流下,她的手指动了动。

04.

监控室里,萧佑、萧风缱满脸的泪,萧总哭得鼻涕泡都出来了,Sophia 也是双眼红红地看着屏幕。

遇到何芸涵之后,元宝经历了太多太多超乎她这个年纪的人能够承受的事情,可是她呢,并没有逃,而是全都扛了下来。

Sophia 克制着情绪:"我去看看,刚才何总好像动了。"

她按了下手里的按钮,又把团队的人给叫了出来。

这是萧佑钦点的团队,成员全都是相关领域的精英,这段时间就负责照顾何总一个人。

忙碌了一晚上。

何芸涵像是风中残烛，脆弱的身体一再到了崩溃的边缘，就靠那么一口气吊着。

本来医生们都不抱希望了，可谁也没有想到，就靠着这么一口微弱的气息，何芸涵真的挺了过来。

饶是这些见惯了生死的医生，凑在一起会诊的时候，话语间也是满满的不可思议。

烧退下去了，何芸涵的整体情况也稳定了很多。

Sophia："现在病人已经基本脱离危险，还要再监控四十八小时，院长说了，就让那孩子在里面吧。"

她身边的一个金发男医生不由得感叹："Amazing（太令人惊讶了）！"

重症病房里。

元宝终于在大家的劝说下躺下休息了一会儿，此时何芸涵已经醒了，只是还动不了。

元宝躺在她对面的床上，笑着看着她，泪光盈盈。何芸涵的目光有些发直，怔怔地望着元宝，有一种分不清现实还是梦境的迷惑。

她以为她死了。

高烧的时候，何芸涵感觉自己的骨头都在疼，身上的伤口像是被人用刀子划开撕扯，痛苦地煎熬着。她想要放弃，想着也许放弃了就不这么痛了。

可她总感觉心像是缺了一大块，如果她就这么离开，那整个人都像是丢了什么最宝贵的东西，不完整了。

蒙眬中，云漾又来了，她伸出手，对着姐姐笑："姐，走吧，跟我走，不要再去理这些痛苦，去一个没有人知道的天堂。"

何芸涵是想走的，可是她的耳边，一直有元宝的哭泣恳求声。她知道自己这一走很有可能就再也回不来了，身体是不痛了，一直被黑暗梦魇折磨的灵魂也解脱了，可是……她舍不得。

元宝、元宝、元宝……

天都亮了。

萧佑捧着自己的方便面桶，盯着屏幕吸溜了一口："这俩人是不是傻了，这有什么好看的？看一晚上了？"

Sophia强迫症似的反复洗手，一边说："萧总，请您吃饭之后务必带走您的一切垃圾，还有我这里是监控室，原则上非医务人员不能进入。"

萧佑抬了抬眼："那可不行，我得看着，要是再有点什么事，我脆弱的小心灵可受不了。"

Sophia沉默了片刻："我给你做点饭吧，你也别总吃这些了，堂堂总裁别病我这儿。"

从认识之初，Sophia就一直是这样的刀子嘴豆腐心，萧佑美滋滋地站在Sophia身后看着她切菜，那手不愧是拿手术刀的，纤细如葱白，比冯晏的就差一点点："哎，老S，有没有人说过你的手特别好看？"

Sophia转身，看着萧佑："要不要我给你做台手术，你近距离观察一下？"

萧佑："……"

"风缱呢？"Sophia把煎好的牛排盛到盘里，她做了萧风缱那份。

萧佑叹了口气："我出去看看。"

月光将周围的一切笼罩，树叶被风吹得沙沙响，萧佑找了一圈，看到了蹲在楼下墙角的一个人。

萧佑不确定，站得远远的。

妈呀！这大半夜的，这医院墙角蹲着一个长头发的女人，不会是鬼吧。

这黑灯瞎火的，她也看不清那人的衣服，没办法，萧佑拿出手机调出手电照了照，试探性地叫了一声："风缱？"

萧风缱一扭头，嘴唇死死咬着，满脸的泪痕。

萧佑怔了怔问："你干什么呢？"

萧风缱摇了摇头，声音隐忍哽咽："让我一个人待一会儿。"

萧佑的眼睛转了转，叹了口气，走上前，拉她起来："别在这儿，去天台吧，那儿能看见夜景，好一点。"

天台是老萧总亲自设计的。老萧总当时想的就是医院嘛，免不了生离死别，总得有一个让人能吹吹冷风、放肆宣泄一下情绪的地方。

萧佑弄了一杯咖啡，自己暖着手："哎，差不多行了啊，人都好了，你又哭啥？"

萧风缱的眼睛红红的，她坐在天台上，手里夹着一支烟。

还是第一次看见萧风缱这样光明正大地抽烟，萧佑突然觉得这姐妹俩都有点莫测，好像和以前认识的她们完全不一样。

"萧总，你知道吗？从小到大，我和妹妹经历了很多，尤其是我妹妹，在她刚有记忆的时候，我父母就车祸离开了，剩下年迈的奶奶和我们俩。"这是萧风缱第一次跟萧佑说家里的事，她吐出一口烟，"特别难特别痛苦的时候，我试过自残，甚至不想再活下去了。"

萧佑的心像是被大手攥住了。

她知道萧风缱和萧风瑜小时候很可怜，甚至差点被分开。

萧风缱看着天，语气幽幽地说："可无论我自己再苦、再痛，都没舍得让元宝吃一点苦，但凡我能得到的，我都会第一时间给她。"

萧佑低下了头。

萧风缱："我也知道，孩子大了不由人，她有了自己的坚持，但是……萧总，我看她这样，我真的很心疼呢。"

淡淡的烟雾缭绕在半空，萧风缱的眼神有些迷离："换位想一想，我怕是还没有她坚强。我就在想，元宝究竟是在什么时候偷偷长大了，还是之前她就默默承受了许多，只是我不知道。"

萧佑是一个在爱里长大的孩子，她可以面对商场的无情，面对复杂的社会，残酷的现实，可对于这样的经历，除了静静倾听，她不知道该怎么回应。

不知过了多久，一缕烟圈消散在风中，萧风缱幽幽地望着远方："她长大了。"

元宝再也不是收养人一来就缩在她怀里哭着喊着不要姐姐离开、别带走姐姐的小豁牙子了。

她有了自己的执着与坚持。

病房里。

元宝坐起来，听Sophia跟她说完康复上的注意事项，又说了点其他的："基本上已经脱离危险了，一般的肝移植手术，术后二十多天就能出院了，鉴于何总的情况，她应该会多住一些日子。"

Sophia说这些话，其实是想让元宝安排她自己的行程，她知道元宝还是个学生。

元宝看了看何芸涵，何芸涵自从醒来就没有说过话，但目光一直没有离开过元宝。

无论元宝做什么，她都一眨不眨地盯着。

元宝知道，她不想让她离开。

她也没打算立刻就走。

她和Sophia问清楚了，如果接下来一个星期不出什么问题，何芸涵应该就可以在别人的搀扶下慢慢走路了。

人体的恢复能力是非常强大的，更何况，现在她们母女平安，何芸涵的心就更应该放宽了。

护理病人是非常辛苦的差事。

萧佑给何芸涵找了一个贴心的护工。

可是护工没干两天就来找萧佑告状了："这……萧总，不是我工作不尽心，我是护工啊，日常照顾何总的饮食起居很正常，可是除了准备餐食、清理房间，其他的工作都让元宝做了。"

萧佑听了挥了挥手，烦躁地说道："做了就做了，让你干啥你就干啥。"

不仅仅是萧佑，就连萧风缱都发现，明明何芸涵已经醒了，可是元宝却一直没什么笑容，对何芸涵反而比之前更加冷漠了。

元宝每天起得很早，她知道何芸涵好洁，每天帮她清洁身体并不是一个简单的活，扶着她的身体既要吃住劲又得关注她的状态，每天清理完之后，元宝都会一身大汗，把何芸涵扶到床上后，她自己再闷着声去洗澡。

中途，何芸涵看着她欲言又止，元宝都偏过头拒绝交流。

就好像……

两人只是普通朋友。

第四天的时候，何芸涵已经能坐起来自己吃饭了，也基本可以自理。

何妈已经可以下地走了，她坐在女儿的病床前，元宝给她弄了梨汁："阿姨，您喝。"

何妈的身体底子不错，因此恢复情况要比何芸涵好，她接过去，看着元宝："元宝，你学校那边……"

元宝点了点头："过两天，袁玉姐姐来接我就回去了。"

正靠在床头的何芸涵身子一僵，手里的羹匙掉在了碗里，溅起汤汁点点。

何妈捧着碗，看了看元宝又看了看女儿，没敢多说。

之前女儿做了什么她最清楚，现在她没有任何立场请求元宝留下来。

何芸涵看着元宝，缓缓低下了头。

她知道，元宝是在等，等她可以完全自理，等她能够安排一切之后再离开。

沉默了一会儿，何妈看着元宝，轻声说："元宝，是阿姨不对。"

元宝摇了摇头，她对上何妈的眼睛："阿姨，你一定不要瞎想，天地之间，一拜父母恩，如果换作是我，我也一定会这样做。"

说白了，她的离开跟何妈没有任何关系。

她气的是何芸涵一而再再而三地推开她。

次日下午，元宝正在病房里捣鼓蔬菜汁，只见袁玉咋咋呼呼地走了进来，她手里抱着一大捧鲜花，右胳膊下还夹着个猪崽玩偶："呼，总算放我进来了！这些圣皇的人，一个个都用鼻子看人，我这么美丽高贵富有的女人能是坏人吗？怎么着都不让我进。"

元宝的手停住了，何芸涵看见她，心一下子凉了。

袁玉："哎，芸涵，你那是什么表情？我是鬼吗？你怎么好像一点都不欢迎我？亏我来之前还跟娜娜打听你喜欢什么，特意给你买了一个猪崽玩偶。"她扭头看了看对面椅子上摆的那个，"不比你这个好看？"

在袁玉身后跟进来的萧风缱扶了扶额，她这位姐姐，"大傻子"的称号真不是白得的。

袁玉走过去，把她带来的那个小猪崽摆在了一边，看了看何芸涵："嗯，气色不错，看来我们元宝手艺挺好，没少做好吃的。"

元宝看着她翻了个白眼："姐，你能不能少说几句？人家何总休息呢。"

何总……

萧风缱也愣了愣，袁玉看着元宝："啥？你叫芸涵啥？"

元宝一本正经地看着床上的何芸涵，淡淡地说："何总，不是吗？姐，机票你买了吗？"

袁玉有点反应不过来："哦，买……买了……"

元宝点了点头："嗯，我很累，你等我收拾一下就走。"

说完，就没有一丝停留地出门了，袁玉满脸的不可思议，她扭头看着萧风缱："这……这是怎么回事啊？"

萧风缱看了看何芸涵："我也不知道。"

何芸涵目光放空，呆呆地看着前方。这几天刀口已经没那么疼了，可现如今，她却并没有那么舒服。

可这又能怪谁呢？

元宝去了休息室，萧佑正在里面玩游戏，手里还捏着蛋挞。看见她进来只是抬了抬眼，以为元宝是来找什么东西。

可过了一会儿，她感觉不对劲儿了，萧佑转身惊讶地看着元宝。

这都快……冬天了……

虽然医院有中央空调很暖和，但她也不至于穿裙子吧？

还有……她什么时候带了一条这么……这么花枝招展的裙子啊？

元宝很认真地把裙子整理好，把头发散下来，坐在梳妆台前认真地给自己化了一个精致的妆容。

足足半个小时过去，元宝弄完后，起身抿了抿唇，看着萧佑："怎么样，萧总？"

萧佑一脸震惊地看着她，虽然没回答，但眼里那被惊艳到的光芒就足够回答元宝了。

这段时间陪何妈和何芸涵游走在生死边缘，元宝已经很久没这么认真打扮过自己了。她化了妆，淡紫色的眼影平添了一份性感，身上的裙子还是特别显身材的那种，真的是凹凸有致。

"你这是……有什么活动吗？"萧佑想不通，这个时候，元宝能接什么活动？看她这样，难道是唇彩代言？

元宝冷冷一笑，答道："没有。"

我的天啊！萧总醉了。

这种高冷中带着一丝魅惑的笑，是小元宝能有的？

在她心里，元宝一直是个孩子，可这样一打扮起来，真是成熟又满是风情啊。

元宝出门之前，看了看萧佑："萧总，这段时间真的谢谢你，如果以后有需要，就算赴汤蹈火，我也在所不辞。"

萧佑被说得牙酸："行了，你别犯病了，说那些干什么，倒是你，干吗去啊？"

元宝没回答，点了点头离开了。

她走在病房走廊上，一路上受到不少人的注视。

小时候，元宝就知道自己很漂亮，她和姐姐都是美人，可是萧风缱美得内敛沉静，她则是妖娆外放。

萧风缱已经去办理回国的手续了，病房里，袁玉还坐在床边，看着芸涵："你和元宝怎么了？我都没有看到她这样发脾气呢。"

何芸涵沉默。

袁玉抿了抿唇："你不是把她当心肝宝贝、最好的妹妹一样宠着吗？也不挽留一下？"

何芸涵咬住了唇。

元宝推门走了进来："我俩啥关系没有了，何总之前就说过不想看到我，姐，你说话注意点。"

袁玉根本就不相信。

不想见元宝？怎么可能啊？傻子才信！

何芸涵看着元宝，目光快速在她身上扫了一番，元宝提溜着还不肯离开的袁玉的衣领子："走吧，别再说什么心肝宝贝这样的话了，何总的肝儿都切了，哪还有什么宝贝。"

元宝说完，对上何芸涵的目光，微微一笑，语气冷漠："对吧，何总。"

这话像是粽子噎在了何芸涵的喉咙里，不上不下。

"作为朋友，照顾何总这么久也差不多了，毕竟我还得回去过自己的生活。"元宝看了看手机，叹息道，"敏敏找我都找疯了，快走吧姐。"

袁玉张着嘴，傻了一样看了看何芸涵，又看了看元宝。

元宝没多停留，转身就走，只是离开前，把袁玉带来的猪崽给拿走了，出了门就直接扔进了垃圾桶。

袁玉迟疑地问："真……走啊？哎，你扔我猪干吗？"

元宝点头，看了看手机，当然要走。

何芸涵不是一直想要推开她吗？

现在，她就让何芸涵也感受一下被通知的痛苦。

从医院出来，元宝坐在车里，看着前方，目光发直，一直沉默着。袁玉知道她心里不好受，便把车开到湖边，停了下来。

她心疼地说："元宝，别总憋着，难过你就哭吧。"

难过你就哭吧……

元宝看了看袁玉，又转身看了看前面湛蓝的湖泊。她低下头，不再故作坚忍，把这一段时间的痛苦、煎熬、害怕、惶恐、担心全都发泄了出来，放声哭泣。

05.

明明是自己让元宝走的，可当元宝真的离开，何芸涵的心还是一下子空了，连带着人的精气神儿也没有了。

这一次，她是从死亡边缘挺过来的。

她曾经最不希望的，最怕看见的一切，元宝还是承受了，而且承受得更多。

Sophia 例行检查的时候，看了看何总，觉得她的眼神都空了。

元宝走得太突然，她原本还给元宝准备了小礼物都没能送出。

她实在是太欣赏元宝了。

经历了那么多，她还是那样爱笑，在冰冷压抑的医院里，她就像一枚小太阳，发光发热，不仅仅是何芸涵，其他病人都被感染了，忍不住跟着她笑。

何芸涵的身体一切指标现在都恢复了正常，移植手术很成功，何妈那儿没有出现排斥反应，现在大家需要的就是时间了，让身体一点点自愈。

不出两个月，何芸涵就可以正常地生活了，但在饮食起居方面，要比以前更加细致，至于伤口，还要至少一年的时间才能恢复。

"何总，你还好吧？"

Sophia 担心地看着何芸涵，何芸涵对上她的眼睛很平静。

她早就习惯将一切情绪隐藏在心中，哪怕再痛再难过也不会说出来，对元宝都是如此，何况是他人。

萧佑大大咧咧地走了进来，她打量了何芸涵一番："哟，气色还行啊。"

她还以为元宝走了何芸涵得不吃不喝呢！

萧佑随手拿了一根香蕉扒了皮，自顾自地吃着，又看向何芸涵，碰了碰她："哎，你是不是改名叫何哑巴了？"

何芸涵周身气压很低，她面无表情地拿出手机，滑动了一下，调出冯晏的电话页面，对着萧佑晃了晃。

萧佑立马安静。

啧啧啧，看来何总的心情不是很好啊，元宝走的时候，是不是埋了什么雷？

何芸涵一想到元宝离开时对她的态度，心里就一阵难受。

萧佑看着何芸涵的脸色，好像明白了什么："那个，元宝回学校的事我都安排好了，她姐那边也陪着呢，你放心吧，还有……"她斟酌着用词，"元宝这段时间也累了，你看小脸都不好看了，脾气也不好，不光是你，她谁都不爱搭理。让她回国去放松放松见见朋友挺好，你别多想。"

正在填写检查单的 Sophia 抬了抬头，看着萧佑："是吗？可我和元宝这段时间聊得就蛮好的，我好欣赏她。"

萧佑："……"

Sophia 是条汉子！敢当面拆何总的台啊。

Sophia 丝毫不隐藏自己对元宝的欣赏，夸奖道："元宝是我见过的最勇敢、最执着、最坚定、最漂亮的中国女孩。"

何芸涵没有说话，也没有看 Sophia。

为了拯救尴尬，萧佑咳了一声，指了指自己："那我呢？哎，那个老S，你别捣乱了啊，我跟何总谈正事呢。"

这不是添乱吗？

萧佑把 Sophia 拽了出去，特意把病房门关上，这才压低声音说："你明知道她是病人，就别欺负人了。"

Sophia："何总现在身体各项指标已经正常，只是伤口还没有完全恢复。以前我们接过类似的病人，到这个阶段人家都提前出院了，我这算什么欺负？而且萧总，我说的不是实话吗？我就是很喜欢元宝的勇敢执着，她现在不是跟何总吵架吗？我有什么不能说的？"

萧佑头疼，道："哎呀，我知道咱俩观念不同，你们向来是直来直去的，可这不一样……就像我和冯晏闹矛盾，你就不能当着我的面说冯晏的好啊。"

Sophia 的目光突然顿了一下："萧总，你和冯晏闹矛盾了？"

萧佑笑笑："打个比方而已，冯晏敢吗？"

Sophia 笑了，她指了指萧佑身后："这我可不敢说。"

萧佑的身子一下子僵硬了，她指什么呢？这是干什么？

缓缓地……缓缓地转过身，萧佑看着眼前的人，咽了口口水。

冯晏抱着胳膊看着萧佑，微微一笑："我还以为萧总为了友情作出伟大牺牲，在医院坚守了这么久，得憔悴成什么样，可没想到你居然还有心情在别人面前编排我。"

Sophia 笑得欢快，她走上前跟冯晏贴了贴面："小晏，好久不见，你们聊，我先回去了。"

管事的来了，她终于不用每天被萧总气了。

"哎……"萧佑伸出胳膊想要挽留 Sophia，被冯晏横来的一眼给吓得缩回去了。

"领导这是刚到吗？你不是在蟹岛有一个重要会议吗？怎么有空来？哎呀呀，快，行李给我，我拿着。"萧佑心虚地讨好，冯晏没吭声，目不转睛地看着萧佑。

人的确是瘦了，但精神还不错。

到了休息室。

萧佑给冯晏倒了一杯水："要去看看芸涵吗？"

冯晏一边洗手一边道："不急，还有事要做。"

有事？

在国外冯部能有什么事？国际会议吗？

萧佑正琢磨着，只见冯晏走向她。

那目光有点幽深，萧佑看得心惊胆战。她把行李放下，下意识地往后退了一步："怎么了这是？有话好好说啊……"

冯晏把她逼到门口："你就这么狠心？走了快一个月连个招呼都不打？"

这样的距离让萧佑有点尴尬，她偏了偏头："淡定，冯部淡定，我想着你忙，身为朋友的我就别给你添麻烦了，这不是一个益友该做的吗？不用谢啊。"

朋友？益友？

冯晏冷冷一笑，咬了一下萧佑的唇。

萧佑一个激灵，一把推开，良家妇女一样一手捂住了嘴："你……你你你……你干什么？"

冯晏："呵，干什么？你说我干什么？你下次再敢这样不说一声就跑掉试试看！"

萧佑："……"

元宝回国后就病了。

她发烧了，去了一趟医院，领了药后就躺在萧风缱家动也动不了。

苏秦摸了摸她的额头，看着手里的药品说明书："医生说她这是过度疲劳，吃了药之后，最重要的就是休息。"

萧风缱默不作声地看着妹妹，这段时间元宝忙得足足瘦了十斤，乍一看都快皮包骨了。

苏秦："你也去休息吧，我看着她，没事的。"

苏秦感觉姐俩回来这一趟都有些沉默，可以理解，毕竟经历了那样的生死关头，心里肯定会有很多情绪。

萧风缱没走，她拿了一个小板凳坐在元宝床头看着她，时不时给她换一下额头上的毛巾。

苏秦叹了口气，不多说，去做饭了。

元宝的精神有些混沌，一会儿像是醒了，一会儿又像是睡着了。

梦里，芸涵好像还在做手术，一会儿血流了一身，一会儿又被医生推出去。

她两手挥舞着想要去抓芸涵，可什么都没抓到，最终，她变成一片云消失了。

这可给等着她醒来的人心疼坏了，萧风缱想要抱住梦魇的元宝，可她根本没有元宝力气大，最后没办法，只能按住床上的人："元宝，元宝，醒醒！！！"

"别……别走……芸涵……"

元宝是哭着醒过来的，醒来后，意外地发现苏敏来了。

苏敏盯着她看，唉声叹气："哎呀，我的老 honey，这才小一个月不见，你怎么把自己弄成这样了？瞧这灰头土脸的，还不如我前些天从垃圾堆里拯救的小流浪狗葡萄水灵呢。"

元宝的嗓子有些沙哑："我姐和苏总呢？"

苏敏手一用力，给了元宝一个熊抱："被我撵走了，让两人休息会儿去了，亲情抚慰不了我们元宝受伤的心灵，这个时候必须友情上了！"

苏敏今天穿了一条特别性感的裙子，头发烫成了波浪散着，化了浓艳的妆，这么一抱差点把元宝勒死。

元宝挣扎着推开她："你干什么啊？别动我，我累着呢！"

苏敏两手一摊："哦，baby，这个时候，你跟我说什么累啊？还沉浸在你痛苦的思绪中吗？还挣扎在你的苦海中吗？来吧，投入姐姐的怀抱，我势必扔给你一个结实的游泳圈。"

元宝无语了："你发什么疯？"

"我说你才发疯。"苏敏丝毫不给元宝留情面，"赶紧起来，跟我一起去嗨。"她从随身携带的小包包里拿出口红，对着镜子补妆，"我可没有你姐那好脾气，吵架咋了？就必须给自己弄得那么痛苦？知道的是何老师手术去了，不知道的还以为你把心给割了呢，赶紧起来。"

"我不去！"

元宝一点力气都没有，苏敏冷笑一声，她又打开自己的小包包，从里面掏出一条绳子："你今天去也得去，不去也得去。"

元宝简直要气疯了："你这是要绑架我吗？"

苏敏："对啊，你咋知道？别一副林妹妹泪光闪闪的模样，何老师就那么厉害啊？你有点骨气，有点志气，快起来！我今天安排了很大一场局，你可以认识些新朋友，高冷的、淡雅的、古风的都有，再去选一个不就行了？"

元宝整个无语了："我看你是疯了！"

苏敏："我是得疯，我最好的朋友这半年活成个鬼样，我还不疯？"她泪光闪闪，开始飙戏，"元宝，你看那座山，你还记得当年我们结拜异姓姐妹的时候立下的誓言吗？同甘共苦，既然姐姐不能跟你共苦，那必须跟你同甘一下！快起来，别给我掉链子，今天你去也得去，不去也得去！"

她说着举起手机嘟了嘟嘴，然后把镜头一转，对着元宝："笑！"

元宝这段时间太忙了，脑袋都"秀逗"了，被苏敏这么一闹更加蒙了，几乎是苏敏下了口令，她就跟着笑了一下，笑完之后，脸都僵了。

这个神经病！！！要被气死了。

元宝还是被苏敏拽上了车，苏敏挑了挑眉："Let's go！Go！Go！Go！"

元宝闷头闷脑的："到底去哪儿啊，我都没有打扮。"

苏敏："没打扮才好，就喜欢你这样病态又柔弱的样子。"

元宝用看神经病一样的眼神看了眼苏敏，然后放弃似的一歪头，死气沉沉地靠在了副驾驶座位上。

苏敏看着元宝那样就生气，至于把自己搞成这样？这是干吗啊？何老师也真是的，一把岁数了还不知道怎么和朋友交流和相处，该罚！

想了想，苏敏眯了眯眼，她把刚才搂着元宝媚笑的照片找出，发了一个朋友圈，配文："没有什么是一场 party（聚会）解决不了的！"

06.

元宝以前就知道苏敏人际圈很广，她善于交际，可对于她说的找一堆新朋友一起玩，元宝一直没在意，全当她吹牛了。

可真到了地方，KTV 大包房里，那一张张全新的脸孔、精致的面容真是惊着她了。

苏敏自己拿了一瓶酒坐在旁边，看着元宝被一堆热情的朋友围在中间，笑弯了眼睛。

就说了吧，什么叫旧的不去新的不来？

早就该出来浪一浪了，别说何老师了，就是何天师也给抛到脑后去了。

米苏也来了，身边还跟着一个柔柔弱弱的女孩，那女孩苏敏认识，是文学院的泉泉，还是个班花，性格先不提，就是从外貌上来说，认识洛颜的人都能看出，简直跟她太像了。

泉泉跟在米苏身后，她没有说什么，只是安静地喝着酒。

米苏走到苏敏身边坐下，看了看元宝："她回来了？"

苏敏点头："米老师怎么来了？怎么没看见洛学姐？"

这话说得米苏一怔，她看了看身边的泉泉，没有作声，好像什么都没听见一般。

敢这样直接呛米苏的也就只有苏敏了。

苏敏对米苏态度很冷淡，不怎么说话，米苏本身也是话很少，只是时不时地看看元宝。

元宝被一群人围在中间很窘，这些人不知道苏敏是从哪儿找来的，一个个都很热情,可看着都很面生,感觉不是圈里的人。

为首的一个掐着烟的姐姐捏了捏元宝的脸:"哇,这是真的哎,我之前在电视上看到还以为是化妆呢,这小脸一掐能出水。"

旁边一个穿着白裙、气质略显高冷的大姐姐盯着元宝的鼻子和嘴唇打量,元宝赶紧捂住嘴:"我这是真的,没有化妆,也没有整过容,放过我吧!"

她把大家都给逗笑了。

十分钟后,元宝终于突出重围,她看到米苏,愣了愣:"米苏老师?你怎么来了?"

米苏不吭声,苏敏眯着眼睛像猫一样:"想要偶遇呗,洛颜还没来呢。"

米苏:"……"

这时,米苏身边一直沉默的泉泉突然转过头来:"她也来吗?"

米苏沉默了,泉泉微微一笑:"正好,我也想看看她。"

元宝看了看泉泉,又看了看米苏,叹了口气。

这是干什么啊?

屋里实在太憋闷了,元宝出去透气,苏敏也跟了出去:"怎么着,没有一个聊得来的吗?"

元宝无语:"你都从哪儿找的啊?"

苏敏:"都是国际关系学院还有管理学院的,人都挺好,还有几个是你的粉丝呢。"

元宝怔了怔:"你还认识那些学院的?"

这些学院的人将来走的路很明显和她们不一样,距离也有点远。

苏敏点头:"你不知道吧,元宝,你不在的这段时间发生了很多事呢!米苏老师和洛颜彻底谈崩了,又找了一个和洛颜很像的人共舞;林溪惜和你那个袁玉姐姐也不知道怎么了,突然变得关系很好;而我也要转系了,我爸妈还是不同意我走这条路,我们商量之后,确定我以后还是以文化课为主,大不了以后工作找文娱行业的,毕竟家里资源都是这方面的。"

仅仅半年的时间……就发生了这么多事?

元宝的眼神有点空，这半年来，她的心思都在何芸涵身上，不知不觉间已经忽略了身边的其他朋友。

苏敏没有停："还有你姐，她这段时间总是偏头疼，我看到苏总带她去医院检查了几次，也问了一嘴，她说可能是年轻的时候不在意身体落下的毛病，虽然不是什么大事，但是你都不知道吧？"

姐姐……

元宝的眼眶红了，她低下头："敏敏，你是不是在怪我？"

苏敏摇了摇头，一双好看的眼睛盯着元宝："是，元宝，我是怪你。"

这么久了，大家都心疼她这段时间的经历，没有人这样和她说实话。

元宝看着苏敏，苏敏也直视着她："我没有权力去责备你，因为我没有站在你的位置上，不知道你的处境。可我相信，不仅仅是何老师，如果你身边的其他人出现这样的情况，你也会愿意付出一切去呵护照顾。可是元宝，你到底怎么想的？我以为你经历了这么一遭，该是看透了，为什么还要这样自我折磨？"

元宝抿了抿唇，轻轻地叹了口气。

苏敏有点烦躁："你还把不把我当朋友了元宝？以前不管大事小事你都不会委屈自己，而是直接说出来，现在呢？反倒是越来越像何老师，闷葫芦一个。"

越来越像她……

一句话，把元宝说得眼泪都流下来了，她看着苏敏轻声说："是，敏敏，我还是惦记她，从我坐上飞机离开的那一刻，我就害怕别人照顾不好她，担心她的身体，怕她吃不好又睡不着……敏敏……你说我怎么就变得这么优柔寡断了呢？"

苏敏走上前抱了抱元宝："好了。"

元宝的身体轻轻颤抖："敏敏……你们都觉得我的付出不值得，连我姐姐也是，可是你知道吗，我真的控制不了自己。我就是想实现我最初的想法，怎么着也要把她从泥潭里拉出来，带她看看耀眼的阳光。我折腾了这么一圈，想要的不过是她的一句'元宝，对不起，我错了'，可她就是不说……"

元宝抱着苏敏默默流泪，苏敏安静地抱了她一会儿，手轻轻地拍了拍她的肩膀："好了好了，元宝，既然你从来没有想过离开，就不该是现在这个样子。"

元宝哽咽了，苏敏轻声劝慰道："磕磕绊绊很正常，再好的关系也需要磨合啊。"

元宝眼泪汪汪："磨合？"

苏敏点头："对啊。"她戳了戳元宝的鼻子，"干什么这么苦大仇深的？你们是经历过生死的朋友，以后总会和好的，不过是时间早晚的问题，难得这次你狠下心，没有点成效怎么行？"

元宝搂住她的腰："那你帮我？"

苏敏沉默了一阵子。

元宝撒娇："友情万岁。"

苏敏望天："元宝，虽然以后我注定不会在这个圈子，但是……我说万一有一天，何老师知道了我帮你气她，你怎么说？"

元宝信誓旦旦道："都是我一个人想的办法，跟敏敏一点关系都没有！"

苏敏跟她击掌："成交。"

元宝这边是被好友暂时给安慰住了，可何芸涵那边却不安静了。

她第一时间就看到了苏敏的朋友圈，虽然没说话，可何芸涵把那张照片放大又放大地看了无数遍。她看到元宝虽然在笑，可眼睛却是红的，肤色也不是很好。

她……不会生病了吧？

何芸涵的脸色也跟着不好了起来。

元宝走了之后，林溪惜就来了，她没有元宝那么会照顾人，很多小细节注意不到。但好在何芸涵已经恢复得很好了，无须太多照顾。

"溪惜。"何芸涵抬了抬眼。

林溪惜点头，凑了过去："怎么了师父？"

何芸涵神色淡淡："苏敏你熟吗？"

林溪惜愣了一下。

她想说不熟的，可是……她不敢也没有勇气骗师父。

何芸涵盯着她看了看："行了，我知道了。"

两人正说着，冯晏走了进来，看了看何芸涵，感觉她气色好多了，便微微一笑：

"芸涵，差不多能出院了？"

何芸涵："还要一个星期，你来得正好。"她打开照片给冯晏看了看，"这个女孩，你认识吗？"

冯晏看了看："眼熟，她爸好像是和我一个单位的？叫……苏……苏培？"

何芸涵点头："对，就是她。"

林溪惜："……"

太可怕了。师父都已经知道苏敏的资料了，为什么还要问她？这是在考验她的忠诚度吗？

冯晏看了看照片，又看了看配文，唇角上扬："这是怎么了呢？"

何芸涵盯着林溪惜，那表情就好像在说：再给你最后一次坦诚的机会。

林溪惜咳了一声："师父，不是我不告诉你，是敏敏要转学院了，下个学期就要去管理学院了，我们都好久不见了，她在为了转系备考呢。"

转系？

这更好办了。

何芸涵："冯部，要麻烦您一件事了。"

冯晏笑了笑："说什么麻烦，什么事？"

何芸涵第一次开口，一定很棘手吧。

何芸涵盯着冯晏的眼睛，冯晏看了看林溪惜，明白了，于是凑了过去。何芸涵在冯晏耳边低语了几句，冯晏明显怔了怔，随即无奈地笑着点了点头。

林溪惜在旁边看得心惊胆战：敏敏，不是我不帮你，你说你干什么不好？非得罪我师父？

交代完这一切，何芸涵看向林溪惜："溪惜，你去把院长叫来。"

林溪惜愣了愣，看着师父。

何芸涵："我恢复得差不多了，转院回国吧。"

话刚说完，萧佑捏着两个气球进来了。最近她的行为极其幼稚，不知怎么突然迷恋上了吹气球："回国？干什么啊？没有几天出院了，回国干什么？多麻烦啊！"

冯部扭头看着她吹气球，腮帮子鼓起，于是伸手戳了戳。

萧佑脸一红，怒视冯晏。

干什么？又动手动脚的，还有人在！

何芸涵看着萧佑，声音冰冷："我有事，急着回去处理。"

萧佑看着她：有事？什么事？都这会儿了还有事能让芸涵眼里充满杀气和斗志？这是要回去杀遍娱乐圈吗？

与此同时，聚会现场。

苏敏接了一个电话脸都白了，她看着元宝："不行，我得赶紧回去，这事下次再说。"

元宝可不干了，一把拉住她："别走啊，除了拍一个性感的 MV 还有什么？别走啊，这么着急干什么？"

苏敏一把拍掉她的手，急道："是我爸！快松手，我爸不知道怎么了，突然杀到学校找我呢！问我大半夜的不在寝室去哪儿了？完了完了，说还特意给我带来一个私人家教，这段时间都要跟着我！他这是哪根筋不对了，我的天啊，这段时间估计你都看不到我了，我要完蛋了！"

07.

出院手续办理完毕，机票也订好了。

天淅淅沥沥地下起了雨。

林溪惜说有一个朋友突然来了，要去接一下，临时出去了。

护工这个时候也不在，病房里一时间只剩下何芸涵一个人。

她盯着手机上元宝的照片出了一会儿神，又抬头看了看对面椅子上摆着的猪崽，随即拿起旁边的书，认真地看着上面的文字。

这本书的书名设计得非常大——《不要把话憋在心里，十分钟教会你表达》。

何芸涵看得非常认真，比财务报表还要细，一个字不落。

看了半天，放下书，她深深地吸了一口气，起身走到猪崽面前。

虽然病房里没有人，但是何芸涵还是紧张到可以听到自己的心跳声。

她对着猪崽酝酿了一会儿情绪，轻声说："元宝，对不起。"

外面的雨淅淅沥沥，雨声挠人心窝，伴着何芸涵像花瓣一样的语调，轻轻绵绵地揉进了春泥之中。

明明是很简单的几个字，从她嘴里说出来却特别艰难，何芸涵深吸一口气，看着小猪崽："我……我……不想你走……"

她把脸贴在了猪崽的肚子上。

"元宝……"

关键时刻，门被人从外面一脚踹开了，萧佑喜气洋洋地抱了一大袋零食，她手都被占了，看着门没锁于是直接上脚。此时她满脸要过年一般的笑容，嘴咧得跟月牙似的："老何，看看我给你带什么了，我……"

何芸涵身子僵硬，贴在小猪崽肚皮上的脸还没来得及收回。

笑容瞬间消失，萧佑惊恐地看着何芸涵："我、我……我什么都没看见！"

何芸涵瞬间怒火攻心，她站了起来，直视萧佑，咬牙切齿："萧——佑！"

萧佑转身，撒丫子就跑。

太可怕了！

小晏，有人要杀她！救命哇。

萧佑脚底抹油跑得飞快，何芸涵要被气死了，自己好不容易鼓起的勇气一下子又都没了。

她重重地叹了口气，为了让自己冷静下来，何芸涵走到窗前，看外面下起的雨。

意外地，何芸涵看到了林溪惜。

她并没有打伞，而是心疼地看着蹲在身边的人。

何芸涵眯了眯眼睛，认出来了，是洛颜。

她怎么会来？米苏呢？

林溪惜跟着蹲下了身子，她轻轻地拍着洛颜的背，不知道在说什么。洛颜好像在哭泣，可隔着雨幕，看不真切。

过了几分钟。
洛颜被林溪惜拽了起来，两人往医院里走。
何芸涵赶紧走到桌子前，把她的书收好，打开被子，钻进了被窝里。
洛颜进来的时候浑身都湿透了，从里到外透着寒气，她看见何芸涵，低着头道："何老师。"
何芸涵点了点头。
林溪惜："师父……小颜她……"她怕何芸涵不想让她进来，只是现在两人没有别的地方去。
何芸涵指了指对面："有单独的沐浴间，去冲一冲吧。"
这样的天淋雨很容易生病。
洛颜鼻子有点酸，她点头去了。
林溪惜还好，她没有洛颜湿得彻底，只是头发被淋湿了，她一边用毛巾擦着一边看师父："师父，我总觉得你变了。"
好像没有以前那么冰冷了。
是因为元宝吗？
何芸涵不吭声。
林溪惜叹了口气："小颜和米苏老师……早知如此何必当初。"
何芸涵依旧不吭声。
她对待这些事的态度一向是漠然的。

二十分钟后，洛颜走了出来，她看着何芸涵："何老师，打扰了。"
何芸涵："坐吧。"
洛颜坐下了，她是个话少的人，一直没有说话，盯着窗外的细雨出神。
何芸涵也是默不作声。
林溪惜尴尬了。
明明房间里有三个人，怎么总有种就她一个人的错觉，这真是两个闷葫芦遇上了。

　　还好，关键时刻，洛颜的电话响了，林溪惜终于在她死灰一样的眼眸中看到了一丝期待，可当看到来电显示后，那一丝期待又灭了。

　　林溪惜琢磨，应该不是米苏。

　　"喂，元宝？"洛颜的声音很低，可就这一声，床上的何芸涵心念一动。

　　林溪惜："……"

　　洛颜："我没事的。嗯，你放心，什么？我在哪儿？"

　　电话那边絮絮叨叨说了一大堆的话。

　　洛颜抬头看了看何芸涵，轻声说："我和何老师在一起。"

　　……

　　这一句话，让这场谈话立刻终结。

　　电话那边的人沉默了片刻，挂断了。

　　洛颜也得以安静下来，林溪惜却受不了了："小颜，到底怎么回事啊？"

　　洛颜是她们的学姐，给人的印象一向是清冷矜持又淡定的，今天是怎么了？无缘无故突然跑了过来，见面不说话一直哭。

　　洛颜看着窗外，幽幽地说："那个人有了新的舞伴。"

　　一句话，都听明白什么意思了。

　　林溪惜看着洛颜，唇动了一下。

　　洛颜轻轻地说道："我知道，这一切都是我自讨苦吃，是我推开米苏的，可是……"

　　她低下了头，眼泪一点点往下流，林溪惜走过去，抱了抱她。

　　洛颜："溪惜，这明明是我想要的……可是……当那个人真的和别人像我们以前一样共舞的时候……我的心还是受不了……"

　　雨，似乎下得大一些了。

　　洛颜的话音和雨声融合在一起，听得人心中憋闷。

　　何芸涵看着洛颜，像是在看她，又像是在看自己。

　　她们对待问题的方式在某些方面是一样的，可是结果……

林溪惜拍着洛颜:"小颜,这……唉,其实你要是难过,可以跟米苏老师说啊,人和人就是得沟通的,没有谁会无缘无故地理解、等待另一个人啊。"

洛颜轻轻啜泣,她不是林溪惜,林溪惜也不是她,每个人从小的生活环境造就了不同的性格,她如果真能开口,就不会等到现在了。

所以,溪惜说得对,没有谁会无缘无故地等待。

米苏离开她是对的。

痛吧……

也许痛着痛着就会习惯。

就像当年,她一个人面对伤病的折磨,面对米苏难以理解的表情与仇恨的目光……她都扛下来了。

现在,既然米苏找到了新舞伴,那她该祝福的。

可这祝福……为什么这痛,像是夹杂着心头血一般,让洛颜连呼吸都痛苦。

夜晚。

何芸涵翻来覆去睡不着,洛颜的话,林溪惜的话,在她耳边久久回响。

是啊,这个世上,还有谁会无缘无故地等待她呢?

也就只有元宝,唯有她,能够这样一直对她好。

可是……如果……如果她累了、腻了呢?

虽然明知道元宝不会,但何芸涵心中的恐惧还是如一张网般遮住了她,她盯着白色的天花板看了一会儿,从抽屉里拿出了备用手机。

这个手机是她的工作手机,近期很少用的。

何芸涵拨了元宝的电话过去。

电话里传来"嘟嘟"的声音,每响一声,她的心都跟着跳一下。

不一会儿,元宝接听了,她的声音软绵绵的:"喂?"

好像还有一点感冒。

何芸涵握紧了手机,原本准备的一肚子话,都像是卡在了嗓子里。

元宝:"喂?"

电话那边依然是一片安静。

元宝沉默了片刻，轻轻地叹了口气。

又是"何憋憋"对吗？大半夜的不睡觉给她打电话，是想起了什么事，还是受到了什么刺激？

何芸涵没有挂电话，元宝那边也就没有挂。

两人这样足足僵持了十分钟。

何芸涵终究还是把电话挂了。

她盯着已经全黑的窗外出神，过了许久，何芸涵轻声说："元宝，别离开我。"

因为洛颜的到来，林溪惜没有跟着回去，何妈也没有跟着转院。

萧佑又扛下了重要的责任，护送病号回国。

但这病号……实在是可怕。

飞机上，头等舱里很安静，大家都在看书或者电脑办公。

冯晏很认真地在电脑上敲打方案，何芸涵也在看书，萧佑吃了点零食后有点烦了，她像是屁股长了钉子一样拧来拧去，身材高挑的空姐走了过来，微笑着低头问道："请问您需要什么帮助吗？"

萧佑眼睛一亮。

总算有个跟她说话的人了，长得还和自己一样漂亮。

"嘿，我……"萧佑话还没说完，冯晏看了看空姐，"没事，您去忙吧，她有多动症。"

萧佑："……"

空姐微笑着离开了。

萧佑无语地扭头，冯晏瞥了她一眼，抓住萧佑的手放在了自己的腿上："你乖一点。"

萧佑像是触电了一样往回收手，动作太激烈，胳膊肘把书碰到了地上。

她后座的何芸涵低头弯腰把书捡了起来，看到书的封面，她愣了愣——《宇宙第一强者的尊严》。

萧佑一把抢过自己的书，脸红透了："干吗啊！"

何芸涵似笑非笑。

"你那是什么眼神?"萧佑一伸手把何芸涵的书拽了过去,"让我看看你在看什么?"

何芸涵的脸一下子冷了下来。

萧佑看了看书名,噎住了——《教你说话之如何哄人》。

两人对视片刻,萧佑把书递给何芸涵,然后默默地转过身。

太……不可思议了。

下了飞机,投入祖国的怀抱,萧佑戴上墨镜,张开双臂:"啊,伟大祖国我爱你,我又回来了!"

话音刚落,对面走过来一个西装革履的男人,他绕过萧佑,对着冯晏毕恭毕敬:"冯部。"

冯晏点了点头,把行李递给他,用余光看了萧佑一眼,转身对着何芸涵点了点头:"我先走了,芸涵,再联系。"

冯晏今天有重要的会议。

何芸涵点了点头:"多谢。"

眼看着人离开了,萧佑满肚子的不乐意,接两人的车来了,娜娜也跟着到了。

她看了看何芸涵,眼眶红了:"回来就好,回来就好。"

萧佑和何芸涵上了车。

萧佑拿着小镜子描眉画眼:"哼,领导就了不起吗?走都不打个招呼?那男的谁啊?瞧他那鞍前马后献殷勤的样子。"

娜娜一阵子沉默,开车的司机毕恭毕敬:"那是冯部新招的秘书。"

"秘书?"萧佑抿了抿嘴上的口红,"太官僚,太腐败了。"她一抬头,看着司机,"你看,他那个职位,我能做吗?"

大家:"……"

一阵子沉默。

萧佑扭头看娜娜:"最近有什么安排吗?"

娜娜:"没有,都很稳定。只是……"她看了看何芸涵。

萧佑知道了，准是跟元宝有关："怎么了？说啊。"

娜娜："秦意那边跟咱们这边合作，元宝要和塞卡拍一个MV。"

塞卡是圣皇近期大力在捧的新星，那长相，绝对称得上天使一般的面容了。

"这有什么值得汇报的啊？"萧佑觉得有点不对劲。

娜娜欲言又止："那个……MV吧，第一波宣传的噱头是元宝第一次性感出演，魅力撩人。"

何芸涵面色冷淡。

萧佑一听瞪圆了眼睛："这么劲爆，什么时候拍啊？我去捧捧场。"

娜娜："就……今天下午。"

萧佑一点头："行，娜娜你先把何总送医院去，我去看看。"

娜娜点头，正要说话，只见何芸涵看着萧佑："我也去。"

萧佑摇头："不行，你这身体还不能这么折腾，先去医院。"

何芸涵没说话，固执地看着她。

那目光啊……

萧佑没辙了，叹了口气："行吧，先去检查一下，没问题就去。"

人的身体情况和精神状态有特别大的关系，到了医院，碰到熟悉的医生，看到何芸涵的情况都直感慨："这么快就恢复得这么好了？太不可思议了。"

高仪特意过来了，她想拥抱何芸涵，被拒绝了，撇了撇嘴："干什么去啊？行色匆匆的。"

萧佑美滋滋的："去看元宝的性感表演。"

高仪："……"

一行三人于是出发了。

MV拍摄现场，K导一脸无奈："元宝，你这不行啊，光揉自己的身子、搓头发也没用，你的眼神太空了，根本不勾人。"

元宝特别不适应，她后悔听了苏敏的话拍什么大胆的MV，这下骑在马上下不来了吧？

塞卡带着皮手套，穿着那种特别帅气的骑士服，他笑眯眯地看着元宝："我就那么不招你待见吗？我感觉你看我，就像看一个小学生一样，眼神太纯洁了，一点都不撩。"

元宝翻了个白眼。

她这衣服……

简直就是一块布，还是要命的大红色。

裹着胸和臀，其他地方都是露着的啊。

她要护着自己不走光，还要摆出那样妖娆的姿势，有多难，他们知道吗？

K导正犯难着，突然人群熙熙攘攘的，剧组的人都有点小兴奋。

"萧总来了，萧总来了。"

"……"

元宝听见蹙了蹙眉，萧总来干什么？她可不想让她笑话自己。

又是一阵慌乱的脚步声，大家的兴奋劲儿没了，全都是紧张。

"何总来了，何总怎么也来了？"

一句话点亮了元宝的眼睛，K导看着她，一拍大腿："行了，快，开拍！"

塞卡赶紧上马，他跟剧组人员一样，特别害怕何总，开会的时候他见过几次，那板着的扑克脸能吓死人。

萧佑和何芸涵走了过来，何芸涵一眼就看见了"裹着破布"的元宝。

这是她从美国回来后，两人的第一次见面。

元宝同样看着她，面无表情，一脸冰冷。

K导："元宝，要开始了啊！音乐，起！"

动感中带着一丝挑逗的音乐响起。

元宝盯着何芸涵，片刻之后，她嘴角勾起一抹笑，突然像是变了一个人，长发一撩。

她迈着步子，摇摆着身体，缓缓地往下走。

地上铺着的是玫瑰花瓣组成的红色地毯。

她光着脚，胜雪的肌肤与大红色的地毯形成了强烈的视觉差。

元宝的头发在鼓风机的吹动下飘逸性感，她在笑，又不像是在笑，眼里的诱惑勾得人心痒痒，还有那妖娆的步伐，把女性身躯的柔美淋漓尽致地展现出来，她的眼神如丝，随着音乐，更加妩媚。

何芸涵淡淡地看着她。

K导身边的副导小声说："导演，元宝看错方向了，她应该看塞卡啊。"

K导拍了一下他的头："闭嘴吧你，不是有后期吗？今天还想完工吗？"

副导："……"

而此时，元宝眼里含笑，她直勾勾地盯着何芸涵，脸上的笑璀璨绽放。

谁能想到，这样一幅性感的画面背后，元宝的内心却在疯狂咆哮。

我美吗？我漂亮吗？想要求我别走了吗？知道后悔了吗？

想都别想！

08.

拍摄完毕。

萧佑和高仪都看向何芸涵，谁都知道，圣皇的何总一向是以表情管理能力非凡著称，无论什么场合都会表现得十分得体，而如今，她的表情冷得让人发指。

助理过去把衣服给元宝披上，塞卡走了过来，对她竖起大拇指："哇，元宝，今天哥哥见识到你的演技了，特别棒。"

元宝抿唇低头浅笑。

几个人远远地看着，这少男少女一个满脸惊艳、一个害羞矜持的场景真是赏心悦目，羡煞旁人。

"要不要去见见？"

萧佑对着何芸涵往元宝的方向抬了抬下巴，何芸涵摇了摇头，神情淡漠："酒店安排在哪儿？我去房间等她。"

路上，坐在车里。

娜娜接到了K导的电话，她有点尴尬地回头看了看何芸涵。

何芸涵面无表情地道："接啊。"

没办法，娜娜硬着头皮接听了电话，K导那边有点紧张："娜娜，今儿是什么情况，没打招呼就直接杀来了？是两位总裁对这次拍摄有什么不满意吗？"

萧佑耳朵多尖，听到后回道："没有不满意，非常好，拍的效果美极了，后期出来后先给我送……"话还没说完，何芸涵刀子一样的目光就射了过来。

萧佑生硬地改口："先给咱们何总送过去一份！"

K导一听，舒了一口气："那宣传？"

萧佑大手一挥："宣传还用说吗？必须全力以赴啊，我们小元宝第一次触电，呵呵，大力支持！"

萧佑的内心充满了报仇雪恨的快感。

该啊，让她没事儿把冯晏叫来，让她和冯晏站在一个队伍里，是时候让何芸涵见识见识她萧佑的厉害了！

何芸涵漠然地看了萧佑一眼，一言不发。

萧佑美滋滋地哼上了小曲。

就是要和何芸涵唱反调，气死她，气死她，就是要气死她。

到了圣皇，萧佑先下车了。

何芸涵又往龙发大酒店去。

到了酒店，她让娜娜先回去，自己径直走到了元宝的房门外。

她停顿片刻，敲了敲门。

"谁啊？"门被拉开了，袁玉嘴里含着棒棒糖，惊讶地看着何芸涵，"你怎么来了？"

何芸涵一脸淡定："我找她对剧本。"

何芸涵找元宝对剧本？

这谎撒得未免太不走心了吧。

袁玉怔了怔，身子卡在门口，她可是知道元宝和芸涵现在的情况，故而坚决捍卫元宝房间的门。

何芸涵朝袁玉淡淡一笑："溪惜在楼下，你不去找她玩？"

"哦？那我去看看。"

决心瞬间瓦解，袁玉一溜烟往楼下跑。

何芸涵在门口站了一会儿，她深吸一口气，进了屋。

哗啦啦的水声，伴随着元宝的歌声回荡在房间内，磨砂玻璃下，她正欢快地洗着澡，心情非常不错，只是那小曲儿哼得一直没有在调子上。

元宝感觉自己今天总算扬眉吐气了一番，想想就硬气！

她搓着头发，转身冲水，冷不丁地，看见磨砂玻璃外站着一个模模糊糊的人影。

"姐，你是不是也被我的表现惊艳到了？"

元宝嘟囔了一句，她和袁玉平时逗趣习惯了，一甩头发："说实话姐，我都没想到自己能这么性感撩人，简直是开辟了新技能，就好像是骨子里的某些能量爆发了，你看见了吗？芸涵嫉妒得脸都成方的了，是真的，方块的那种方。"

何芸涵抿了抿唇。

元宝一边往身上涂沐浴液，一边拗了个造型："哎，也是呢，我都要被自己迷倒了。对了姐，今天结束的时候，塞卡还给我塞了一张小纸条，问我手机号，哈哈，什么年代了，还有这么纯情的男孩儿，挺可爱的。还有好几个小姐姐想要加我微信约着一起出去玩呢。"

元宝继续哼着："我都想好了，老何不是憋着吗？她不是一直不认错吗？那我就找别人玩。姐，你为啥不说话啊？是替我担心吗？呵呵，姐，不妨告诉你一句，经过这次的事后，你之前那个乖乖宝元宝已经死了，现在站在你面前的是钮祜禄元宝！别说她只是在现场看看了，她就是现在过来，站在我面前，我也照样告诉她，我，元宝，要去跟别人玩耍了！"

水关上，"唰"的一下打开门，元宝裹着浴袍昂首挺胸走了出来，欢快地说："姐，我……"

何芸涵看着她，双眸似寒潭，冷得不见底。

元宝腿一软，手立马去扶墙。

什么……什么情况？

老何怎么来了？

袁玉姐姐呢？她姐呢？

元宝呆呆地看着何芸涵："你怎么来了？"

淡定，元宝让自己淡定。她往外望了望，正要拉开门呼救，何芸涵先她一步，"咔嗒"一声把门反锁上了。

"元宝，我们谈谈。"

何芸涵努力克制着心底的火，她觉得自己很有必要跟元宝谈一谈。

元宝吓得心突突的，她恨死了这样的自己，为什么一见到老何就不自觉地心虚？不能，绝不能这样！

她暗暗给自己鼓劲。

元宝坐在床上，拿毛巾搓着头发，似笑非笑地看着何芸涵："好啊，何总要聊什么？"

孩子大了，都有叛逆期。

翅膀硬了，都会扑腾了。

这样的元宝是何芸涵没有见过的，让她始料不及。

浴巾裹在身上，她半湿的头发散着，水滴顺着锁骨一点点下滑。

房间里弥漫的都是沐浴露的香气，何芸涵盯着元宝看了一会儿，轻声说："你喜欢塞卡吗？"

元宝冷笑，她看着何芸涵："我喜欢谁用你管吗？"

何芸涵静静地看着她。

元宝低着头，不去看她。

"滴滴答答"的水声犹存，何芸涵走到元宝身边看着她。

也许，从认识开始，元宝就是坚强、阳光的，时刻都带着笑容。

时间久了，她都忘记了，元宝也还是个孩子。

是个有自己脾气，偶尔也会撒娇任性的孩子。

何芸涵牵起元宝的一只手，元宝也抬头看向何芸涵。

何芸涵盯着元宝的眼睛，满目柔光地看着她："元宝，之前，是我不对。"

这一句啊，这一句……

元宝的眼泪一下子就流了出来。

她不是要闹,不是要生气,就是想要这一句话啊。

从出生到现在,她经历了多少,最懂得珍惜身边的人,珍惜每一寸的好时光。

可是……这一次,如果她不狠下心来,下一次,老何不知道又因为什么样的借口远离她。

何芸涵低头,声音哽咽:"我只是……只是不知道该怎么表达,从小到大,我从来没有对谁说过这样的话……"她紧张地吞了一下口水,看着元宝,深吸一口气,用尽全身力气说着,"我……我……"

人生无常,一句解释而已,没有什么说不出口的。

如果有一天,她还要经历死亡,何芸涵希望,那时候的她不再存留遗憾。

心里是这样想,可让开口还是非常艰难。

元宝盯着何芸涵的眼睛:"芸涵,我想知道,你心里到底是怎么想的?"

何芸涵幽幽地看着她,片刻之后,闭了闭眼睛,她鼓起勇气:"我……害怕你难过,害怕你会走我曾经的路,经历当年云漾离开我一样的痛,所以才狠了心想要推开你。可你真的走了,我难受到不能呼吸。"

不知不觉间,两人都红了眼圈。

一行泪顺着脸颊滑落,何芸涵看着元宝:"本以为瞒着你是对你好……可你走了,我又觉得非常难过,一直到……"她吸了吸鼻子,"一直到你来医院找我,我明知道瞒着你的计划前功尽弃了,却又长吐一口气,犹如重生。"

听到这儿,元宝已经泪流满面。

何芸涵握住她的手:"被推上手术台时,我的人生第一次有了一定要活下去的想法,因为……只有活着才能看到你,看到大家。"

这些话,好像倾注了何芸涵全部的勇气。

曾经痛苦煎熬、被阴霾覆盖已久的心,终于袒露了出来。

万物皆有裂痕,那是阳光照进来的地方。

第二章

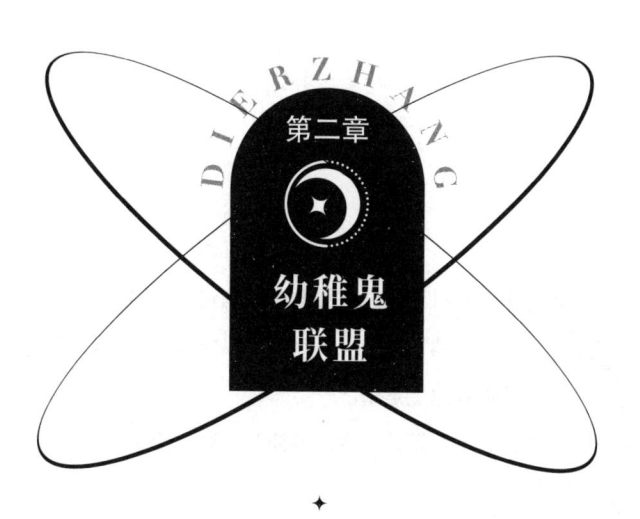

DIERZHANG

幼稚鬼联盟

01.

从小到大，何芸涵没有对谁说过这样的话，几句话，用尽了她全部的勇气。

所以，当元宝盯着她一动不动，除了流泪没有任何反应的时候，她的心一点点变凉，连带着身体都跟着凉了下来。

可就在下一秒钟，元宝默默地起身，她伸开双臂，给了何芸涵一个拥抱。

元宝的眼睛都红了。

是的，之前她是下了狠心，一定要等何芸涵向自己道歉的。

可现如今，看她艰难地说出这些话，元宝的心疼得皱成了一团。

这份展现在她面前的软弱，足以扑灭她的全部怒火。

明白了元宝的态度，何芸涵彻底放松下来。

她是做完手术了。

可连日来的奔波，她的身体早就吃不消了。

暗黄的灯光下，她安心地躺在床上，终于嗅到了熟悉的味道，感受到熟悉的温暖。元宝也躺在一边，声音哽咽："你知道吗？这一次，你是真的惹我生气了。"

何芸涵听着元宝的话，想：她知道的。

不然，打死她也说不出今天这样的话。

元宝的语气里带着点气愤："你肯定不知道，要不也不敢就那么离开。"

何芸涵刚刚止住的泪又要流下来了。

对不起……

元宝恨恨地道："以后，你都要让着我，我比你小这么多呢，你怎么总欺负我？"

何芸涵哽咽着回道："好。"

元宝偏了偏头："别以为我这就好了，你说说我这是折腾了几个月？我这气一时半会儿也消不了，你要是想这么糊弄过去，等以后，我肯定跟你算旧账，我特别记仇特别小心眼。"

何芸涵眼里的红还没褪去，她声音柔和，满是宠溺："那要怎么办？"

元宝想了想："之前我遇到你的时候，都是被你影后、何总的光环笼罩，一直讨好你吹捧你，这一次换你来。"

何芸涵笑了，这么久了，她从没像现在这样舒展眉头。她一本正经地回着："我不会。"

她不能骗孩子啊。

元宝："……"

啊啊啊啊！！！

你自己听听，这是道歉的态度吗！

楼下，袁玉找了林溪惜一圈，简直要哭出来了，她给林溪惜打了个电话："喂？"

这委屈巴巴的声音。

林溪惜怔了怔："你怎么了？"

怎么这个点打电话？不是和元宝在一起吗？

袁玉难过极了："溪惜，我被你师父骗了，她那个坏人，她告诉我你在楼下，我找了一圈也没找到。回酒店门还被反锁了，连门铃都给我关了，唔……她们怎么能欺负老实人啊？你到底在哪儿啊？"

沉默了许久许久。

林溪惜清了清嗓子："我在美国。"

袁玉："……"

元宝感觉自己活过来了。

她从酒店房间出来，迈着妖娆的步伐，扭着腰，路过走廊的时候，看见袁玉黑着脸站在那儿。

袁玉问她："这么晚了，你要去哪儿？"

元宝美滋滋地回道："干吗绷着脸啊？姐，no生气，no难过，为了让你休息好，我把整个房间都给你住怎么样？"

袁玉转着手上鸽子蛋大小的翡翠戒指，冷冰冰地道："姐差你一个房？你去哪儿啊？"

元宝捂着脸："别问了，这大半夜的还能去哪儿，回学校啊。"

袁玉："……"

回学校至于雀跃成这样吗？

元宝回到学校兴奋了整个晚上，她给自己裹了一条被单，头上扎着枕巾，一手指着还在苦读的苏敏："妹妹你大胆地往前走啊，往前走！！！"

苏敏捂着耳朵。

元宝在床上扭成蚯蚓："哎呀，来啊，姑娘，不要辜负这大把好时光，我们一起嗨起来啊。"

苏敏一下子站了起来，她愤怒地掐住元宝的脖子："你是不是想死，是不是想死？没看见姐姐在复习吗？你闹什么啊？"

元宝："你复习就复习，发这么大火干什么？"

苏敏："我能不火大吗？我被谁算计的你不知道吗？"

元宝眨了眨眼睛，摇了摇头，茫然道："不知道。"

还有谁能算计苏敏？

苏敏咬牙切齿，她也是费了大力气才知道爸爸是从冯部那儿得到的消息，又是费了大力气才知道，冯部是受了何老师的委托。她那叫一个恨啊！

"你们这么快就和好如初了？"

元宝美滋滋的："才没呢，老何说她以后主动对我好。"

苏敏："你俩有意思吗？"

她自己幼稚，现在还带着何老师一起幼稚！

元宝一甩头发："哎，敏敏，快帮我想想，我该怎么矜持又有礼貌地挫败老何？"

她总得要耍大牌不是？

刚要说话，苏敏想起之前的惨痛经历，立即闭上了嘴。

不知道！

她可不敢再说了！

不同于元宝的疯癫，何芸涵淡定得多，她回家洗了澡，疲惫地倒在了床上。

这么久以来，第一次踏踏实实入眠。

第二天醒来，何芸涵先是给国外的医院打了个电话，知道妈妈恢复得不错，她的心便放下了，打开了电脑搜索——如何讨好别人。

网友们的答案大差不差，大多是什么送花送礼物、买买买之类的。

何芸涵看了，觉得太庸俗，她需要一个高手给她支着儿。

这个时间，元宝应该在上课。

何芸涵想了想，去了圣皇，她的精神状态好多了，走路都昂首挺胸的。

她走到萧佑办公室门口，Linda看见她，一脸的尴尬："何总，您来了？找萧总吗，她……"

恐怕不是很方便。

何芸涵点了点头："冯部又来了？"

Linda点头："您先进去吧，我还有事儿，有事儿。"

冯部可是她惹不了的人，她可不敢擅自带何总进去。

眼看着Linda一溜烟跑了。

何芸涵走到门口，从门缝往里看了看。

办公室里，萧佑坐在老板椅上，表情一本正经又显得特别奸诈："冯部又大驾光临了啊？哎呀，我们圣皇蓬荜生辉啊，您有什么指示吗？"

冯晏看着她："萧佑，你一定要用这种语气和我说话吗？"

可能是来得匆忙，冯部的正装还没有换下，衬得整个人器宇轩昂，一身正气。

萧佑翻了个白眼："不然呢？您可是领导，管着我的啊，我哪敢怠慢。"

冯晏起身走到萧佑身边，两手按住老板椅，把她锁在怀里："我问你，'李'是谁？"

萧佑明显一愣，却很快恢复正常："你管不着！"

冯晏冷笑："萧总刚刚不是才说过，我是管着你的人吗？"

萧佑噎了一下，嘴硬道："那是我们公司新来的艺人，我看着挺顺眼的，准备发展成知己。"

"真的？"冯晏的眼眶红了。

萧佑有点心虚："是啊，想不到冯部身处高位还有空管咱们这些俗事啊，荣幸荣幸。"

冯晏湿漉漉的眼睛盯着她："知己，然后呢？"

萧佑皱着眉，气场起来了："我一个Boss，还真得跟你汇报日常？然后？呵呵，我想干什么就干什么。"

这话说得伤人了。

冯晏直起身子，盯着萧佑看了看，声音低沉："好，既然如此，咱俩一拍两散，我也厌倦你这张老脸了。"

说完，冯晏转身就要走，被萧佑一把拽了回来："什么？你把话说清楚，什么老脸？"

冯晏冷冷冰冰地道："萧佑，你是不是以为咱们还是学生时代，我任你掌控？"

萧佑的眼神恶狠狠的。

冯晏推开萧佑："我还有会，就不耽误你跟小艺人们约会了。"

说着，冯晏拿起包就往外走，萧佑怔了怔，追了几步。冯晏打开门，看见何芸涵，怔了怔，点了点头，然后头也不回地走人了。

而此时，萧佑瞬间泄了气，已经颓废了。

她坐在沙发上，一言不发。

何芸涵走了进来，默默地看了她一会儿。

萧佑无力地挥了挥手："不用安慰我。"

何芸涵："我没想安慰你。"

萧佑："……"

都这个时候了，何总要来找碴儿吗？

"我来找你，本来是想请教点事的，现在看看……"何芸涵瞅了瞅萧佑，"不需要了。"

就这挫样，还好意思说自己是身经百战的交际王者呢？

萧佑："……"

她做错了什么，要被冯部欺负，还要受到何芸涵这样的言语羞辱？

离开前，何芸涵看了看低着头的萧佑，好意提醒了一句："我看最近冯部身边也围了不少人，个个都是年轻有为，告诉你一声，不用谢，萧总再见。"

萧佑："……"

这什么鬼？为什么要告诉她？

这个死女人，当初在国外就不该管她，良心是不是也被切掉了！

没有了场外帮助，何芸涵决定采取最古老的方式。

她去花店买了一捧花，又买了一盒巧克力，站在停车场里等待元宝。

元宝下课就往外跑，临了还是被塞卡在大门口拦住了："你怎么来了？"

塞卡美滋滋的，他今天特意打扮过，格子衬衫牛仔裤，特别小鲜肉："元宝，听说咱们MV的母带出来了，一会儿去看看吗？"

他直勾勾地看着元宝，难不成两人心有灵犀？元宝也明显打扮过，长发披肩，红唇惹眼，身上还有淡淡的香水味，这明显是为了出门野餐准备的啊。

元宝愣了一下："不行，我今天有约。"

塞卡"哦"了一声，挺失望的，他拿出随身带着的一盒巧克力："给你的。"

元宝尴尬了。

这……她不能收。

然后，她就看见不远处的何芸涵从车里拿出巧克力，扔在地上，她还……踩了两脚。

元宝："……"

"好吧好吧。"塞卡笑眯眯地又去掏包，像变戏法一样从包里拿出一朵玫瑰花，"最美的花献给最漂亮的姑娘，元宝，给。"

元宝："……"

她又看见了。

何芸涵冷飕飕地在一旁揪花瓣，一朵一朵，全给揪烂了。

"怎么，还是不满意吗？"塞卡还要去掏包，元宝手一伸，"得得得，你赶紧打住。"

回头芸涵别把车给拆了。

塞卡正要说话，手机响了，他看了元宝一眼："是K导。"

K导这个时候给塞卡打电话？

元宝不由得看向他，没说几句话，塞卡就一副惊讶的表情："真的吗？"

简短的交谈之后，塞卡挂了电话，他的脸色有些不好，低着头："元宝，可惜了，K导说咱们的MV有点问题。"

元宝也是惊讶："什么问题啊？"

她拍摄的时候可是挺豁得出去的。

塞卡叹了口气："说是涉黄。"

元宝："……"

涉什么黄！！！

他们很纯洁的好吗？

"而且……母带也没了。"塞卡望天，"我……我改天来找你吧。"

他是一个信命的人。

这一系列的信号都在告诉他，今天不适合约元宝出去。

元宝迟疑地看了看他，没多说，跑向何芸涵。

何芸涵没说什么话，甚至连招呼都没打，直接把车门打开了。

气氛略微有些尴尬。

上了车,元宝四下看了看:"今天怎么开了这辆车?"
这不是老何平时开的车。
何芸涵:"音响效果好。"
元宝立马有了很多好想法:"要在车里看电影吗?"
何芸涵没理她,淡淡地说:"他找你什么事?"
元宝:"塞卡吗?"
何芸涵用黑白分明的眸子看着她:"不然还有谁?"
元宝:"……"
元宝实话实说:"就是说MV的事,好像有点问题,说什么涉黄,哪里有啊,而且母带还没了。"
何芸涵点了点头,她发动车子,一瞬间,音响响了起来。
她的车载音响效果特别好,绝对是影院级别的。
在副驾驶位还安装了车载电脑,屏幕也特别清晰。
所以,几乎是同一时间,元宝的身子就僵硬了,她不可思议地盯着车载电脑。
电脑屏幕上,正播放着她刚拍的MV。
屏幕上的她,正裹着红色的布,迈着妖娆的步伐,一手还比在红唇上。
漫天的花瓣扬起,场景那叫一个香艳啊。
天啊!
苍天啊!
这什么情况?
这母带不是没了吗?
难道这一切?
元宝扭头震惊地看着何芸涵,何芸涵微笑地看着她:"我特意要来和你一起欣赏。"
元宝:"……"

02.

这场景犹如凌迟。

一刀又一刀。

屏幕上的元宝还撒着花瓣,扭着柔软的腰肢,眼睛哗啦啦地放电。

拍的时候没有什么感觉,如今看到了,元宝尴尬得脚趾都能抠出一栋别墅了。

何芸涵很淡定,抱着胳膊看着屏幕。

元宝哆哆嗦嗦地道:"那个,芸涵,咱能不能先把这个音乐关了?"

何芸涵一脸淡漠:"你不是觉得自己跳舞很性感,很享受吗?"

元宝噎了一下:"我那是职业道德使然,再说这不也没过审吗?"

用脚想她都知道这一切是何芸涵的"功劳"。

何芸涵看着她不说话,表情绝非愉悦。

元宝循循善诱:"芸涵,咱俩不是说好了吗,你有什么想法,可以对着我说出来。"

这段时间,她没少看心理学类的书,都快成半个心理专家了。

何芸涵沉默了一会儿,她看着元宝:"我不希望别人看见你裹破布跳艳舞的样子,很不雅观,对你之后的职业生涯也无益。"

元宝:"……"

裹着破布……跳艳舞?

……忍,为了鼓励老何主动倾诉,她一定要忍一忍。

元宝:"那就废了吧,就当白拍了。"

何芸涵摇头:"不用,以后过年过节可以重温,就当警钟长鸣。"

元宝:"……"

何总?

老何??

何老师???

这是要让她羞愤致死吗?

不管怎么样，音乐总算是关了，元宝心里好受多了："今天咱们去哪儿啊？"

何芸涵没有说话，而是拿着手机在看——

想要朋友开心，一定要夸奖外表，不能是那种死板的"你好漂亮/帅"，要发自肺腑地称赞。

何芸涵转身看了看元宝，眼睛上下在她身上打量着。

元宝一窘："干吗？"

何芸涵想了想，憋了半天也没想出来什么词，只能说："元宝，你美得让我无法夸奖。"

元宝听完愣了半天，之后仰头笑了，手拍着座椅，简直要笑岔气儿了。

哎呀我的妈呀，老何这都是在哪儿学的啊，一套一套的。

何芸涵脸色难看，她看着元宝，元宝笑倒在她身上："哎呀呀，不错，老何会夸人了，进步了，大大的进步，给一朵小红花！"

何芸涵："……"

天都蓝了，树都绿了，元宝的心情是那么好。

车子开在路上，何芸涵说着今天的安排，元宝惊叹："真的吗？你真的要带我去看电影？还不是包场的那种？"

何芸涵点了点头，指了指后面的墨镜、帽子、口罩："一会儿你戴上。"

她查过了，一般的步骤是先看电影，然后再吃吃喝喝，度过愉快的一天。

路上，元宝四处看了看："有吃的吗？好饿啊。"

她整个早上都没有吃饭。

何芸涵："本来准备了巧克力。"

元宝："……"

可扔了。

何芸涵："我还准备了鲜花。"

元宝："……"

还是扔了。

瞅了瞅老何憋屈的脸，元宝笑眯眯地说："哎呀，芸涵，你得适应啊，以后也得慢慢习惯，像我这样既长相貌美又性格好的人，从来不缺朋友的。"

何芸涵淡淡一瞥。

元宝赶紧说："别那么小心眼，跟我学学，做人要大度。"

话音刚落。

马路边，一个染着黄头发的男孩看着何芸涵，吹了声口哨："美女，聊聊啊！做个朋友呗！"

元宝一扯脖子，挥拳："滚，小兔崽子！叫谁呢！"

何芸涵："……"

两人到了电影院。

元宝拉住要去买票的何芸涵，在App上一顿捣鼓，成功了，她美滋滋地显摆："以后这种事就交给我吧。"

何芸涵看着她手机屏幕上花花绿绿的各种软件图标，一阵子沉默。

她的手机上除了必备的几个软件之外，都是办公软件，唯一休闲的还是财经新闻。

元宝没听到表扬，她抬头看了看何芸涵："咋了？"

何芸涵不吭声。

元宝撇嘴："说嘛。"

对比以前的表达能力，芸涵现在已经有了很大的进步，但习惯不是一朝一夕养成的，也不是一下子就能改变的。

何芸涵还是没有说话，她抬头看了看，电影院里人不少，到处洋溢着青春的气息。

元宝滑动着手机："咱们看哪个啊？"

她觉得和芸涵一起看电影，最好选一个成熟高端一点的片子，这样芸涵才会爱看。可是今天电影院排片一般，除了一部青春片能看之外，其他的好像都不是很适合。

元宝拿起手机给何芸涵："你看看喜欢看哪个？"

何芸涵认真地挑选了一下，指了指一个海报上全都是丧尸的："这个。"

一阵子沉默。

元宝重重地叹了口气。她终于明白，为什么何总这样貌美如花，气质非凡，却一直独自一个人，这超凡脱俗的品位，真的是……凭本事单身啊。

"那个，咱俩别看那么可怕的。"元宝劝着。

何芸涵："那你问我干吗？"

元宝："……"

气场又起来了。

这是和朋友商量的态度吗？？？

其实元宝很想霸气地选那部丧尸电影，可终究是没敢，她选了部充满青春气息的爱情电影。

直到买了爆米花，看见元宝抱着爆米花和饮料喜气洋洋地走了过来，何芸涵都沉默着。她在想，自己是不是真的老了，跟年轻人有代沟了？她一看那个电影封面，就几乎能想到电影的全部内容，可是说出来，元宝会不会不开心？

"吃点喝点，这样心情才好，不用怕胖啊，一会儿就消化了。"元宝说这话是为了安慰何芸涵，可看老何没回应，她就笑了，"想什么呢？"

从刚才就心事重重的。

何芸涵盯着她的眼睛："你年轻，我不年轻了。"

元宝："……"

踩雷小能手又上线了。

话是这么说，何芸涵还是"口嫌体正"地吃起了爆米花。她想了想，也许自己应该向娜娜学习用一下这些软件了，以后，也尽量阳光一点。

元宝已经为她付出了那么多，生活上的改变，她愿意主动走出这一步。

观影的人陆陆续续进场了。

影院的灯光一直很灰暗，直到坐在椅子上，元宝才吐出一口气，还好，大家没有认出她们。

她看了看何芸涵，何芸涵很淡定地坐在座位上，就连看电影，身姿都是那么好看，上身挺直，像是在听下属汇报一样。

元宝好笑又心疼："你不怕别人认出咱们吗？还有，别挺那么直啊，这是看电影，放松一下。"

这些年，何芸涵习惯了时时刻刻绷紧身体，就算是来看电影，在黑暗里，她一时半会儿也无法放松下来。

听元宝这么说，她好歹往后靠了靠。

电影的内容不是她喜欢的，但看元宝笑成那样，她的嘴角也跟着上扬。

看到后半段，元宝有些累了，她的头靠在了何芸涵的肩膀上。

何芸涵随手为她整理了一下鬓角的碎发，元宝的嘴立即咧上了天。

还是有变化的不是吗？

最初的何老师，一个接触都会身子僵硬，可现如今，她居然主动为自己整理头发了。

靠着何芸涵的肩膀，看着电影，元宝的身心彻底放松了，扬着的唇角就一直没下来过。

原来，有些稀松平常的小事，跟要好的朋友一起做，就会无比地开心。

开心的时光总是短暂的，不知不觉间，天就黑了。

元宝该回学校了。

何芸涵知道为了自己，元宝的功课落得太多了，很有可能被留级。留级还好，如果差得太多，学校会开除她也说不定。元宝这段时间虽然淡出了圈子，但是身份在那儿，背后的舆论压力并不小，她必须拼了命追上落下的课程才行。

到了学校门口，将车子停好。

何芸涵看着元宝，元宝看着她。

"我送你进学校吧。"

元宝笑了，她看着何芸涵，语气软软地说："你送我那还不得引起轰动？"她身子前倾，拍了拍何芸涵的肩，"谢谢你，今晚我很开心。"

何芸涵被她拍了一下，身子一僵，片刻之后，她抬起了双臂，主动拥抱了元宝一下。

月光从车窗透了进来，洒在她们的脸上，荡起了一模一样的笑容。

03.

何芸涵没有直接回家，而是去了圣皇，生病这段时间，她落下了很多工作。

以前的她习惯孤单，沉溺工作是为了逃避内心的空虚；而如今的她内心丰盈，努力工作是为了像心中的小太阳一样，好好生活。

这个点，除了少许加班的人员，公司几乎没人。

何芸涵停好车，往楼上看了看，怔住了。

她的办公室灯居然亮着？

沉思了片刻，何芸涵摇头，无奈地笑了。

这个公司，没有她的允许，能够进入她办公室的，就只有萧佑一个人了。

果不其然，打开门，何芸涵看见了缩在她沙发上、抱着膝盖、可怜兮兮的萧佑，萧佑看见她，有气无力地说：“你可回来了，芸涵，你的小可怜等你很久了。”

何芸涵把包放在桌子上，径直走到洗手间去洗手。

她虽然不知道到底发生了什么，但看萧佑这落魄的样子，怕是和冯部有关。

"你都不理我吗？良心，你的良心呢？"萧佑对何芸涵的态度很不满意，撇着嘴发脾气。

何芸涵洗完手，走到老板椅前坐下，眼睛盯着电脑，对萧佑说：“好，萧总，我关心关心你。”

萧佑："……"

有这么敷衍人的吗？

萧佑：“我听说你今天跟元宝特别开心啊，不是有说有笑的吗？怎么一到我这儿就这样了？你也太不够意思了。”

何芸涵如墨的眸子眯了眯：“萧总对我这么不放心？”

这是派人跟着她了？

"那当然。"萧佑敢做敢当，"你也不看看自己现在的身体状况，我怎么可能让你随便乱跑啊，万一出点什么事可怎么办！"

这话虽然说得霸道强势，但温暖了何芸涵的心，她轻轻地叹了口气："萧总，你和冯部那……"

何芸涵是比以前会表达了一些。

但萧佑发现，那也仅限于表达对象是元宝。

萧佑美丽的眼眸渐渐湿润："你以为我愿意这么拖着啊？别人说我可能还会解释解释，难道你也不明白我的处境吗？"

冯晏是谁？是普通人吗？是她可以招惹的吗？

"我难受着呢，你知道吗？咱们虽然有钱，但在人家眼里，我啊……"萧佑轻轻地叹息，"就好比那上不了台面的戏子，冯晏若是和我在一起，影响的不仅仅是前途……"

何芸涵蹙了蹙眉，她有些心疼萧佑。

这样一个从小乐呵呵、天不怕地不怕的人，居然也有如此难以言喻的心酸。

萧佑看着天花板上的灯："冯部才刚援疆回来，很多事还没定下来，我……我不能逼得太紧……"

在这一点上，萧佑和冯晏非常像，宁愿自己去承受一切的不好。

可是又有所不同。

萧佑从来没有想过离开，她虽然煎熬，但一直默默等待着。

不施压，不抱怨，给冯晏时间整理一切。

富贵对于萧佑不过是浮云，她可以不要现在拥有的一切，想退就退，但冯晏不是，官场和商场不一样，一举一动都是牵一发而动全身。

萧佑甚至想过，如果有一天，冯晏告诉她自己选择了前途，不想再这样彼此牵绊下去了，她就联系个寺庙出家，做个貌美尼姑，绝不纠缠冯晏。

所以，目前阶段，两人处于一种诡异的关系之中。

明明彼此牵挂，可在外人看起来，又像是对立的。

冰炭相息，大抵如此。

萧佑那天刺激完冯晏之后，人家居然说不来就不来了，这几天她心里没着没落的，想去找人家，又拉不下面子。

何芸涵看萧佑实在难受，从包里拿出一个小罐，里面是蜂蜜。

萧佑惊讶地看着她，记忆里，芸涵是不爱吃甜食的，这是……为了安慰她才买的吗？

何芸涵轻轻搅动："这是元宝给我的，让我每天早起冲一杯，清理肠胃。"

萧佑："……"

何芸涵抬了抬眼："我是看你心情不好才给你的。"

萧佑咬牙："你还是人吗？"

何芸涵没理她，已经开始看文件了，萧佑翻了个白眼："我就问你一句，芸涵，你到底管不管？"

何芸涵低头看文件："不管。"

萧佑："……"

好，很好！

何芸涵不帮她，她就去找元宝！

萧佑是个行动派，她想要做的一定要立马做到。于是一大早，她跟Linda打了个招呼，开车就直接往元宝学校招呼。

元宝接到萧佑的电话还挺开心，她以为何芸涵也来了，还琢磨着，难不成看电影不够，还要和朋友一起吃饭？

她特意穿了一条新买的束腰，憋着气给扎上，又穿了一件收腰的衣服。元宝照着镜子看了看，觉得自己简直美极了。

她欢快地冲下楼，看到萧佑的车后，又捋了捋头发，敲了敲车窗："怎么又跑过来了？"

车窗落了下来，萧佑笑得妩媚："哎呀，我的小心肝，姐姐想你啊，上车吧。"

元宝："……"

看到萧佑的笑，元宝觉得大事不妙，没有犹豫直接转身："哎，我刚想起来，我还有课，我得赶紧去上课，不能再落下了。"

结果被萧佑一伸胳膊给拽了回来，她黑着脸，拿出一副绑架的姿态："上车，不然做了你。"

元宝："……"

太可怕了。

元宝就这么被"绑"上了车。

她小心翼翼地看着亲自开车的萧佑："萧总……咱们这是去哪儿啊？"

萧总亲自开车，还不带Linda，怕是要干什么不可告人的事吧。

难不成是冯部？

萧佑磨了磨牙："哼，凭什么别人可以对我搞突然袭击，我就不能去突袭？领导就了不起了吗？"

元宝："……"

果不其然，是冯部。

萧总就是萧总，吃醋都吃得这么清秀脱俗。

元宝有点想不透："萧总，你找冯部带上我干什么？"

萧佑冷哼一声，道："我怕万一遇到点什么突发情况，你个小鬼反应快，也能帮我挡一挡。"

说完她看了看元宝，把车的双锁落了下来，怕元宝偷跑。

萧佑嘴上说让元宝帮着挡一挡，实则看中她身后的人。绑了元宝就相当于拿住了何芸涵，靠山必须绝对可靠，她才有勇气去挑战冯部。

谁知道，元宝一脸无语，她也不避讳，直接掀开裙子把束腰拽下来扔到一边："还以为是出去玩，白准备了。"

萧佑："……"

到了蟹岛。

萧佑戴上了墨镜，跟做贼一样四处看了看，冲元宝挥手："这边。"

元宝无语道："萧总，你好歹也是一堂堂总裁，用得着这么偷偷摸摸的吗？"

萧佑理都不理她，更过分地用丝巾围住了下半张脸，更像贼了："说是在三号会议室，快，元宝，快点！"

元宝："……"

两人一路前行，三号会议室说是会议室，其实是一个古色古香的四合院，围墙里面是红瓦房，一片恢宏气派。

元宝看着眼前鸟语花香的景色，琢磨着怪不得萧总会多想，这里的确挺适合约会的。

到了地方，大门紧锁，进也进不去。

元宝看了看，问："怎么办，萧总？"

萧佑指了指前面的小花园："踩着这里爬墙。"

元宝愣了一下："你确定？"

今天两人可都穿着裙子，而且这墙虽然不高，但很容易摔下去。

萧佑豁出去了："必须的！"

她心意已决。

元宝试图拒绝："不行，我怎么说也是偶像演员，不能干这种没形象的事！"

萧佑毫不留情："拉倒吧，你下一部戏芸涵都说了，就是《欢天喜地猪八戒》里的八戒，你还偶像呢？赶紧的，少废话！"

元宝："……"

她不要面子的啊！

两人特别没形象地托起裙子，把高跟鞋都脱了，光着脚往围墙上爬。

在元宝的记忆里，除了小时候跟下洼村的小伙伴这样玩耍过，这还是长大后第一次干这样荒唐的事。她再看看萧总，看她那副龇牙咧嘴的使劲样，不由得在心里感叹，真的有人永远不会长大啊！

费了九牛二虎之力，两人总算爬了上去。

带着期望，她们往下一看，心空了。

好凄凉啊。

什么都没有。

空落落的小院，只有绿化还不错。

元宝看向萧佑，萧佑做了个手势："等！"

元宝："……"

这可等了不只一时半会儿。

她们足足等了一个小时，元宝的身子都要麻了，萧佑从墙头拽了一根草塞进她嘴里："咬住！同志，考验你的时刻到了！"

元宝："……"

神经病啊！

总算，功夫不负苦心人。

一个多小时之后，冯晏从瓦房里走了出来。

萧佑和元宝又惊又喜，两人连忙低下头，用草掩护自己。

冯晏："……"

墙头那俩人到底在干什么？

一出来就看见了，那么大的两个脑袋，在装蘑菇吗？

"谁啊？冯晏。"

一听这声音，萧佑一个激灵，她看着元宝："完了，冯晏师父！"

冯晏的师父高夕辉绝对能列入萧佑最怕的人名单之一，她可是十足的上位者架势，最主要的是，她护自己这徒弟护得比亲妈还紧。

所以每次见面，高夕辉强大的气场都把萧佑压制得死死的，两人有点像老鼠和猫。

他们已经走到了院子正中，这个时候萧佑和元宝只能屏住呼吸一动不动，上也不是，下也不是。

冯晏和师父高夕辉没有管墙头的两个人，一前一后坐在了院子里，喝着清茶，聊了起来。

两人都是气场强大的人，谈的都是些萧佑不太懂的事。

冯晏的手摩挲着茶杯，眼睛时不时往上看一下，唇角的笑就没断过。

高夕辉自然也看见了，她表情淡淡，就要看她们俩能坚持到什么时候。

元宝看着怂到缩着脑袋的萧佑，无情地嘲笑："太尿了。"

萧佑恶狠狠地瞪她一眼。

屋里还有人，听脚步声，两人抬起了头。

是……何芸涵？

元宝本来扯着脖子，瞬间像乌龟一样缩了回来。

完了完了，要是让何芸涵知道她这么和萧总趴在这儿，自己的形象又要扫地了。

这下子，轮到萧佑无情地嘲笑她了。

两人互相嘲笑了一番，心都凉了。

完了，这可怎么办？

萧佑人精一样，最先反应过来，她两手作揖："元宝，你必须帮我，生死大事啊！"

元宝看了看何芸涵："谁不是啊？"

萧佑："不行，我不能在冯部师父那儿减分了，你赶紧想个办法，咱得撤退。"

元宝也有点急："咱要是这么跳下去，肯定会惊到他们，回头再叫保安来，那就闹大了，谁也跑不了。"

不能往外跳，那就只能往里面跳了。

还不能暴露萧总。

元宝看着萧佑那瑟缩的模样，于心不忍："萧总，只要不让他们看见你的脸，怎么都行？"

萧总："怎么都行！"

元宝："好，我数一二三，咱们往下跳进去！"

萧佑："你确定可以不让他们看见我的脸？"

元宝："确定！"

萧佑点头，豁出去了！

"一！"

"二！"

"三！"

话音刚落，两人一下子跳了下去。

所有人都看了过来。

元宝在落地的一瞬间，还没站稳，便凭借年轻人的身体优势利落起身，一手扭住萧佑的胳膊，另一只手按住了她的脸，把萧佑压在了地上。

　　随后，元宝正义凛然地看着几个人："我抓到一个贼！"

　　冯晏看了看脸被按进草坪里的人："……"

　　何芸涵："……"

　　高夕辉："……"

04.

　　——我抓到一个贼！

　　当元宝大义凛然地宣布这个结果时，萧佑被按在草地上的脸变成了跟大地一个颜色，黑透了。

　　想她一路被老萧总调教，纵横商场也快十年了，在这个圈子里什么人没见过，居然被……被一个小崽子给算计了。什么说好了一起跳，原来这是在报复她今天的"绑架"行为啊！

　　元宝按着萧佑，她可是信守了不让大家看见萧总脸的承诺，这霸气的开场词说完之后，她用眼神去瞄何芸涵。

　　该你了该你了芸涵，愣着干什么？

　　什么样的场面，能让如此强势的三个人集体愣住，元宝做到了。

　　眼看着元宝眼睛都要眨出来了，何芸涵才回过神，她轻轻咳了一声，随手拿起外套，走到元宝身边："抓贼就抓贼吧，别弄那么血腥，吓到领导怎么办？"

　　元宝默契地接过衣服，盖在了"贼"的头上，她顺手捏了一把萧佑的屁股："行，那我就先把人带下去交给保安部吧。"

　　话音刚落，一队穿着黑色西装、打着领带、身材高大魁梧的保镖齐刷刷跑了进来。

　　那气场，那整齐的脚步，威慑力十足。

　　高夕辉两手抱臂，站了起来。

为首的保镖毕恭毕敬地走了过来,听从安排。

高夕辉去看徒弟:"小晏,你说师父该怎么处理?"

冯晏咳了一声,指了指被蒙着头的"贼",对着保镖"带我屋里去,我亲自审。"

……

眼看着人被带走了。

高夕辉对着茫然的保镖微微一笑:"都当我傻呢,没事,你去吧。"

"砰"的一声,门被关上了。

冯晏把萧佑头上蒙着的衣服扯掉:"你们这是玩哪一出啊?"

萧佑气得脸都青了:"元宝那个小兔崽子,不报此仇,我不姓萧!"

冯晏摇了摇头,挽起袖子,去里面的洗手间润湿了一条毛巾,走过来给萧佑擦头上的土:"你好好的爬什么墙头?你从小就头大,忘记了吗?往那儿一缩跟大蝌蚪似的,我师父肯定早就看见了!"

萧佑要气炸了:"你跟谁一伙儿的?我知道了,你也被元宝收买了对吗?"

冯晏看她气得不轻,叹了口气,摸了摸她的脸:"好了,摔没摔疼?"

萧佑还是气:"你来这儿干什么?你师父怎么回来了?芸涵又怎么来了?"

这三个人有什么关系吗?

冯晏:"我师父是芸涵的粉丝。"

萧佑:"……"

我的个天啊……

冯晏无奈,戳了戳她的额头:"所以你老实点,看在芸涵的面子上,别没事总去欺负小元宝。"

萧佑冷笑,她突然捏住冯晏的下巴:"我问你,是我漂亮还是元宝漂亮?"

冯晏:"……"

萧佑愤怒地咆哮:"我不会放过那个小兔崽子的!"

不会被放过的元宝此时此刻正躺在何芸涵的大床上,鱼一样滑动着手臂撒娇:"你怎么来了呀,怎么跟冯部在一起啊?冯部师父气场好强大啊。"

何芸涵在一旁无奈地看着她:"还问我,你呢?你怎么跟萧总在一起蹲墙角,怎么还把人家给按地上了？"

元宝乖乖地道："不要这么说嘛，人家一个总裁，我怎么敢按她啊，我这么做还不是为了帮她完成心愿，她不想露脸。"

何芸涵无奈地笑笑："你哦，别轻易惹她知道吗？"

萧佑是什么人，平时小打小闹还行，要真是恼火了她，小元宝还不是吃不了兜着走？

元宝看着何芸涵："你等一下啊，我给你看个不一样的。"

何芸涵有点惊慌。

她想说话，可元宝已经扭捏着跑了出去，不一会儿工夫，她又跑了进来："你看！"

元宝特意从萧佑车里拿了束腰，细腰出现了，芸涵看到会觉得她美吗？

何芸涵盯着她看了看，一脸的迷茫。

元宝瞬间不开心了："我给你三次机会，你必须说出我的变化来。"

语气中带着小女孩惯有的撒娇和小脾气。

何芸涵无比重视，认真地盯着元宝看了看，试探性地问："画眼影了？"

元宝咬牙："……我这是跟萧总折腾了一圈，眼线花了！"

何芸涵又仔细看了看："我知道了！"

元宝的眼睛一下子就亮了。

何芸涵："你里面穿的丝袜！"

所以腿才看着那么光亮。

元宝深深地吸了一口气："最后一次机会。"

这下何芸涵不能不慎重了，她如临大敌一般屏住呼吸，又打量了元宝一番，笑了："怪不得我猜不到。"

元宝扭了扭腰，美滋滋的："什么？"

何芸涵："喷香水了？"

"……"

元宝彻底无语了，哪有这样的朋友啊，一点不关心她，这不是欺负人吗？

气不过，元宝把衣服一掀，委屈地说："你看啊！"

何芸涵看了看，脸色一变："快摘下来，谁让你戴的。"

元宝愣了愣。

何芸涵："对身体不好！"

经历了种种，在何芸涵心中，没有什么比身体更重要的，更不能为了美丽牺牲身体健康。无论是细腰还是水桶腰，哪怕胖成一个丸子，只要身体健康就好。

元宝："……"

晚饭是几个人一起吃的，跟恩师吃饭，自然不能去吃年轻人爱吃的火锅、肉串什么的。

冯晏对这里很熟悉，师父祖籍上海，于是特意点了几个精致的上海菜让大厨送了过来。

竹林深处，绿柳茵茵，蓝天白云，精致的装碟，再来一点小酒。

几个人闲聊了几句，高夕辉的脸上有了笑意。

元宝刚开始因为萧佑的态度本能地畏惧她，可聊上几句后她才发现，高夕辉根本没那么可怕，相反的，甚至有些可爱。

高夕辉已经四十多了，岁月虽然在她的脸上留下了痕迹，但她眉目间的神采与坚毅却是年轻人没有的："真好，跟你们在一起，我觉得自己也变年轻了。对了，你们知道吗？芸涵是我的偶像。"

何芸涵浅笑。

高夕辉："芸涵的演技啊，不仅可以在同龄演员中脱颖而出，甚至有些老戏骨也比不上，小晏知道的，我家里啊，贴了很多芸涵的海报呢。"

冯晏起身倒酒，笑着说："可不是嘛，而且每年最佳演员评选，师父都会投票，她要是忙，还会安排手下的人提醒，什么颁奖典礼、投票评比啊，师父都会参与。"

元宝惊讶地看着高夕辉。

这是不是就是传说中的追星典范了？

有这样的开场，几人的交谈自然多了，聊天之余，元宝惊奇地发现，别看萧佑平时在哪儿都吃得开，是全场焦点，可在高夕辉面前，她异常乖巧，不多言不多语，非常淑女矜持地坐在那儿，就连笑都是捂嘴那种，偶尔发现元宝盯着她，萧佑就翻个大白眼。

领导的生活方式非常养生。

吃完饭，高夕辉是要散步的。

高夕辉和冯晏还有何芸涵并排走在前面。

元宝和萧佑跟在后面。

几个晚辈陪着，高夕辉和冯晏便说了一些琐碎的事情，她没有避讳："现在是敏感时期，你想要的，还是要缓一缓，急不得。"

萧佑听到，眼睛都亮了。

冯晏看了看她，对着高夕辉点头："我知道。"

高夕辉："'搂草打兔子'，你就算是要退了，也要留后路知道吗？"

元宝听不明白，萧佑却明白得很，这是让冯晏走一步看三步。

高夕辉情商很高，她嘱咐的这几句，不仅是对冯晏的吩咐，更是对萧佑的一种承诺。其实她心里是喜欢萧佑这孩子的，之前，她的确因为职业对萧佑有些偏见，可她怎么也没想到，在那样的环境里，坐在那样的位置上，萧佑对冯晏的付出一直是真心实意的，不掺杂任何利益企图，她好像没有什么理由不去喜欢这孩子。

她漂亮、执着、专一，偶尔有些小幼稚，而那些小幼稚正好可以调节徒弟工作狂的属性与单调的生活。

几句工作上的话简单交代清楚之后，高夕辉左手挽一个右手挽一个，跟家里的长辈一样带着冯晏和何芸涵看山看水看花看草。

身后的萧佑和元宝又开始互相伤害了。

萧佑当着元宝的面，伸手偷偷地捏了一把何芸涵的屁股，然后立即看向别处。

何芸涵转身，无语地看着元宝。

她干什么呢？

元宝咬牙切齿地看着萧佑，她不甘示弱，戳了戳冯晏的腰。

冯晏回头，不可思议地看着萧佑。

这人出息了，师父在，她在干什么？

两人这就开始较劲儿了，你一下我一下的，何芸涵和冯晏的眉头蹙了又蹙，想要警告两个幼稚的"小朋友",又怕扰了师父的雅兴,全都只能憋着。

论手段,元宝可比不过萧佑,萧佑妖娆地扭了扭腰,嘚瑟地对元宝挑衅地笑。

这明显就是宣战了啊。

元宝简直要被气死了,她看了看萧佑,用嘴形无声地说:"是你逼我的!"

萧佑两手叉腰,摇头晃脑。

逼你又怎么了?你奈我何?

元宝对着萧佑笑了笑,她上前一步走到何芸涵身边。

萧佑疑惑地看着她,怎么着,这是认输了,服气了?

元宝一手搂着何芸涵的肩膀,转头对着萧佑美美一笑,然后手下滑,横过何芸涵的腰,重重地在高夕辉腰侧捏了一下,还特意转了个圈,然后迅速缩回。

高夕辉浑身一个激灵,她身子扭了一下,猛地回头,不可思议地看着唯一一个站在她身后的人。

萧佑:"……"

05.

在萧佑之前的人生中,就不知道什么叫作"怕"。

可现如今,面对高夕辉吃人一样的眼神,她整个人吓蒙了,张着嘴傻在了那儿。

冯晏也同样如此,被雷劈了一样呆呆地看着,在冯晏心中,恩师是犹如神一样的存在,被人掐腰什么的是永不会发生的。

全场最正常的就是何芸涵了,这个时候,她反应极快:"萧总!怎么能这么开玩笑呢?"

萧佑:"……"

冯晏:"……"

到了关键时刻,才能看出来谁护着谁。

高夕辉淡淡地扫了眼萧佑:"怎么,敢做不敢当吗?"

这简直是硬生生把炸药塞进嘴里，萧佑还得面不改色地让它在自己肚子里炸开。她面带愧色："我……我可能是眼花了。"

冯晏咳了一声："你也是，闹什么闹。"

高夕辉看看萧佑又看了看冯晏，转身对着何芸涵道："芸涵，你看我这坐办公室的老腰能比得上我徒弟那小蛮腰吗？"

萧佑："……"

冯晏："……"

姜还是老的辣。

一句话，既把冯晏给挖苦了，另一方面也化解了尴尬。

元宝笑眯眯地说："您可真大度。"

萧佑咬牙切齿地看着她，很好，元宝，元宝，咱俩没完！

遛完弯，大家心情不错，又在院子里沏茶品茶。

元宝待在何芸涵身边，几个人的谈话她不是很懂，有些话需要细细地去揣摩，掰开揉碎才知道什么意思，她嫌费脑，就不掺和了。

她在藤椅上躺着，头枕着何芸涵的衣服。

何芸涵今天穿了条裙子，衬得肌肤胜雪，眉目如画，如月下仙子一般素雅脱俗。

萧佑一直很沉默，不发一言。

虽然所在领域不同，但从高夕辉的话里，她也听明白了，如果冯晏真的退下来，会有不少的风险。先不提别的，冯晏自己也有曾经得罪过的人，在位的时候没什么，可一旦退下来，那就说不定了。

冯晏好像知道萧佑的想法，一直牵着她的手，中途，萧佑想要收回去，却被固执地按住了。

萧佑低着头，冯晏倔强地盯着她看，萧佑拗不过，只得轻轻地叹了口气。

说了一会儿话，高夕辉看着身边这几个孩子，像是勾起了自己过往的某些回忆，她幽幽地叹了口气，仰头看着天上的星星。

趁着这个工夫，冯晏恶狠狠地警告萧佑："你敢跑试试。"

冯部还不知道萧佑那点主意，准是听师父这么说，又开始担心害怕瞎想了。

萧佑叹了口气，她无奈道："我还能往哪儿跑啊？"

除了下洼村和国外，这些年，天涯海角的，她跑了多少地方，结果呢？

是冯晏真的神通广大，让她无处可躲吗？

不是的。

是她根本舍不得。

"这段时间，咱们少见面。"萧佑压低声音，冯晏低着头不吭声，心里满是酸涩。

萧佑想要安抚性地笑一笑，可眼泪却不争气地浸湿了眼角。

天已经黑透了，小院里点着仿古的大红灯笼，有点瘆人。

元宝深吸一口气，给自己鼓了鼓劲，调出手机的手电筒，给萧佑发了个信息过去。

"萧总，吃鸡吗？"

她发这个原本是想试探一下萧佑的心情，可没想到，刚发完，她就听见小院里"叮"的手机声。

元宝吓得一哆嗦，她把手机往前面照了照，虽然有点晚，却正好看见萧佑在擦眼角的泪，也只是过了几秒钟，萧佑就笑了："你怎么出来了？"

元宝看得心疼死了。

她没吭声，折回房间，拿了两瓶冰镇啤酒，扔给萧佑一瓶："给。"

萧佑沉默地接了过去。

一人一把藤椅。

两人在小院里晃悠着，看着天。

萧佑一直没说话，元宝就一直沉默地陪着她。

黑色的夜空，星星一闪一闪的，这个季节，晚上还有点冷。

元宝就这么陪着萧佑吹冷风，萧佑喝着啤酒，盯着天足足看了十分钟，轻轻地叹息。

坚持吧。

还有什么比失去冯晏更痛苦的吗？

这世上，最能让人堕落悲伤的是感情，可最能让人燃起生活热情的也是感情。

没人看得透，猜得透。

从冯晏那里回去之后，元宝就真的开始密集补课了。面临着留级的危险，她这次可不敢再瞎胡闹了，几乎天天都泡在图书室里。

何芸涵偶尔会去看她，带一些她爱吃的零食，看着元宝在车里吃完，又匆匆忙忙地回学校。

她心里不是个滋味。

好几次元宝拉着何芸涵不放开，撒娇似的晃着她的胳膊："我们出去玩一天嘛。"

何芸涵温柔地摸摸她的头发："你要乖乖的，不要做出格的事，让我放心知道吗？"

元宝撇了撇嘴，她能做什么事啊，她现在忙得恨不得把自己劈成两半用了，还能出格？

眼看着年底了，圣皇的事务也开始繁杂起来，艺人的行程被排得密密麻麻的。萧佑也收敛了很多，她忙了一上午，忙完跑到何芸涵的办公室里，恰巧林溪惜也在，萧佑笑着点了点头："溪惜也来了？"

林溪惜回以微笑。自从何芸涵手术之后，她就经常过来帮忙。

林溪惜是个聪明的孩子，虽然刚开始什么都不会，只能在一旁看着，可她进步神速，现在已经能帮助何芸涵处理一些事了。

萧佑早有想法，决定让她毕业就签来圣皇，何芸涵自然也支持。只是袁玉不乐意，可也没敢说话。

处理完公事。

中午，几个人休息吃饭，太累了也没想着出去，就让厨师把饭菜都拿到了办公室来，七菜一汤，摆了满满一桌。

何芸涵吃了几口就饱了，她看了看手机，没有元宝的信息。

林溪惜也在刷手机，她惊叹道："哇！"

萧佑凑了过去："怎么了？"

林溪惜："这是我们学校的直播平台，我们系的校草何飞正在直播呢，他今天要在学校追求自己暗恋了一年的女神。"

何飞？

萧佑有点印象："这不就是咱们圣皇新签约的那个艺人吗？舅舅是董事会的。"

林溪惜点头："是的，这位师哥特别帅，人也特别温柔，翩翩君子的那种。之前我们还一直纳闷，他怎么没有喜欢的女孩呢。"

萧佑笑了："唉，你们这些小孩啊。"她看了看手机屏幕，"哟，无人机都用上了，快，别自己看，给我们也分享一下。"

萧佑拿了外接线，把林溪惜的手机直播投到大屏幕上。

何芸涵也放下了手里的咖啡，抬起头。

是挺浪漫的。

一地的花瓣，正好，她也看看现在年轻人都是怎么追人的。

此时画面上出现的是何飞的身影，他穿着牛仔裤，白衬衫，标准的初恋打扮，还特意喷了发蜡。

萧佑："小伙子挺精神。"

在萧佑看来，何飞也只能用"精神"二字形容了。他的长相帅是帅，但少了一些辨识度。

这阵势可不亚于求婚，他的哥们儿都在给他鼓气。

他手里捧着一大把蓝色妖姬，深吸一口气，随着大家的起哄往外走。

萧佑点评道："帅是帅，但没什么特点吧。签进来后可以安排以组合的方式出道。"

屏幕上，何飞特别紧张，脸一直红着，手上出了很多汗，导致他不得不倒腾着花束来回擦手。

萧佑点了点头："挺纯情的啊，是吧，老何？"

何芸涵不置可否。

何飞掐着点足足等了五分钟，众人千呼万唤的女主角终于出现了。

"哎？"

萧佑看了看，那女生挺高，带了个小猪佩奇的玩偶帽子，把头都遮上了，还围着围脖，只露了一个冻得有点红的鼻头，几乎看不见长什么样，可从气质上感觉挺不错，这么一看还挺可爱。

就在此时，载着项链的无人机缓缓飞了过去，落在了那女孩面前。

萧佑一脸向往："这就是年轻的爱啊，青涩又让人心动。"

林溪惜："是啊，你看他脸红得跟西红柿似的，挺可爱。"

两人说完，一起扭头去看何芸涵，只听何芸涵淡淡地道："大学生不好好学习，追个人弄得这么浮夸，既想谈恋爱又要出道，这样油腻的艺人，圣皇不能签。"

林溪惜："……"

萧佑："……"

两人愣了一下，萧佑眯着眼仔细去看那被表白的女孩，那女孩好像被无人机吓了一跳，她摘下小猪帽子，一脸蒙地看向镜头。

06.

被表白了还能这样漂亮懵懂的，不用说，肯定就是元宝了。

元宝忙了一天，刚从图书馆出来，手机没电了，正着急回宿舍充电。

元宝认识何飞，眼看着何飞脸憋得跟茄子似的，手里拿着鲜花，嘴角直抽搐，她心里一凉，指着镜头："这是啥？"

这是在录像吗？

何飞身后的朋友笑着说："学校的直播。"

直播啊……还是学校的。

只有B大学生的内部账号能看。

元宝呼了一口气，脸色缓和了一些。还好还好，这些乱七八糟的东西可不能被自己那几个姐姐，尤其是芸涵那个老学究看到，否则回头又该轮番给她进行思想教育了。

她刚答应过芸涵不会做出格的事。

屏幕那边。

萧佑和林溪惜忍着笑看着元宝。

萧佑扭头看向面无表情的何芸涵："元宝肯定是觉得你不会看直播，把你当老古董呢。"

听了萧佑拱火的话，何芸涵冷哼一声。

人群开始起哄。

何飞把手里的花递给元宝："学妹，我……我从第一眼见到你就爱上你了，从那时候起，再也没有女生能入我的眼。"

元宝听完挺惊讶的："学长，你第一次见我，我不是正在体育场扔铅球吗？"

她记忆特别深刻，当时自己正龇牙咧嘴使劲儿呢，不远处，有一个男生跟傻了一样直勾勾地盯着她看，当时她还琢磨要不要把铅球扔过去。

何飞噎了一下，道："对，我就是喜欢清新脱俗不做作的你，你就是你，独一无二的元宝，如果……你答应做我女朋友，这一辈子，我会把你当作手里的宝贝去呵护。"

他这话是发自内心的，反而底气足了起来。何飞家境殷实，一路成长顺风顺水的，别看他现在紧张成这样，平日里其实是一个特别傲气的人，对于追求他的那些女孩根本就看不上。唯独遇到元宝，他才知道一见钟情到底是什么意思。他一看见元宝就陷进去了，之前在电视上，何飞也看到过元宝，可那和现实中的她完全是两种感觉。元宝不化妆的样子太好看了，一笑就甜到了他的心里。

元宝还没有接话，何飞专注地看着她，单膝跪地。

他的眼眶都红了，无比认真地看着元宝，两手捧着花。

屏幕那边，萧佑感慨道："这何老头子我见过啊，奸诈着呢，还能有这么一个孙子？"

林溪惜有感而发："年少的爱，总是这样决绝又奋不顾身。"

萧佑笑了："你这是有感而发？"

林溪惜脸红了红。

何芸涵在旁边倒了一杯冰凉的水喝，目不转睛地盯着屏幕。

元宝有点感动，瞧瞧人家这情话说的，多让人感动啊。

"学长，对不起。"元宝抱歉地笑了笑，"起来吧，男儿膝下有黄金，以后你会遇到对的人。这无人机是谁的啊？真好。"

她从来不是个拖泥带水的人。

感情的事，她虽然经历得少，但也知道什么叫快刀斩乱麻。

从不废话，这是她一向的原则。

周围一片唏嘘声，这一年来，追元宝的人是不少，可何飞也算是其中出类拔萃的了，更何况，他还弄了这么大的架势。

何飞的心凉了一半，可他依旧不死心。他真的没见过这样爱笑又天真漂亮的女孩。因为读的是艺术类的大学，所以身边不乏美女，但他就只对元宝有感觉，他每一次看到她的笑都无法自拔。

元宝好奇地看着无人机，注意力都在那上面，直播的同学一看这表白没戏了，就把镜头切了，直接来了一句"game over"。

直播结束。

萧佑看得意犹未尽，咂咂嘴巴："这就没了？"

林溪惜咳了一声。

何芸涵没说话，她看了看手机，这个点，该是元宝午休的时间了，去见见她也好。

萧佑早了何芸涵一步，给元宝打了个电话。

她上来就咋咋呼呼地说："你被求爱的直播我们可都看见了！"

元宝愣了一下："啥？怎么可能？！什么时候？"

不是学校内部账号才能看的吗？

萧佑："我们无意间用溪惜账号看的。"

元宝一下子急了："老何也看到了？那怎么办？"

萧佑看她上套了，赶紧说："一会儿我找个朋友给你送个礼物过去，那是我在外国特意定制的，包装得特别好，你别打开，回头给她个惊喜。"

元宝愣了愣："礼物？"

萧佑应道："可不是，姐姐多心疼你，知道你在学校惹事被老何知道会被教育，特意给你买的礼物，先发制人。"

元宝听了感动极了："果然关键时刻还是要看我萧总！"

这才是真正的朋友，没的说了！

电话挂断，林溪惜盯着萧佑脸上的坏笑，心里发寒。

何芸涵来的时候，元宝屁颠屁颠地跑了过去，拿起无人机显摆："芸涵，你看，我准备考完试干点正事，学学知识。"

元宝说这话的时候有点心虚，忐忑地祈祷自己这招"先发制人"能够管用。

她伸手递给何芸涵，何芸涵去接，可两人不知道怎么打了个时间差，无人机重重地摔在了地上。

何芸涵的手一抖："哎，掉了。"

元宝尴尬地笑了笑："没事，没事，一定是不小心。"她弯腰去捡，何芸涵又往前一步，一脚把无人机踢飞。

元宝："……"

何芸涵抱着胳膊，特别云淡风轻，一双眼睛看着元宝："又不小心了。"

腰还弯着的元宝："……"

老何这是来找碴儿了。

元宝的心悬在了嗓子眼上，她努力做着最后的挣扎："芸涵，你是不是累了？心情不好？你看，我特意给你准备了礼物。"

她摸了摸，材质有点硬，感觉像是香水什么的。

这种时候，真的是要感激萧总了，人家不愧是总裁，想得就是远，料定了芸涵会不开心，提前准备了惊喜转移注意力。

何芸涵盯着元宝，心里缓和了一些，还知道给她准备礼物。

眼看着老何脸不那么紧绷了，元宝赶紧去拆包装："这是我拜托朋友亲自帮忙选的，你看还没来得及拆呢。"

成败就在萧总身上了。

打开包裹。

看清里面的东西后，元宝倒吸一口凉气，何芸涵盯着看了看，眼睛眯了起来。

风吹过。

元宝手里拿着一只木鱼，愣在了原地。

这木鱼看着材质就特别好，通体乌黑光亮，也不知道是什么木头做的，被元宝这么托着，特别扎眼。

何芸涵的声音冷得仿佛来自地狱："你要给我这个？"

07.

听着何芸涵的话，元宝都要抱紧自己唱一首《凉凉》了。

这个小肚鸡肠的萧总！

看着何芸涵死死地盯着自己，元宝的求生欲让她没有把木鱼递出去："这个……快递我拿错了，这是我自己买的，挺好看的，修身养性，呵呵……呵呵……"

风在吹，泪在飘，元宝的内心已经崩溃了。

人生中，第一次崩溃到敲木鱼，居然还是自己给自己挖的坑。

何芸涵收了礼物发了脾气，又踩了元宝两脚，这才开车走了。

元宝回了宿舍洗了脸，想着老何发飙的样子，情不自禁地笑了起来。

看来手术切肝儿也不完全是让人担心害怕的事，她感觉何芸涵的那份瞻前顾后、犹犹豫豫也连带着被手术切除了，她开始学会表达情绪了。

天知道她等这一天等了多久。

这个时候，知道自己扳回一城的萧总已经得意地在办公室里哼上小曲了。

可第二天，她就接到了冯晏的电话。

冯晏的声音犹如冰霜："萧佑，你想死吗？"

萧佑吓得一个哆嗦，人都从椅子上站起来了："我……怎么了？"

世界这么美好，冯部怎么这么暴躁？两人这么久没联系了，一上来就说这么血腥的事？

冯晏深吸一口气，看着手里的快递："你给我寄个绿帽子干什么？别说不是你寄的，上面都是你的字迹。"

萧佑："……"

元宝那个小崽子！

冯晏的声音凉飕飕的："你这是什么意思？暗示什么？萧佑，你要是敢乱来试试看！"

萧佑："……"

天地良心啊！！！

这个小崽子，她一定不会放过她的！

小崽子元宝在和萧佑相爱相杀之外的时间里忙得要疯了。快到期末了，她落下的功课太多，这几天熬得人都瘦了一圈，感觉比在医院还要累。

何飞的事她本以为只是生活中的小插曲，之前她对这位学长的印象还挺好的，看着就是脸皮薄的人，可谁知道，他居然一而再再而三地跑过来给她送花，纠缠不休，甚至在大庭广众之下抓住她的衣角，说什么也不让她离开。

几次下来，元宝的好脾气都被耗光了，最后一次，她忍无可忍地直接把花扔到了地上："学长，请你自重！"

鲜花落在水泥地上，引起了周围不少同学的注意，大家议论纷纷，指着两人说着什么。

何飞眼里一片愤怒与恨意。

他打听过，元宝并没有男朋友，她怎么就不能答应他？

他对她不好吗？

从小到大顺风顺水的何飞还没受过这样的挫折，他咬牙目送元宝离开，独自生了一下午的闷气，到了晚上，他敲开了爷爷书房的门。

何飞的爷爷叫何晟，是最早一批跟着老萧总打江山的圣皇元老，他前几年刚退下来，平日里最疼的就是这个孙子了。听到何飞一通诉苦，他满不在乎地说：

"不就是个女学生吗，有什么啊？还是圈里的新人？"

何飞有些犹豫："我听说她的姐姐也在圣皇，叫萧风缱。"

何晟转动着手上的戒指，想了想："交给爷爷，你先出去。"

何飞一看爷爷点头了，脸上有了笑意。从小到大都是这样，他得不到的，只要向爷爷开口，到头来一定能够拥有。

元宝晚上复习得太累，去隔壁班找苏敏出去吃饭聊天。

自从苏敏转到管理学院这边，整个人都大变样了。这么冷的天，她穿着毛袜，还弄了条裙子："元宝，你知道什么叫物以稀为贵吗？在表演系我虽然是个美女，但也没这么突出啊！哎呀呀，你不知道现在我们班那些人见到我，一个个眼睛比灯泡还亮，我走路都不用照明了。"

元宝带着苏敏去撸串，特别无语："你别勾引人家纯情小男生啊。"她的目光打量了苏敏一番，"这大冬天的你穿成这样，不知道的以为你要带我去夜店。"

苏敏看了看可乐："废话少说，来点酒。"

元宝无奈地摇了摇头。

这位姐姐转变形象特别快。

现在动不动就酒啊酒的，还说什么感情都在酒里，就学名利场上虚与委蛇的那一套。

元宝也确实有点乏了，喝点啤酒的确能解疲劳，只是两人本来说少喝一点的，后来没忍住，一人来了三瓶。

酒足饭饱之后，元宝和苏敏勾肩搭背走了出来，两人一边划拳一边看星星，还真是彻底放松了。

谁也没想到，就是普通的喝一次酒惹了麻烦。

第二天一早，萧佑直接去了何芸涵办公室，她将手里的信封递了过去。

何芸涵看了看萧佑，萧佑的表情有点难看，冲着她努了努嘴。

何芸涵打开信封一看。

是偷拍的照片，而且都是元宝和苏敏的，照片里两人面色潮红，贴得那叫一个近，一手还拎着一瓶没有喝完的啤酒，正咬耳根说着什么。虽然这些照片说明不了什么，但在这个圈子里，想要败坏一个人的名声太容易了，这样的照片再配上一些杜撰的文字，舆论一发酵，元宝肯定会被扣上私生活混乱的帽子。

萧佑吐了一口气，她倒也没有隐瞒："这是那个何飞的好爷爷何晟干的，已经预订了下周的头条。"

何晟也很意外，他原本以为圈子里的人想要抓住点把柄很容易，找人跟了元宝几天，可没想到，几天蹲守下来发现，元宝太过老实，除了学习就是和朋友在一起，没有什么料。朋友还就是苏敏出现得比较多，但凡出现个异性，就算没有越界的行为也能拍出来点内容，写出点味道，现如今，他也只能模糊杜撰了。

现在社会网络发达，想要给一个人泼脏水太容易了，更何况还是在镜头前出现过的演员。

萧佑深知元宝在何芸涵心中的重要性，何老头这次惹了不该惹的人，她就算有意隐瞒，芸涵也会查到。更何况萧佑虽然平日里跟元宝嬉笑打闹互相使绊子，但在她心里，早就把元宝当作挚友了。

何总护犊子，萧总同样如此。

何芸涵很敏感："下周？"

萧佑点头："老头子玩阴的，打这个时间差，想要逼元宝就范呗。"

他压着不曝的目的就是威胁元宝，让她同意跟何飞在一起。

这样手段卑劣的事，在圈子里不少见。

何芸涵听了点了点头，按了内线电话："娜娜，你进来。"

萧佑看着何芸涵的表情，有些心惊。她太了解何芸涵了，何芸涵表面越是这样波澜不惊，做出来的事就越是人害怕。

何芸涵就像能看透萧佑在想什么，淡淡地说道："他动别人，甚至动我，我都没有意见，但是元宝，不行。"

这话说得杀气满满。

萧佑叹了口气。

何晟啊何晟，你说你干的都是什么事啊，偏偏踩在何总的雷区上。

娜娜进来了，何芸涵拉开抽屉，拿出一张名片："去联系这个人。"她压低声音，在娜娜耳边交代了几句，娜娜不时点头，到最后，她迟疑地看了看萧佑，萧佑轻轻点了点头，算是默许了。这种事没办法拦，拦也拦不住。

娜娜很快回来了，她拿了两个厚厚的信封，一个是何晟的，一个是何飞的。

这里到底是圣皇。

何芸涵还是给了萧总面子，她把两个信封交给了萧佑。

当天晚上，何芸涵准备离开办公室的时候，何晟拄着拐杖，颤颤巍巍地进来了："何、何总。"

何芸涵很冷漠，坐在椅子上，面无表情地看着他。

只是一下午的时间，信封里的内容就让何晟的心悬在了嗓子眼，他看了看何芸涵，有些畏惧。

他明明是看着这孩子长大的，可如今，她变得越来越冷酷，光是坐在这儿就让他倍感压力。

何晟看着何芸涵，忐忑地说："这件事是我不对，我……我已经回去教训我孙子了，以后这种事，绝对不会发生。"

何芸涵抬了抬头，神情淡淡地道："已经发生了呢。"

何晟有点着急，脖子上的青筋都凸起来了："我、我还没有动！"

何芸涵冷笑。

何晟心里没底，何芸涵出手太狠，查到的东西足以毁了他们家。他不得不低声下气，只求能把这事圆过去。

"我……芸涵，我当初也是跟你爸爸一起创业打江山的……咱们两家都姓何，也算是世交。这件事是我不对在前，不知道你认识她，有眼不识泰山，所有的照片我都已经销毁了，你放心，除了萧总之外，没有第三个人知晓。"何晟现在十分庆幸自己在出手之前，谨慎地跟萧总吱了一声，不然现在……他能不能坐在这里都不一定。

看在对方这样诚恳的态度上，何芸涵点了点头："岁数大了，糊涂一些是难免的。可年轻人，这样冲动，并不适合这个圈子。"

何晟的额头开始往外冒汗，他听出了何芸涵的言外之意，哀求着："何总，这……"

她这是要断了孙子想走的路。

何芸涵看了看时间:"就这样,我还有事。"

说完,她一点情面没给何晟,起身离开了。

当何芸涵出门的那一刻,何晟瘫在了沙发上,手脚冰凉。

之后一段时间,何晟家的事圣皇众人都有所耳闻。

身为元老、一向在圣皇趾高气扬的何晟突然像变了个人一样,在许多会上都是不言不语,低调行事,而他最在意的、原本前途大好的孙子何飞不知道怎么,原本已经大四马上要毕业了,却在此时突然出国,连国内的学位都没有拿,说是去做什么家族生意了。

事有蹊跷,有人问过何晟其中的真正原因,他都摆摆手讳莫如深。圈里有的人隐约知道,这一切与他的孙子和萧风瑜的那些事有关,虽然具体是谁出的手大家并不清楚,但那之后,元宝的身份就成了一个谜。

有娱乐记者曝出,元宝是某集团掌门人的女儿,姐姐是娱乐圈大佬,还有一个秘密情人,据说是黑道白道都吃得开的大哥。

这条消息上午刚出来下午就被撤了,只剩下些捕风捉影的小道消息。

萧佑扶额:"这些记者可真厉害啊,芸涵,你知道吗?元宝现在在学校可厉害了。"

何芸涵笑了笑。

她知道,元宝早就打电话告诉她了,说是她去吃饭,吃得有点急,咳嗽了一声,给旁边一个学长吓得馒头都掉地上了。

萧佑看着她:"你这次出手这么狠,有些老头子已经有意见了。"

何芸涵早料到如此:"我知道。"

何晟能在圣皇待这么多年,也不是吃干饭的,她做的这些损敌一千,自伤八百。

她在做这件事的时候就想到后果了。

可那又如何?

她拥有的一切外物只是浮云罢了。

在何芸涵心里，最重要的永远是家人和朋友，而元宝，更是朋友中最重要的一个。

她这次一反常态地刻薄，不留任何情面，就是要拿何飞立个威，杀一儆百。

自始至终，元宝也不知道自己怎么就成了大佬的女儿，她被何芸涵保护在安全圈里，甚至许多细枝末节都不知道，一直沉浸在学习之中。忙了两个月，她总算把期末考试给度过去了，虽然将将过关，但总算是不用留级了。

好不容易忙完，元宝去找何芸涵吃了一顿饭。

元宝试探性地问："芸涵，眼看着要过年了，咱们回下洼村？"

相处久的两个人就这点好，彼此都有默契。

她已经不是最初的幼稚小姑娘了，知道照顾何芸涵的心情。

老何是敏感的，元宝很清楚。

她怕是舍不得妈妈，目前来看，以阿姨的身体还是最好不要远行。

何芸涵沉默了一会儿，她看了看元宝，欲言又止。

也许是这些年养成的习惯，过年的时候，就算家里再空，她也会去陪陪妈妈。

有时候，看着窗外的烟花，那种孤单感油然而生。

可是……这里毕竟是她的家啊。

元宝在心里轻轻地叹了口气："那我早点回来？"

奶奶岁数大了，她不能不回去。

何芸涵点了点头。

她们都开始学会为对方思考，不再站在自我的角度，不再理所应当地去为对方做决定。

元宝要回学校收拾东西，何芸涵自然要送她，临去之前，两人去了一趟医院进行常规检查。

Sophia 微笑地看着何芸涵："何总，您恢复得特别好。"

她还记得当初在国外时何芸涵和何妈两个人的状态，那时候的何芸涵像一朵枯萎的花朵。

可如今，她的眼里有了光彩。

Sophia忍不住扭头看了看元宝，元宝在旁边吹气球，这是她从萧总办公室里偷的，最近练习得特别勤。元宝两个腮帮子鼓气，像小仓鼠一样，Sophia忍不住戳了戳，元宝笑了。

何芸涵看了看两人，抿唇。

从医院出来，回学校的路上，何芸涵握着方向盘的手紧了紧："你什么时候和Sophia这么好了？"

元宝哼着小曲，心情特别好："什么？"

何芸涵翻了个白眼，没有回应。算了，元宝不就是这样招人喜欢的性子吗，谁跟她待久了都会被她的快乐感染。

期末考试已经结束，校园里的人非常少，何芸涵口罩墨镜"武装"好后，跟着元宝下了车。

元宝特别开心，和何芸涵手拉着手，遇到有结冰的地方，还拽着她滑一下。

"对了，"元宝扭头看何芸涵，"我接到K导的电话了。"

K导也是很难为，因为嘉宾的原因，《青葱go！》才拍了前几期就停了，这等了大半年，眼看合同都要到期了，必须赶紧把人聚起来。

何芸涵："你不能再缺课了。"

她亲自找过校长，跟校长保证过的，不然元宝就算再厉害，缺了这么多课，也没有资格参加考试。

"嘿嘿，K导特别厉害，早就想到了这点，说是已经和学校说好了。你看几个学员本来就都是我们学校的，因此就在这儿办第二期。"元宝一脸荡漾，她的手搂上何芸涵的肩，"何老师，到时候我不仅可以不耽误学习，还能开小灶，日日跟着我们何老师好好磨炼演技。"

08.

K导的确神通广大，这样的安排学校当然愿意，一方面增加了公众知名度，另外一方面也吸引了媒体关注，不仅是苏敏、萧风瑜、林溪惜，其他学生也可以露脸推一下，谁知道上天会眷顾哪个人。大树之下好乘凉，没准谁就会出乎意料地火一下。

看何芸涵点头了，元宝更是开心，小脸笑成一朵花，幼稚地甩着她的手，一上一下地荡着。

何芸涵虽然没有说话，可唇角的笑却比星辰还要美。

她任元宝牵着手，看着她的眼里都是宠溺。

期末考试结束后的校园很安静，学生都走得差不多了，偶尔有路过跟元宝打招呼的，都会好奇地看一看何芸涵。

元宝打算回宿舍拿点日常的衣服，就跟老何去她家住一段时间，她期末这段时间忙得连轴转，好久没有和朋友一起快乐地玩耍了。

进了宿舍。

苏敏正糊着一脸黄瓜，跷着二郎腿在床上休息。大家都放假了，可是她还要学习，这点苦她还是愿意吃的。看见元宝，她从脸上拽下一片黄瓜："吃吗？"

元宝嫌弃并抗拒："敏敏，你跟我一个淑女说话要注意点，别这么粗俗，快拿走。"

苏敏一下子从床上坐了起来，往外探头："何老师来了？"

元宝："……"

果不其然，何芸涵从元宝身后走了进来，她对着苏敏点了点头。

她俩见面的气氛一直比较古怪。

苏敏是那种跟谁都能聊得开的人，可因为之前种种，苏敏一直对何芸涵心存芥蒂，觉得她对元宝不是像元宝对她那样掏心窝子的好，所以苏敏对何芸涵一直淡淡的。

何芸涵阅人无数，她一眼就看出来，别看苏敏现在还是个涉世未深的孩子，以后进入社会，段数级别绝对不低。

元宝弯着腰在那儿收拾衣服，顺便把床铺拾掇一番，苏敏在后面看着她，眼神古怪。

何芸涵没有说话，她就那么站在旁边看着元宝收拾。

在干家务和做饭这样的事上，她帮不上忙，帮了也只会添乱。

如果是别人，或许还会说点什么，假装帮帮忙，面子上过得去，可何芸涵从来都是简单直接的人，更何况对面的人是元宝，她更没有必要去演戏。

苏敏淡漠地看着两个人，眼里没什么温度。

从宿舍出来。

元宝看了看何芸涵："你别生气啊，敏敏就是直脾气。"

何芸涵："你有这样的朋友很好，只是……"

之前对苏敏父亲的告状都是陪小女孩们小打小闹，她的确不希望跟苏敏的关系搞成这样。

坐在车上，元宝低头查看信息："惠姐说我明年可能要接一部戏，这不会是你给我找的吧？"

她看了看何芸涵，何芸涵动也不动。

元宝撇嘴："居然让我去演什么狼人，还跟里面一个吸血鬼有大量对手戏，太可怕了，狼人……居然还让我练身材。"

何芸涵简单评价："好歹有个'人'字。"

元宝："……"

看着元宝犯难的样子，何芸涵心情不错，她没有告诉元宝，那个吸血鬼是她来演。

这是两人第一次在电影拍摄中的合作，自然格外重视。

剧本都是她亲自选过的，导演自然也是她。

这个决定得到了萧总的大力支持。

元宝嘟嘟囔囔："导演是谁也不告诉我，主演是谁也不说，够大牌了。哎，先不回家，咱去一趟圣皇。"

何芸涵："干什么？"

又去相爱相杀吗？

元宝："都要过年了，这一年萧总没少帮忙，我特意让奶奶做了咸菜邮过来，萧总爱吃这个。"

到了圣皇楼下，何芸涵先停车，元宝拎着咸菜迫不及待地往上跑，去萧佑办公室一看，居然扑了个空。

Linda 有些尴尬："这……萧总在天台。"

元宝没多想，拎着口袋往天台跑，到了地方，她推开门，看到眼前的场景，张大了嘴，手上的口袋落在了地上，咸菜都洒了出来。

看这打扮，萧佑好像刚参加完什么活动，她虽然披着衣服，但内里的黑色长裙遮挡不了那份妖艳。

肌肤如雪，红唇鲜艳，长发乌黑……

冯部则更让元宝震惊，制服还没脱，就被萧佑按在了天台的栏杆上。

这还是元宝第一次看见冯部如此呆滞失神的模样，咸菜掉在地上都来不及管了，她瞪圆了眼睛盯着眼前的画面。

萧佑这时候气场全开，她语气冷漠地说："冯部自己说的话转头就忘？"

"萧佑，你……"冯晏想要说话，可这样的萧佑让人畏惧，多少年了，没看见过她如此动怒。

萧佑一想起今天的经历，心底的怒火就疯狂蔓延。

她信守承诺了。

冯晏说这段时间忙，让萧佑乖乖地等自己，自己有空会给萧佑打电话。

萧佑真的乖乖地听了冯晏的话，就算有很多话想说，也不敢轻易打扰。

可是呢？

今天参加完应酬，喝了几杯酒的萧佑有事想问冯晏，就靠在冯晏工作单位的门口站了一会儿，想碰碰运气。

可是她看见了什么？

冯晏和一个衣冠楚楚的人微笑着走了出来，两人还在一个特别浪漫的西餐厅喝得红酒聊天，聊得那叫一个开心，笑容那叫一个灿烂。

萧佑一直忍着等着熬着，等冯晏把对方"热情"地送走，她才从阴影中走了出来。

冯晏看见她，愣了愣："小佑，你怎么……"

话还没说完，就被萧佑大力抓着手腕扯了过去，冯晏猝不及防，一个趔趄差点摔倒："你……你干什么？"

萧佑还不至于疯狂到不知道这是哪儿，她指了指车："上车。"

冯晏揉着手腕，认真地看着萧佑的脸，抿了抿唇。

身后，小徒弟徐灵正好出来接师父，她看见萧佑之后愣了愣，警觉地站在冯晏的身后。

这就是冯晏培养的后备力量。

徐灵办事干练，深得冯晏的喜爱，为此冯晏还特意跟她解释过。萧佑偶尔也会嬉皮笑脸地跟这个小美女逗乐，可如今她抱着胳膊，睥着冯晏和徐灵。

狭长的眸子里满是压迫感，别看平日萧总爱开玩笑，可一旦动怒，排山倒海的气场立时倾轧而来。

徐灵有点发怵："师父……"

冯晏整理了一下衣领，扭头对徐灵说："你先回去，宋局那儿的事盯一下。"

徐灵点了点头，她看着师父往萧佑的车走去，上前一步，想说话又在萧总冷冷的目光下咽了回去。

车子就这样开走了。

徐灵呆呆地站着。

她真的……从来没见过这样的师父。

车子上，萧佑不说话，可脸色难看。

Linda 开着车，大气都不敢出。

冯晏解释道："你误会了，刚才那位是宋局介绍的，我们谈的是公事。"

萧佑冷笑："忙？谈公事？你每次都是这样的说辞。"

冯晏知道萧佑的脾气，有 Linda 在，自己不便多说。

到了圣皇。

萧佑直接给人扯到天台上，门一关，眼看着没人了，冯晏蹙了蹙眉："你知道你今天做了什么吗？那是什么地方？你怎么能直接过去？"

那里虽然不是圣皇，但认识萧佑的人可不少，万一被拍下来，绝对会对之后的计划不利。

萧佑开了瓶红酒，自己喝了一口，风吹乱她的长发："冯晏，我一直在迁就你。"

她的声音很轻，却揉着无尽的委屈。

"小佑……"

萧佑这一辈子都没这样谨慎过。

她知道冯晏的处境，所以，她一直小心翼翼地隐藏着自己。

可她到底是个人。

迁就了这么久，就不能有一些委屈吗？

萧佑收敛了情绪，神情淡淡地道："冯部既然能陪别人喝酒，自然也能陪我。"

她说着把酒瓶蛮横地往冯晏手里塞。

猝不及防的，冯晏伸手去推萧佑："你冷静点，我不能喝酒，我下午还要……"

"够了！"萧佑最讨厌听这样的话。

她憋了太久了，真的不想再忍了。

就算是世界末日，她今天也要好好发泄一下。

所以，就有了元宝进来时看到的那一幕。

气氛越来越焦灼，元宝的眼睛越瞪越大。

冯晏眼眶都红了，一手去系扣子，冷冰冰地说："不好意思，我从来没有陪过萧总这样的大佬，不知道怎么说话能让你高兴。"

萧佑故意气人："呵，亏你有自知之明，不过冯部从来都是高高在上，我也没指望您能让我高兴。"

这样的话是不能随便说的，说出来会伤人。

可萧佑不仅说了，语气还真假难辨，冯晏深吸一口气，咬唇盯着萧佑幽幽看了半晌，之后扭头走了。

眼看着快要走到门口的时候，元宝把自己缩成一团，往里拱了拱，生怕受到牵连。

冯晏都气成这样了，与元宝擦肩而过的一瞬间，还咬着牙嘱咐："看着她。"

啊？

元宝愣了愣。

看着萧总，怕她跳楼吗？

门被重重地摔上。

萧佑闭了闭眼睛，不见刚才的凌厉，整个身子都软了下来。很小的时候奶奶就告诉她，不要哭，哭解决不了问题。

可现在，连哭都不能的她，不知道该怎么释放心中的压抑了。

"萧总……"

元宝小声地叫着萧佑，萧佑转过身，看着她，眼睛泛红，声音哽咽："你都看见了？"

元宝点了点头。

其实从心里，她还是向着萧总的。

两人互相欺负了这么久，早就有感情了，在元宝看来，萧总是个可爱的大孩子。

点了一支烟，萧佑坐在天台上，任风吹乱她的长发："元宝，从小到大，我想要的，家人都会第一时间给我，几乎所有人都是顺着我的。"

元宝坐在一旁陪她。

萧佑吐出一口烟圈："这也许就是老天爷所谓的公平？对于冯晏这个人，我真的不知道该怎么办了？"

她的眼泪顺着眼角往下流，元宝看着，觉得此刻的萧总真是太美丽了，有一种痛苦的脆弱美，她轻声说："其实……这是事业上的矛盾，跟你俩的友情没什么关系。"

理想与现实之间嘛……

她自然要拣好话跟萧总说，总不能说她是占有欲太强才闹成这样的吧？

何芸涵在车上等了半天都没等到元宝回来，知道的明白她是送咸菜去了，不知道的以为是现场做咸菜去了。

何芸涵锁好车，刚走不远，就看见了冯晏。

冯晏一脸的泪。

何芸涵怔住了，一闪，闪到车子后面藏了起来。

冯部是个强势的人，所以最不喜欢的就是被别人看到自己脆弱的一面。

眼看着要出圣皇的大门了，冯晏擦干脸上的泪，深深地吸了一口气，检查了一下仪容，之后昂首挺胸地走了出去。

仿佛刚刚那个脆弱的人不是本人，出了这个门，就还是那个器宇轩昂八风不动的冯部。

何芸涵看了，心里很不是滋味，再强势的人，也有脆弱的一面，这俩人的情况啊……敏感又说不清。

当年冯晏往上争位的时候，萧佑义无反顾地支持，现在急流勇退，萧佑又要耐心地等待。

进退，都是冯晏说了算。

只是这世间人心最难测，没有谁会无缘无故地对谁好，萧佑的包容也是有限度的，一旦超过那个限度，以她的性子，很有可能会将之前建立起的一切摧毁，覆水难收。

有风吹过，空气中弥漫着眼泪的味道。

萧佑已经把剩下的半瓶红酒喝了，她看着楼下，又看向元宝："有的时候真想就这样跳下去，一了百了。"

元宝反应迅速，一把抓住萧佑的胳膊："别啊。"

萧佑用胳膊勾住元宝的脖子，把她扯向自己："你是舍不得我吗？想要有福同享、有难同当吗？"

萧总就是萧总，都这个时候了，还不忘欺负元宝。

元宝往楼底下看了看，有点眩晕，她咽了口口水。

身后何芸涵的声音凉凉地传了过来："再不松手，我帮你们一把。"

元宝："……"

萧佑："……"

两人回头一看，何芸涵面无表情地睨着她们。

萧佑正心情不好，有气没处撒："有本事你就把我踹下去！你来啊！照着这儿踹啊！"

元宝看着萧佑，两眼都是崇拜的目光。哇，萧总就是萧总，这样直接撅芸涵的场景她还是第一次看到，太厉害了，她偶像啊！

下一秒，萧佑勾住元宝的脖子死死地扯着。有本事就把她俩一起踢下去！

元宝："……"

她是无辜的……

两位大佬目光对视。

何芸涵看着萧佑，抬起了右脚，神情淡淡地道："三——"

"二——"

元宝开始哆嗦了，不是吧，芸涵，来真的？

还没数到一，萧佑猛地收回胳膊，一下子站了起来，立刻远离了天台。

元宝："……"

第三章
宇宙第一可爱

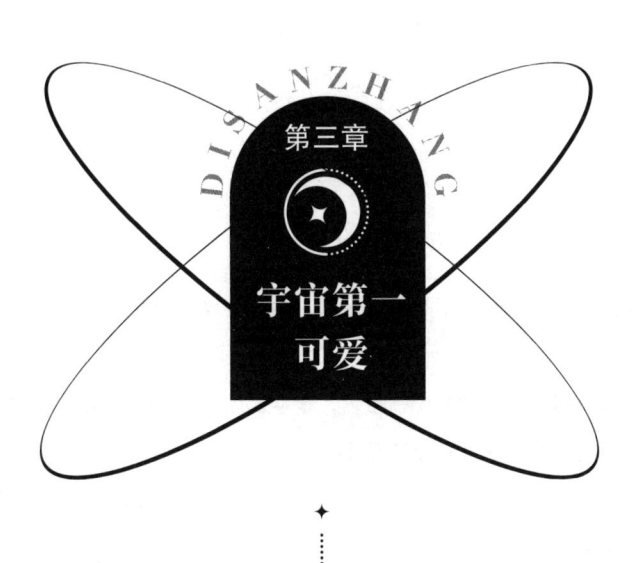

01.

萧佑这次和冯晏吵架可不是闹着玩的,她直接找了个度假村一待,愤怒避世去了。

元宝这段时间跑前跑后没少去帮忙,她本来计划要回家,就有不少事处理,再加上萧佑那边,简直要忙到原地起飞。

何芸涵不愿元宝这么忙,可又不会说体恤的话,她生硬地问:"你什么时候和萧佑关系这么好了?"

元宝知道老何这是心疼她了,乐呵呵地说:"这不是前一段艰难的时间,萧总总是陪着我们吗?"

投之以桃报之以李,这是应该的。

更何况,元宝和萧佑闹惯了,还挺爱跟她在一起的。

有一次两人去钓鱼,元宝不小心把鱼钩甩到了萧总手上,见血了。

还有一次,两人比赛下象棋,非要争个高下,最后以拿象棋互相扔脸收尾。

只是每次都是何芸涵杀过去结束两人的斗争,这也让她头疼不已。

一大早,元宝把萧佑最爱的山楂点心给吃了,两人打得就差见血了,何芸涵冷冰冰地训斥:"萧总,你注意身份,跟一个小孩计较什么?"

元宝得意地冲萧佑吐舌头。

萧佑龇牙:"有你这么劝架的吗?'公平公正'四个字让你吃了吗,何总?"

何芸涵转而看向元宝。

萧佑两手叉腰,得意扬扬地看着元宝。

何芸涵语重心长道:"元宝,你现在就要学会尊重老人,尤其是情感受到挫折的老人,知道吗?"

元宝回答得铿锵有力:"知道!"

萧佑:"……"

真的是……太欺负人了。

可看何芸涵那冷冰冰的样子,萧佑忍不住把元宝拉到一边去:"哎,都说一个人经历了生死后会打开心扉,变得柔情似水,芸涵怎么还那么冷?你工作做得不到位啊!"

要是萧佑对别人这么说,说不定对方会中了她的激将法。可元宝是谁?从小就被几个姐姐"算计"到大,不会别的,伶牙俐齿倒是学了不少。她鄙视地看了看萧佑:"柔情似水?那也要看跟谁了……"

萧佑:"……"

一口老血卡在嗓子眼,萧佑差点要憋出来内伤。

元宝还在伤口上撒盐:"长得好又怎么着?"

萧佑要被气死了:"走,你赶紧拎着你的包,给我走!把老何也带走!"

这都不知道是这些天来元宝第几次听到这样的话了,她笑眯眯地拉上何芸涵:"萧总再见,萧总保重!"

萧佑:"……"

上了车,元宝还在笑,何芸涵特别无语:"你俩这样有意思吗?"

元宝:"有啊,我要是不刺激刺激她,怕她老年痴呆了,不是你说得尊重老人吗?"

萧佑虽然比何芸涵要大几岁,但元宝这话还是刺激到她了。何芸涵开着车,盯着前面的路看了一会儿,在元宝靠着副驾驶位都快要睡着的时候,她幽幽地问:

"你是不是嫌我老？"

元宝心中警铃大作。

她的冷汗都要下来了，赶紧坐好看着何芸涵，认真回答："怎么会，你这么年轻。"

何芸涵冷哼一声，直接伸手在她腿上掐了一把，还转了个圈。

元宝疼得倒吸一口凉气，咬着唇忍着不敢吭声，还心虚地拿小眼睛去瞄何芸涵。

老何这是在发脾气吗？毕竟女人最在意自己的岁数，就算是朋友说也不行。

一路上，气氛都很紧绷，直到下了车，何芸涵也没给元宝好脸色，她冷冰冰地说："下午K导那儿的活动别忘记了。"

元宝赶紧点头，用手拉着何芸涵的胳膊晃了晃："好啦，不要生气了，嗯？"

何芸涵的脸色缓解了几分，她睥着元宝："你就这么哄人？"

人有的时候会嘴比大脑快，说起哄人，元宝脱口而出："生气会变老的。"

何芸涵："……"

左腿刚被掐完，元宝的右腿又遭毒手，老何愤怒地走了，只留下一瘸一拐的她。

元宝从萧佑那里回来后就忙着工作，为了《青葱go！》的再次开拍，K导特别安排几位嘉宾上了苹果综艺，想要预热挽回一下之前流失的人气。这是时隔这么久，出了那么多事之后，几位嘉宾再次聚在一起，综艺节目的人气瞬间爆棚。

米苏还是老样子，穿着宽松的衣服，头发挑染成了咖啡色，戴着棒球帽、耳钉，看起来酷酷的。

何芸涵穿得很休闲，休闲又英气的阔腿西裤，蓝色的绸缎衬衫，头发扎着，干练十足。

元宝则穿了特别显本色的粉色长裙，她一边化着妆，一边偷偷看何芸涵。

苏敏自从转了专业，整个人气质都不一样了，她看着何芸涵："何老师今天可真漂亮啊。"

林溪惜感慨："是啊，很少看见我师父这么帅气。"

洛颜点了点头,她看了看何芸涵身边的米苏,默默无语。

"元宝,你呢?什么感觉?"苏敏的声音有意拉长,演员就是这样,台前演戏,幕后还得演戏。

元宝对着镜头微笑道:"是很好看。"

K导特意来后台嘱咐:"之前咱们陆陆续续放出去一些片子,反响都很好,尤其是洛颜你和米苏老师那段街舞的配合,粉丝们特别吃,再接再厉啊。"

洛颜低下了头。

米苏挑眉,嚼着口香糖玩味地说:"那是当然了。"

K导扭头看向元宝:"元宝,你和何老师注意点,有粉丝觉得你们相处得不好,感觉你总躲着何老师,火药味十足,两边粉丝都有吵架的趋势了。"

何芸涵:"……"

元宝:"……"

随着加速的鼓点声,几个人以轻松俏皮的方式出场了。

每一个人上台,台下都是一阵欢呼声,人气都很不错,而当何芸涵上场时,她微笑地朝台下观众摆了摆手,台下立刻嗨翻了天,气氛瞬间达到了高潮。

何芸涵的状态肉眼可见地好了起来,肌肤如玉,黑发如瀑,红唇明眸,眼里的光仿佛把现场都照亮了。

这个综艺节目是现场直播,节奏比较轻松。

主持人Susan很俏皮,上来就是一段调侃,把洛颜和米苏这对受欢迎的组合先拿出来说:"大家都知道,米苏老师是著名舞者,但是洛颜啊,舞技也让我很吃惊,你们在节目片段中的共舞特别带感,粉丝们都看得意犹未尽,等着你们二搭呢。"

米苏笑了,一挥手把帽子摘了扔向观众席,台下一片尖叫。

随即米苏微笑着向洛颜伸出手,洛颜抿了抿唇,把手放了上去。

这是两人决裂以后第一次共舞。

人的肢体语言有时是非常微妙的,就算是演,也很难逃脱观众的眼睛。

米苏就是知道这点,于是特意选了一首可以battle的舞曲。

洛颜外表看着柔弱，一旦跳起舞来就像变了一个人，她的眼神变得冰冷，犀利地看着米苏。

两人对视之间，心，轻轻地颤抖。

那一刻，洛颜想哭。

这段时间，她一直在逃避现实，痛苦了很久才接受米苏找了新舞伴的事实。

可就在两人四目相对的那一刻，她知道，米苏的心并没有变。

眼睛是不会骗人的。

激烈的舞蹈，舒展的肢体动作，两个人都使出了全力。

米苏游刃有余的肢体动作引起阵阵欢呼，而洛颜更是让大家刮目相看，她的舞蹈底子在，在米苏的带动下很快进入状态，那气质，那眼神，丝毫不逊色于米苏。

台下的观众都屏住了呼吸，元宝在旁边不停地鼓掌，Susan调侃着："元宝看得那么认真，想不想和何老师也battle一下啊？"

何芸涵看了看Susan，一副冷淡脸。

元宝对着镜头微笑："好害羞啊。"

在大家的掌声和欢呼声中，米苏和洛颜的battle结束了，两人都大口地喘息着，米苏死死地盯着洛颜，洛颜却偏开了头。

有了这样的开场，现场气氛瞬间火热。

Susan笑着鼓掌："米苏老师都来了，何老师也来一个吧，和元宝一起飙段戏怎么样，反串一下，来一个霸道总裁与小娇妻的日常？"

这明显是K导授意的，为了缓和气氛。

台下观众立马鼓掌。

元宝一听特别不好意思："我演小娇妻吗？"

好期待啊。

Susan微笑道："你演总裁，来点霸气的，给你个机会，在全国人民面前欺负何老师。"

02.

在全国人民面前欺负何老师。

这对于元宝来说确实很有诱惑力,让她立马连连点头,脸笑成了一朵花。

何芸涵看着她那傻乎乎跟着 Susan 节奏走的模样,无奈地浅笑。

既然元宝喜欢,她自然愿意配合。

何芸涵在镜头面前,从不怯场。

在观众的欢呼声中,她把头发打了个结绾上,露出白皙的脖颈,性感的锁骨上,细细的铂金项链精致惹眼,她还系上了剧组递上来的围裙,俨然已经化身为等待总裁丈夫下班的小娇妻了。

元宝也披了一件西装外套,她特别兴奋,甚至因为太激动,手轻轻地颤抖。

没想到有一天能光明正大地欺负何老师啊。

何芸涵低着头假装做饭,元宝打开门,灯光师把光调暗,元宝放下公文包,走了过去。

虽然是在演戏,何芸涵还是有点紧张。

大家都屏住呼吸,想看元宝会怎么演。

元宝这个时候就很放飞自我了,她直接从何芸涵身后把人抱住,两手强势地卡住她的腰。

观众们都没想到,之前在片段里看元宝既天真又傻白甜,对何芸涵敬畏中带着一丝害怕,今天一上来的表现和之前完全不一样啊。

何芸涵轻轻抖了一下,因为元宝的西装是临时找的,特别大,将两人的身躯都遮挡了不少,所以很多细节从观众的角度都看不见。

何芸涵扭头,用眼神震慑了元宝一下,镜头扫过来,她立马低下头:"你回来了,晚饭我做了你最爱吃的菜。"

啧啧,这低眉顺眼的样子啊。

元宝凑近,像是着迷一样嗅着她身上的味道。

何芸涵的脸有些红,她低下头咬了咬唇:"不……吃饭吗?"

不得不说,何老师的演技不是吹的,这种情况下还接得住戏。这柔弱的模样,真的像个等待丈夫下班的小娇妻。

元宝把头埋在她的锁骨处："一会儿再说。"

哇！

台下的观众沸腾了。

何芸涵伸手略带抗拒地推了推她："别闹，一天了，不累吗？"

元宝笑着弯腰，一个公主抱把何芸涵抱了起来。她本来是想把何芸涵抱到她原本的位置上，可她突然一个哆嗦，两手无力，腿下一软，一个踉跄差点把何芸涵摔在地上。幸好她反应迅速，自己的身子一侧，直接给何老师当了肉垫。

这时候，一个演员的职业素养就体现出来了。

明明是现场失误，可元宝的手一抖，大大的西装飘起，把摔得四仰八叉的两人盖在了下面。

哇！！！

观众们爆笑，现场沸腾了。

在所有人的鼓掌声中，互动环节结束，节目继续进行。

节目播出之后，元宝和何芸涵登上了热搜。

刚开始，大家还只是调侃何芸涵和元宝飙戏的片段，可有网友愣是将两人的画面一帧一帧截图了。

两人的关系以及演戏时的微表情引起了狂热的讨论。

一时间，关于何芸涵和元宝私下关系的讨论蹿上了微博热门话题。

元宝当然是开心的，她太爱这些可爱的粉丝了，就连K导都赞叹："可以啊，元宝，宣传费都给我省了。"

这次的综艺正好为在学校的拍摄做个预热。

网友们都是神通广大的，居然从两人之前零散的相处片段，以及元宝和何芸涵各自演绎的影视剧里分别截取，给两人拼拼凑凑弄了个混剪电影，剪辑效果堪比大制作，特别有感染力。

何芸涵本来还担心会影响元宝之后的戏路，可看她看得开心，连吃饭都捧着手机，便也纵容了。

开播前的综艺收获了超出预期的效果，K 导于是立马安排了《青葱 go！》进校园拍摄。

因为两位导师的到来，整个校园都沸腾了。

一大早，学校的教室基本都是空了，学生们都排着队想要围观两位导师。

虽然何芸涵近期减少了在镜头前活动的时间，但她强大的人气在那儿摆着，一出场就引得一片欢呼，而米苏这两年也靠参加各种综艺舞蹈节目迅速积累了大量人气，俨然有了成为"舞王"的势头，出场时欢呼声亦是震耳欲聋。

元宝在学生堆里，看着那个挥手微笑向大家致意的何芸涵，唇角上扬，特别自豪。

她冰冷、干练、强势，可没有人知道，她有多么温柔。跟何芸涵最初在聚光灯下冷傲的模样截然不同，这其中，她元宝可是起了至关重要的作用。

自豪感蔓延在心头，元宝嘴咧得跟蛤蟆似的。

正式开拍前，K 导特意来找元宝，语重心长道："元宝，我知道你性格活泼放得开，可也得注意表情管理知道吗？"

元宝认真回答："不知道。"

K 导换了一个思路劝道："现在热搜第八挂着的是'元大嘴蛙的嘴有多大'。"

元宝："知道了。"

让 K 导没有想到的是，节目现在的讨论度远远超过了导演组的预期。何芸涵和米苏才刚到，就有大四的学长来找元宝打听："元宝，你和何老师……"

这个学长是学校话剧社的社长，叫王明，和元宝私下里关系不错。

在外人面前，元宝中规中矩地谨慎回答："她是我导师啊。"

王明挺了挺身子，整理了一下衣领，目光炯炯地看着她："那就太好了，既然有这层关系，你能不能帮帮忙？"

元宝无语地看着他，人才刚来，这就忍不住了？

王明有点不好意思："我……我暗恋她已经十年了，我知道……我这是痴人说梦，我就是想要见一见她，我……我……"

元宝："……"

得，这还没正式登场就被人惦记上了。

这还不算什么，从何芸涵站在台上开始，元宝才算真正见识到她的人气。

学生们知道节目要在学校里拍，围观的队伍从主教学楼排到了操场，还有的人居然天没亮就从校外赶来，想要看何影后一眼。

节目开拍。

何芸涵刚一上台，台下就爆发出"嗷嗷嗷"的尖叫声，那嗓门，把校长都震撼到了。他扶了扶眼镜，无奈地对身边的同事说："怎么不见他们学习的时候有这精神头？"

因为是来学校，何芸涵特意穿了条修身又稳重的米色休闲裤，黑色长发柔顺地垂于雪白修长的脖颈之下。她两腿交叠，矜持地坐在沙发上，一手握着麦，另一只手抬起对着同学们挥手致意，青春气十足。知道的说她是娱乐圈影后级别的大佬，要是遇到不认识的，介绍说是在读学生也有人信。

台下的呐喊声此起彼伏，久久不停。

苏敏嚼着口香糖，在元宝耳边说："何老师在你的帮助下状态越来越好了，皮肤像水一样。"

元宝美滋滋地回道："我们老何本来就天生丽质。"

她才刚说完，就听见了身边两个人的对话。

"这是何芸涵？"

"是啊是啊，她变化好大啊。"

"对啊，感觉比以前……怎么说呢，整个人好像更有人情味了。你看她的笑，哎，她在往我这儿看啊。"

"……"

元宝盯着台上的何芸涵看，也许是认识久了，她都忘记了，何芸涵是个人见人爱的女演员。

她有些心酸又有些自豪。

人前，她依旧光鲜亮丽，让人不敢直视，可人后，她付出了多少又经历了多少，只有元宝知道。

轮到米苏打招呼了。米苏戴着棒球帽，嘴角上扬，不羁地挥了挥手，虽然人气比何老师差了一点，但也掀起了一阵声浪。

洛颜看着米苏，抿了抿唇。而她的身边，泉泉不知道什么时候走了过来，她看着洛颜："我知道米苏会来。"

对于米苏现在的这位新舞伴，洛颜不知道该用什么样的态度对待，干脆不说话。

泉泉的外表跟洛颜没有多像，但气质像极了，觉察出洛颜的冷淡，她没有再多说，抱着胳膊看着米苏。

台上的两位导师正和主持人聊着，内容大多是正能量方面，告诉大家要好好珍惜大学时光，不要荒废之类的。镜头时不时给到台下的几个学员，到了元宝这儿，她搓着手比了个心，逗笑了在场的人。

主持人老C是学校内的大咖，他非常巧妙地抛出了问题："何老师，大家都感觉您比以前变得阳光了呢，是因为准备新戏还是其他什么原因？"

何芸涵浅笑，她没有否认，也没有立刻回答，眼神往台下扫了一圈，若有所思地笑着说："可能是我比较幸运，始终被阳光保护。"

这个回答赢得了一片掌声。

元宝听了心里热热的，回想这一路两人经历的风风雨雨，她又忍不住红了眼。

老C一听兴奋了，连忙趁机继续问："或许，我可以帮同学们问问，什么样的人才可以成为何老师的阳光，保护何老师？"

哇！

台下一阵哄笑，就连米苏都笑着看向何芸涵。

按照何芸涵之前的回答方式，她该说："这些问题比较私人，恕我无法回答。"

可如今，她对着镜头，笑得温柔："小太阳吧。"

啊啊啊啊——

连苏敏都忍不住对何芸涵改观了。

娜娜全程黑脸。

这……这样的场合，何芸涵说出这样的话，完全不是她的性格。

怎么动了一次手术之后，整个人都变了。

老C看着米苏："米苏老师别光傻笑了，说说您心目中的那抹阳光是什么样的啊？"

少女们都在台下狂叫，米苏的粉丝以女性居多，那种酷拽坏坏的样子，已经被封为"国民老公"了。

米苏想了想，淡淡道："我的阳光，大概是那种看似柔弱，实际上让人气得牙疼的类型。"

老C："哇！"他把麦克风转向台下，"有这样的人吗？"

大家齐声回答："是我！"

现场气氛一直很活跃，直到访谈结束，米苏和何芸涵一起站起来感谢大家。

元宝耳边又响起叽叽喳喳的声音。

"何老师腿好长啊。"

"是啊，这样看起来身高得有一米七六了吧？"

"对啊，好瘦好瘦啊，这裤子太衬她了。"

"……"

到了休息时间，休息室里米苏和何芸涵被粉丝围得密不透风，工作人员又安排了半个小时的签名时间。

元宝、苏敏、林溪惜、洛颜都在远处看着。

不时有小粉丝跑出来，捧着脸，看着签名。

"哇，何老师太漂亮了，好温柔啊。"

"米苏老师好帅啊。"

来签名的粉丝一个接一个，说好的半个小时被延长到一个小时，再到后来的两个小时。

何芸涵始终保持微笑，不急不躁，她天生就自带那种矜贵淡雅的气质，而米苏就更不用说了，不仅状态没有改变，遇到哪个激动的小粉丝，还会眨眼给个俏皮的wink（眨眼），粉丝们激动得嗓子都喊哑了。

只是工作了这么长时间，机器也需要休息片刻了，林溪惜远远地看着师父，有点心疼："元宝，要不你过去给我们争争脸？顺便让师父她们休息一下？"

元宝点了点头，她深吸一口气："你们看我今天美吗？"

她今天特意换了条粉色的长裙，这天气穿着还有点冷，脚上的高跟鞋特别有气势。

林溪惜直接竖大拇指。

元宝这下子有自信了，她迈着猫步往人群里走，眼看着快要挤到前排了，她咳了一下。

有同学回头去看："是元宝！"

见大家扭头看自己，元宝这小身板挺得更直了。她心想：完了，忘记带笔了，要是让她签名怎么办？

站在最前面的女孩有点紧张："元宝，你一个艺人，就别跟我们抢签名了。"

"对啊对啊，你有的是机会跟何老师和米苏老师见面。"

元宝："……"

旁边的苏敏、林溪惜、洛颜都笑翻了。

元宝还没来得及说话，一个刚得到签名的小伙子便风风火火跑出了人群，速度太快，不小心撞着她了。

元宝差点坐在地上，男孩看都没看她，一脸狂喜地摸着脸："何老师……何老师居然让我好好学习。"

元宝："……"

两位导师到底是没休息成，甚至中午饭都只草草吃了一口，元宝远远地看着何芸涵略带倦容的模样，满心心疼，何芸涵端坐着，对她微微一笑。

好在，下午的见面会要轻松得多。

台下的大多是学生代表，但现场同样不缺热情。

上台之前，泉泉过来找了米苏一趟，她并没有避讳在场的何芸涵。

泉泉："今天我不能陪你演了，加上上午那场，一共三千，微信结账，不要现金，谢谢。"

米苏挑眉："瞧你那小心眼，再这样，我考虑换演员了。"

泉泉翻了个白眼："换就换，省得我每次对着她时都有负罪感，这么好一个女孩，你就舍得这么欺负？"

拿了钱，泉泉走人了。

米苏耸了耸肩，转过身，正对上何芸涵的目光。

何芸涵眼神淡淡，米苏挑了挑眉："干什么？也要像别人一样当正义使者吗？"

何芸涵没有答话，转过头去。她本是一个淡漠的人，除了元宝的事，她很少关心其他。

米苏看着她："芸涵，你知道我有多羡慕你和元宝之间的情谊吗？"

这样的话，何芸涵最近总是听到。

米苏叹了口气："你和元宝折腾了几个月还是和好如初，而我呢？我和她认识这么久，从朋友到知交再到分开，我等了她几年……"

如果不是看到泉泉出现时洛颜眼里的痛，米苏真的要怀疑，她是不是真的一点都不在意曾经的过往。

"你们年轻人的事我不懂。"何芸涵不会安慰人，自然也不会去敷衍，她的眼眸望向不远处的元宝，勾了勾唇，淡淡地说，"不过，我们的友情确实被很多人羡慕。"

米苏："……"

为了不耽误学生的日常学习和学校正常运转，除第一天节目组人员亮相见面环节之外，拍摄工作节目组基本都安排在晚上进行。

节目再次开拍，K导发现这次几个艺人更加熟悉了，整体拍摄速度快了很多，许多镜头都是在嘉宾的嬉笑打闹日常相处间不经意捕捉到的，效果远超一开始的剧本。

完成拍摄的元宝和何芸涵几人漫步在校园里。

夜晚的校园很美，光线朦朦胧胧的，仿佛笼上了一层淡雅的轻纱，只有天边的那一轮明月最为耀亮，羞答答地指引着行人脚下的路。

因为拍摄需要，这几天晚上都清场了，所以此时校园内特别清净。

元宝忍不住哼起曲子："唔我喜欢就这样靠着你胸膛，我喜欢就这样……"

想想之前，何芸涵生病的时候，她们经历的种种痛苦，再看看眼前的美丽月色。

人啊，只要坚持，果然会守得云开见月明。

何芸涵看着她，心被一种安全感包裹，与之前不同，这种感觉不再陌生。

元宝使坏道："咱俩赛跑啊，要是我赢了，今晚我要和你彻夜聊天。"

何芸涵淡淡地瞥了她一眼。

元宝怕她不答应，使上了激将法："怎么，你不敢吗？"

何芸涵盯着元宝的眼睛："赢不赢你都得给我回去睡觉。"

我的妈呀！

老何真的是回归工作状态了，帅气霸道，元宝一脸傻笑地看着她。

何芸涵浅浅地笑，揉了揉元宝的头发，唇角上扬。

"我的天，这俩人现在关系也太好了吧。"

走在后面的苏敏忍不住感叹道，林溪惜一副习以为常的模样，倒是米苏看了看洛颜："后悔了吗？"

没有镜头，米苏叼着一根烟。

最近米苏抽烟抽得特别勤，以前被洛颜管着还有所收敛，现在是一日比一日过分。

洛颜看着米苏的烟沉默。

米苏修长的手指夹着烟，递了过去："眼馋？"

洛颜看了看，道："自重。"

说完，加快脚步离开。

米苏："……"

两厢沉默了片刻，米苏一扭头，看见苏敏似笑非笑的目光，咳了一下："干什么？"

这个女孩虽然年轻，但那犀利的眼神真的非常瘆人啊。

苏敏唇角上扬，直勾勾地盯着米苏的眼睛："米苏老师，其实你还在意着小颜吧。"

米苏感觉烟烫到手了，抖了一下："不知道你在说什么。"

苏敏笑了笑，没有说话，她正要往前走，忽然看见学校大门口，一个人站在那儿跟看门的大爷说着什么，手不停地比画着。

天有些黑，她看不清是谁。

苏敏正盯着那人的身影仔细辨认着，身边的林溪惜突然眼睛一亮："傻傻？"

苏敏："……"

什么鬼？傻傻？

下一秒，那个黑影就像熊一样奔了过来，狂喊着："溪惜，我来啦！我来啦！"

苏敏不自觉地向后退，眼看着那黑影凌空跳了起来，想给她一个熊抱。她如果不伸手，那人就该摔着了，于是只能本能地张开双臂接住黑影，同时脚下后退几步。

林溪惜："……"

袁玉开心极了："你知道我费了多大力气才进来的吗？"

走在前面的元宝和何芸涵转过身。

元宝："……"

何芸涵沉默了一会儿，问："袁玉，你没发现抱错人了吗？"

袁玉："……"

这黑灯瞎火的，学校里为什么不多安几盏灯！

她丢死人了。

袁玉一来就把林溪惜往外拉："走走走，拍得差不多了，姐姐带你去吃好吃的，好久没见，想死我了。"

林溪惜没有动，她请示性地看了看师父，何芸涵点了点头，嘱咐了一句："注意安全。"

袁玉："……"

注意安全？

元宝看到袁玉那吃瘪的样子，在旁边偷偷地笑，何芸涵看她一眼："你很开心？"

元宝："那是自然的了。"

她那个胆小怕孤单的好姐姐终于有玩伴了，能不开心吗？

何芸涵看了看天上的星星，两手背在身后。

元宝："……"

这是要干什么？

"有一句话，我一直想要问你。"何芸涵的语气缓慢，"如果有一天，我和袁玉同时掉到水里，你救谁？"

元宝："……"

何老师现在真的是变成何三岁了，不过也好，元宝很爱看她这幼稚的模样，忍不住去逗她笑。

充满欢乐的夜晚，元宝感觉呼吸的空气都带着甜味。

节目的下一个拍摄场景是教室。

元宝坐在课堂里，听着何芸涵讲课，眼睛瞪得滴溜圆。

苏敏吃着花生："这何老师怎么有点黑眼圈，是不是昨晚没睡好？"她用眼睛瞥了元宝一眼，"别是你缠着人家聊天吧？"

元宝美滋滋地道："你交钱了吗就想打听？反正何老师不会和你彻夜长聊。"

苏敏："……"

林溪惜则是一脸费解："我师父怎么穿这样的衣服？"

这不是她的风格啊。

何芸涵今天穿了件淡蓝色的大褂，有点像那种中式长袍。她的发型也搭配着服饰，头发简简单单在前面绾了个结，后面散着，如瀑的长发亮得发光，出水芙蓉一般，映射出了几分古人的风采。

元宝笑得一脸灿烂："自然是我的功劳啊！是不是特别美？不比她拍《时尚周刊》时的造型差吧？"

洛颜看着元宝，淡淡道："以何老师的美貌，就算套个麻袋来也是好看的，刚才好几个学校老师都在后排窗户偷看呢。"

元宝："……"

不过何芸涵今天这身儒雅高洁的打扮，确实更吸引人。

苏敏笑了，林溪惜也是费解，想她如此强势的师父，竟真的会连穿衣风格都听元宝的。

听何老师讲课是一种享受。

她不仅人美，声音也好听，凭着多年的演戏经验，讲起课来游刃有余，举手投足间都带着让人信服的气场。与之前在镜头前的表现不同，她在课堂上要和蔼可亲、平易近人得多，课堂上大家畅所欲言，氛围轻松愉悦。

中途，一个男同学举手："何老师，我有一个问题想问您。"

何芸涵点头。

男同学问道："拍戏的时候，难免会遇到和自己不是很喜欢的演员演对手戏，这种情况该怎么办？"

"怎么办？"何芸涵淡淡地笑了，"你上来和我对戏。"

哎哟。

男生的脸迅速红了，台下一片起哄声，这是多大的幸运，能被何老师钦点！

两人选了一段生死离别的戏份。

男人上战场前与心爱的女人告白。

男生有点不好意思，挠了挠头："那……家里就交给你了。"

台下哄笑声一片，这演技也太逊了吧，哪有一点上战场的模样？

何芸涵却没有管其他人的反应，只是看着他，不言不语，眼眶渐渐地发红，她在眼泪要落下的前一秒垂下了头："你……多保重，我……"她咬着唇，隐忍再三，用低沉又清晰的声音说，"等你……"

颤抖的声音震撼人心，何芸涵的眉眼间三分情谊三分不舍，那一直打转的眼泪更像是落在了观者的心尖，那男生捶了一下胸口，仰天号啕："我死而无憾了！"

哇！！！

大家都不自觉地鼓起掌来。

元宝把手都拍红了。

其实她曾经问过何芸涵，怎么哭戏演得那么牛，无论什么场景，眼泪说来就来，根本不需要眼药水。

何芸涵则是淡淡地说："以前，会想着云漾离开的场景，现在……想着你离开。"

元宝看着何芸涵，听着旁边人的夸奖，自豪极了。

"再来一个，我们自己组队，让何老师给指点指点。"

班长起哄，眼里冒着光，他是个帅小伙，而且一身腱子肉特别结实，不是走那种奶油小生路线的。

大家跟着闹："对啊，班长，来一段。"

"来一段！"

"……"

何芸涵面带微笑，都是从年轻的时候走过来的，谁不明白这些荷尔蒙爆棚的年轻人一天天脑袋里在想什么？

她点了点头："你是班长？"

班长站了起来："是。"

何芸涵："你想和谁合作？叫上来吧。"

天啊！

何老师这是答应帮忙指点了？！

大家看着何老师，眼睛都在发光，班长捂脸，假装不好意思，大家都跟着起哄，一瞬间，所有人都把头往后转，看着元宝。

嘿，班长暗恋元宝快一年了，这是众所周知的事，谁不知道啊。

搭档演戏，不找她找谁。

元宝："……"

都看她干什么？

天啊，快，一个个脑袋都给她转过去！

台上的何芸涵也将手里的书放下，两手抱着胳膊，似笑非笑满含"期待"地看着她。

元宝："……"

03.

"哈哈，何老师不知道吧？我们班长这身肌肉就是为元宝练出来的。"

前排的学生突然发现何芸涵好像对这件事挺感兴趣，开始卖力地介绍。

"是啊是啊，坚持不懈地追求了好久呢，前一阵子元宝家里有事，他把笔记记得特别好。"

"对啊，特别纯情。"

"……"

元宝感觉自己社死了。

这位同学，怎么能在影后面前这样放肆八卦？

洛颜和林溪惜笑得直哆嗦。

班长不好意思，他挠着头，虽然没有说话，可看那表情也知道有意于元宝。

元宝两手挥着："别别别……"

大家起哄："欲拒还羞！"

何芸涵看着元宝，唇角勾着一抹笑。

元宝平日里和同学们嬉闹惯了，大家的起哄与欢呼声把她的争辩淹没了，人直接被推到了台上。

班长本来还闹得挺厉害，一看元宝上来脸就憋红了，小媳妇一样别别扭扭地看着她。

元宝赶鸭子上架一般被推了上来，十分无奈，她只能将计就计，手一伸，哽咽着说台词："你放心地去吧，家里我会都安排好，你……"

班长一把抓住她的手，他真的融入了感情，眼泪说流就流："等我回来。"

猛男落泪，这可不是一般人消受得起的。

元宝的手一抖，头发丝都要竖起来了。

苏敏："哎呀呀，世界末日怎么这么快就到了？完了，这几天，我们是不是看不到可爱的元宝了？"

在何老师面前敢演得这样油腻，元宝怕是又要被扣上不好好学习的帽子了。

元宝想笑，但笑得比哭还难看。

这一节课，上得暗流汹涌。

大家过足了八卦瘾之后，开始抄笔记。

元宝太紧张了，低着头一不小心碰到了笔，她弯腰正要去捡，何芸涵先她一步弯下腰捡起笔，在递给元宝的下一刻，顺便重重地弹了下她的脑门儿。

元宝："……"

在学校的日子云淡风轻，满满的都是幸福，元宝过得不知道有多滋润。

时间飞逝，眼看《青葱 go!》的拍摄即将收尾，年关到来，何芸涵也要带着何妈去美国复查身体了。

元宝舍不得，前一天晚上何芸涵收拾行李的时候眼圈就红了。

何芸涵看得难受，哄了半天："我会快点回来的。"

元宝没有吭声，眉眼低垂着，可怜见的。

这样的牵挂与不舍，是何芸涵遇到元宝之前从未感受过的。

她记得元宝曾经说过，会永远陪着她。

那时候，何芸涵还认为她是单纯的孩子气，随便说说，而如今看来，元宝真的兑现了诺言，陪着她走过春夏秋冬，陪着她感受世间百态，让她尝到生活的滋味，成为她的人生中非常重要的人。

何芸涵去机场时说什么也不让元宝去，元宝以为她怕自己舍不得，流着泪摇着她的胳膊："你让我去吧，我发誓，在机场一定不会哭的。"

何芸涵看着元宝的眼睛，幽幽地叹了口气，抬起手轻轻为她擦去眼泪："不是只有你一个人不舍。"

一句话，让元宝愣住了，她惊讶地看着何芸涵，芸涵的眼圈也泛起了红。

她不是怕元宝失态，而是怕自己。

习惯了清冷孤单的人啊，一旦尝到了温情与陪伴，离开的那一刻，该是怎样的不舍。

以何老师的性格，是断然不会在外人面前落泪的。

在何芸涵离开的第一个星期，元宝嚷嚷了好几次要去美国找她，都被按了下来。

最让元宝难以接受的是，再过几天就是何芸涵生日了，她想陪她一起过。

元宝买了一支专属钢笔，上面还刻了她的名字，她知道老何有用钢笔的习惯。

上课的时候，元宝屁股就像是长了毛，这是公共选修课，苏敏也来了，她没好气地道："要去你就去，干什么磨磨叽叽的。"

元宝有点生气："敏敏，你真是越来越不温柔了！"

其实她看苏敏这样挺心疼的，好好一美少女，为什么一定要转学管理，整个人都那么"绷紧"呢？

苏敏捋了捋头发，温柔地掐了下元宝的屁股："这位漂亮妹妹，您能不能别叽歪了？"

元宝撇着嘴："我想找芸涵玩，想死了。"

苏敏："那你就去啊。"

元宝："可是这边的课天天点名，我不能再落了，老师都是数人头的。"

苏敏笑了："你还在意这个？去吧，这几天我帮你签到。"

元宝吃了一惊："那你怎么办？"

苏敏挑了挑眉："我有小弟帮着签到。"

元宝感动得不行："敏敏啊，我爱你。"

苏敏微笑，温柔地回答："滚。"

说去就去。

当天下午，元宝坐上去美国的飞机时，整颗心都雀跃起来。

其实何芸涵最近也有些不安稳，她知道自己要过生日了，虽然已经警告过元宝无数次不能偷偷跑来，可不知道怎么的，她的内心反而是有些期待的。

到了下午。

K导家里的一个亲戚来了，小姑娘是中美混血，没有毕业，长得特别漂亮，以后想当演员，便过来找何芸涵请教演技。

她的五官特别深邃，轮廓清晰，鼻梁挺翘，眼睛特别有灵性。

何芸涵和她聊了几句，觉得小姑娘还挺单纯，微笑着问："确定以后回国跟着老K拍戏吗？"

这个圈子外就好像有一面围墙，圈里面的人踩着泥泞的路，拼了命想要往外跑，而圈外的人，看着里面的光彩，又挤破脑袋想要往里冲，可到底是如人饮水，冷暖自知。

元宝找过来的时候，两人正在楼下的咖啡厅聊得开心，元宝拉着箱子，原本想去楼上的酒店房间来着，可是不知道是因为时差还是折腾太久了眼花，她看见老何正对着一个外国妞子温柔地笑。

元宝摇了摇头。

一定是幻觉。

她又揉了揉眼睛，使劲往那边看了看。

小姑娘正在喝咖啡，一口下去，差点烫着自己："那个……那个是不是……元……元宝？"

她对国内圈子的明星有所关注，自然知道元宝，只是她在干什么？眼睛瞪得跟乌贼似的。

何芸涵听了这话，猛地起身回头，因为太着急，咖啡都给碰洒了。

双目相对的那一刻。

旁边的小姑娘愣住了。

何老师的眼睛红了。

何芸涵快步朝元宝走去，两人见面拥抱，都欣喜非常。

欣喜之后，何芸涵有点不好意思，开始翻脸："你怎么回事？谁让你来的？学校的课怎么办？你不能再逃课了知道吗？"

元宝懒洋洋地道："我就问你，你希不希望我来？"

何芸涵噎住了。

她真的很希望元宝能来。

元宝偷笑，这个口是心非的人："哎，对了，刚才那个小屁孩是谁？"

那小女孩看着比她还小呢。

何芸涵戳了戳她的鼻子："K导的亲戚。"

元宝乐了，她折腾了一圈有些疲惫，便直接去了酒店房间睡觉。

这一觉一直睡到后半夜，起来后她约着何芸涵一起吃了些东西，两人背靠着背，时不时聊两句，月光如白练洒在她们身上。

元宝突然认真地跟何芸涵说："老何，我又学了一个新本事，你想看看吗？"

何芸涵微笑地看着她："年轻人，总是要多学一些。"

她眼里满是赞许。

元宝美滋滋地卖关子："除了我姐，我可没在别人面前表演过哦。"

会是什么？

何芸涵的好奇心被勾了起来，难不成是学了什么歌曲唱法，或是演技上的突破？

就在她浮想联翩之际，元宝一搓头发，扭着屁股，迈着妖娆的步伐，走到酒店房间正中，一手勾着挂衣架，开始跳起了钢管舞。

——旋转、跳跃，我闭着眼……

元宝完全沉浸其中，长发翩翩起舞，修长的腿随着衣架上下移动，舞娘姿态尽显。

何芸涵："……"

一曲完毕。

元宝擦着额头沁出的汗："怎么样？"

何芸涵上前捏住她的脸："不怎么样，你就不能学点好？这钢管舞是哪儿学的？赶紧忘掉，不然我就告诉你姐！"

元宝："……"

这次，与何芸涵一道过来的，还有因为公事出差的苏总和萧凤缱，他们约好下榻同一家酒店。

元宝被何芸涵捏得五官扭曲，只能转移话题："我姐在哪个房间？我去看看她。"

何芸涵依旧掐着她。

元宝："……"

痛苦挣扎中,元宝给姐姐打了个电话,奇怪的是居然是勿打扰模式,再给苏秦打,人家直接关机了。

没办法,元宝给苏秦的助理打了个电话,助理接到电话后跑了过来:"可能两人出去看夜景了,把房卡给你吧。"

元宝甜滋滋地说了一声"谢谢",接了过来,心里还有点忐忑:"芸涵,你说我突然过来,我姐会不会说我啊?"

何芸涵摸了摸她的头:"会。"

元宝："……"

何芸涵这刀戳的,元宝苦着脸:"你不知道,我姐那个人就是太保守了,干什么都一板一眼的,明明想我,也希望我过来,可就是不说,从小就是。"

何芸涵听了无奈地笑笑:"你别乱说,回头风缱发脾气。"

"我姐那个人我最知道,正经都是表面的,她的小心思我都知道,你别总拿她威胁我。"

何芸涵不理元宝这一套,严肃地抱着胳膊训话:"什么钢管舞,以后决不许跳。"

元宝捂着耳朵唇角上扬:"知道啦,要是再跳就告诉我姐是不是?"

就知道拿姐姐吓唬她。

何芸涵："……"

两人去了萧风缱的房间,刷卡进门。

屋里的异响让元宝愣了愣,她看了看何芸涵,何芸涵也是一脸疑惑,两人又往里走了走。

萧风缱和苏秦住的是套房。

客厅正中,亮着昏暗的灯光。

苏秦正端着一杯红酒坐在沙发上,眼里揉着光,而对面,萧风缱绕着墩布,撩着头发，眯着眼跳得起劲。

旁边的手机里还在放着热辣的音乐。

萧风缱魅惑一笑，手在上衣上一挑，正进入状态，苏秦一下子站了起来："你、你们怎么来了？"

听到这话，萧风缱汗毛都竖了起来，她回头一看，元宝和何芸涵的表情跟复制粘贴一样，嘴张得圆圆的，眼睛瞪得圆圆的，满脸震惊地看着她。

苍天饶过谁？

眼看着苏秦着急忙慌地拿被单给萧风缱裹上，元宝咳了一声，一手叉腰，一手指着萧风缱："没想到你是这样的姐姐！"

萧风缱："……"

"你还记得你小时候是多么纯洁可爱吗？现在变成什么样子了？偷学妹妹跳舞？"元宝指了指自己的脸，"丢人！"

萧风缱："……"

简直了。

萧风缱的人生从来没有这么灰暗过。

偷学妹妹跳舞被抓个正着，她这后半辈子的脸都没有了。

何芸涵和元宝在客厅里等着两人收拾，元宝笑得直打嗝："哎哟我的妈呀，我姐怎么这么可爱啊？你看了吗？"

何芸涵捏了捏元宝的脸蛋："你就坏吧你，你们家的基因啊。"

元宝捂脸："也许萧总说得对，天下姓萧的一般浪。"

何芸涵："……"

这家伙，已经对她的嘲讽有免疫力了吗？

不知道过了多久，苏秦从屋里走了出来。

大佬就是大佬，人家已经换好衣服淡定地坐在沙发上："什么时候来的？怎么来了也没说一声？"

今天萧风缱说要来一点浪漫的时候，苏总的眼皮就跳，都告诉她别来了，这下好了，让妹妹抓了个正着……脸都丢到姥姥家了。

元宝笑眯眯地道："在你俩跳舞的时候来的，想说的，可你俩电话都打不通。"

苏秦："……"

越来越伶牙俐齿了。

元宝把手里的袋子递过去："喏，我亲手做的。"她说着往屋里看了看，"给我那个不敢出来面对我的姐姐。"

正躲在屋里偷听的萧风缱一下子把头缩了回去。

嘲笑姐姐是意外之喜。

元宝这次出国只能待三天，周五苏敏帮她点名，周六、周日休息，加一起正好三天，还要刨去在飞机上的时间，因此在这里的每一分每一秒都格外珍贵。

元宝最近在健身，吃得也比较多，她接的狼人角色的戏预计暑假就要进剧组了。她后来知道了老何就是导演兼主演，为了不给她丢人，因此特别注重锻炼。

狼人可有不少撕衣服变身的片段，她不奢望自己有肌肉，但起码要有马甲线。

元宝很努力，因为这是她第一次和老何在电影上合作，她知道芸涵要求严格，不想让她为自己走后门放水，也不想到时候被她训斥。

生日那天，大家没出去吃。

元宝拉着何芸涵去了超市："生日大餐就是要自己做，叫上好朋友一起吃才好。"

这样一起逛街、不需要遮掩躲狗仔的感觉太好了。

元宝购物车都不好好推，偏偏要和何芸涵一前一后，她走一步，元宝走一步，两人眉眼间沉淀的都是温柔的笑。

让何芸涵没想到的是，这次生日，元宝不仅自己来了，还把萧佑、冯晏、袁玉、林溪惜也叫来了。

一群人围在一起给她过生日还是第一次。

小时候过生日的记忆已经淡去了，后来，家变得不像家，何芸涵已经许久没有过生日了，偶尔想起来，她就给自己买个小蛋糕，或者去外面吃碗面。

生日，对于她来说和平时没有什么不同。

而现如今，温暖的烛光，一个个开心的笑容，被围在中间的何芸涵脸红扑扑的。

曾几何时，何芸涵怨恨过，怨恨老天爷为什么如此残忍，把她带到这个世界，又让她饱尝痛苦。

而现在，她全都释然了。

甚至学会了感恩。

何芸涵看着烛光下笑得跟茄子似的元宝，突然想，也许之前经历的种种痛苦，就是为了遇到她，为了这一刻的美好。

当天晚上，气氛太好了，大家都喝了酒。

酒过三巡。

何芸涵、苏秦、冯晏三人都是工作狂，一点不假，聊的多与工作相关，只是中途，林溪惜看着冯晏，问道："冯部，您最近是不是养身体了？"

比起之前，冯晏长了点肉，看着没那么憔悴了，虽然一路奔波，但气色还可以。

冯晏笑了笑："嗯。毕竟我们岁数都不小了，有些事，要考虑了。"

林溪惜一时间没明白，何芸涵惊讶地看着萧佑，这是决定了？

冯晏语气平静地说："我们之前已经讨论过这个问题。我这边既然已经定了，就要着手为未来做打算了。"

不同于这边的一本正经，"袁大傻子""萧尿包""元风骚"三个幼稚鬼正凑在一起扯闲篇。

扯到一半三人开始比摇花手。

萧佑用最大力气伸出手，袁玉为了让自己的手显得长一点，整个快成八爪鱼了。

结果元宝云淡风轻地把手一伸，比了个手型，震惊全场。

"不好意思。"嘴上说着不好意思，元宝面上一点没有，"我这也许就叫天生丽质？我手指从小就比别人灵活，你们摇成八爪鱼都比不过我。"

这是实话，元宝小时候就发现了这点，当时她只是觉得好玩，自己的手指能摆出好多一般人摆不出的形状。

萧佑和袁玉愤怒了，把元宝按在那儿一顿收拾。

"你们够了啊！"

那边三个人出声警告，几个厌包立马老实。

袁玉想了想，求胜心切，于是兵行险着，对着林溪惜竖了竖中指："看，我敢对她竖中指。"

元宝："……"

神经病啊！

元宝简直是无语了，萧佑和袁玉看着她："那你敢干啥？"

元宝特别冷酷："我敢用枪打她。"

在两个姐姐惊讶的注视下，元宝伸出手，摆出一个枪的形状对着何芸涵，嘴上配音："biubiubiu——"

萧佑："……"

袁玉："……"

04.

众人闹够之后便各自回家了。

晚上，元宝对着何芸涵轻声哼唱着《生日快乐》，一遍又一遍。

何芸涵听着这温柔欢快的声音，她的心像是被包裹住，温暖又幸福。

曾经，那些不完美的过往碎片，现如今已经被一点点黏合起来，拼凑成一幅美丽的人生图景。

元宝笑着说："真想早出生两年，如果能在小时候遇到你就好了。"

这样的假设，之前的何芸涵听了也会不屑去想，可如今，她忍不住随着元宝的话去畅想。

如果那时候两人就遇到，她也许就不会抑郁？小时候的元宝什么样？像现在这样可爱勇敢温暖吗？

"谁敢欺负你试试看，我小时候打架就特别厉害，每天都有家长带着小朋友来找奶奶告状。"元宝边说边笑，"真的好想早一点认识你。"

"现在就好。"何芸涵如墨的眸子盯着元宝。

不早不晚，刚刚好。

就在元宝笑着还要说话时，何芸涵突然身子前倾，拥抱住她："元宝，谢谢你。"

元宝愣了一下，她笑着看向何芸涵："为什么突然这样说？"

她真的可以感觉到何芸涵的改变。

以前的她抗拒别人的亲近，什么事都憋在心里，而现如今，她会主动拥抱她，会对她说"谢谢"。

何芸涵知道元宝在逗她，她摇了摇头，呢喃："就是……谢谢。"

谢谢你，给我活下去的希望与勇气。

谢谢你，让我感受五彩斑斓、满是烟火气息的人间。

谢谢你，给我不离不弃的承诺。

……

这几天，元宝陪着何芸涵，悉心地照顾她和何妈的饮食起居，变了样地给她们煲汤做好吃的。

在国外，她们的自由度要高很多，去哪儿也没有狗仔围着，元宝和何芸涵可以在马路上逛街溜达，像普通人一样去看一场电影，晚上，在无人的角落里，元宝竖起领子和何芸涵谈笑风生。

她们还会在酒店，透过落地窗，欣赏异国他乡不一样的万千璀璨星光。

浩瀚星空之下，昨日种种，犹如隔世，今日之景，恍若梦境。

国外的生活过得太开心，以至于几天之后，元宝回到学校上课，想起来还忍不住偷笑。

苏敏转着笔看着她："哎哎哎，擦擦口水。"

元宝推开她的手："别烦我，人家陶醉着呢。"

苏敏不理她，四处看了看："你注意点，我总感觉最近身边有人跟着似的，你注意点啊，你现在正当红，又有这么多人捧着，小心遭人嫉妒暗算。"

元宝没理苏敏，她的心思简单，从不认为自己是什么当红艺人。对于她来说，红或者不红，不过是一个形容词，对于生活没有太大的改变。她还在一遍一遍重温在国外给何芸涵庆生的频段与合影。

可事实证明，女人的敏感有时候精准到让人发毛。

三天后的早上。

元宝还没睡醒，电话就响了起来，一通接着一通。

国外的几个姐姐也炸毛了。

元宝挂断电话后茫然地打开手机，点开了微博，热搜第一，紫红色的"爆"字非常刺目。

#萧风瑜清纯人设崩塌#

萧风瑜傻白甜的外表原来全都是为了迎合大众喜好的面具，常年立淳朴清纯人设，事实上她私下生活极为奢靡，开豪车出入夜店，参加聚会夜夜买醉。

爆料文字极具话题性，后面还配了多张元宝的照片。

第一张是夜色阑珊下，袁玉开着豪车跟元宝告别。袁玉坐在车里并没有露面，只是将手伸出车窗外，用戴着鸽子蛋那么大戒指的手指宠溺地捏着元宝的脸蛋；

第二张是苏总开车去看元宝，将萧风缱买给她的包从车窗递出去的场景，包上名牌标识被特意放大；

第三张是拍摄《青葱go!》时，元宝和何芸涵在夜晚的校园里散步谈笑，元宝对着何芸涵耍宝的画面；

第四张则是几天前何芸涵过生日，几个人深夜一起庆祝。告别的时候，元宝和众人逐一贴面，她手里是帮何芸涵拎着的许多合作方和朋友送的礼物，各种品牌琳琅满目。

……

这些照片无一例外，都是以保护"路人"的方式，将元宝以外的其他人全部模糊处理，每张照片大多都能看出元宝笑得很开心，脸颊微微泛红，眼神里满是亲昵。

本来这些照片单独看可能也没什么，艺人豪车名牌随身也不稀奇，可元宝这些年给公众的印象都是淳朴清纯、努力打拼的农村娃，如今，豪车、名牌、夜店、大佬……种种词汇聚在一起，就变得不那么一般了。

在爆料最后，元宝当时陪何芸涵在医院的照片被单独截取出来，虽然没有直说，但是爆料人话里话外都在暗示，元宝出现在医院，很可能是在夜店"玩大了"。

消息一出，在网上瞬间传开了。

这可是突发事件，根本不给公司公关的时间。

电话一个接着一个地来，媒体消息一个接一个地进，元宝应付到心力交瘁。

何芸涵在凌晨四点给她发了条信息："等我回去。"

之后她的手机就关机了。

看样子是在飞机上。

这到底是谁？

元宝仔细想了想，实在想不出她得罪过谁。可傻子都看得出，这个人早有准备，而且离她生活的圈子不远。他设计的爆料时间也非常巧妙，就是抓住元宝几个姐姐都在国外的时间，让元宝在短时间内的靠山失效，从而扩散消息。

尽管元宝所在经纪公司第一时间站出来辟谣，告诉网友们说那些都是朋友，而当时去医院也是陪朋友看病。可杀红了眼的网友早就听不进去这些解释了，微博下面一片冷嘲热讽。

"哎哟，她怎么这么多非富即贵的朋友啊。"

"哈，原来你是这样的元宝。"

"哟，就这夜夜笙歌的，还好意思立清纯人设？我现在想想她之前演的清纯大学生都觉得恶心。"

"之前不是说有个乡村题材的大制作想找她演吗？就她这样，可别侮辱劳动人民了，大家一起去导演微博抵制她。"

"抵制+1。"

"……"

这个时候，谁还会管什么朋友不朋友，陷入狂潮的网友们就是想将元宝像蝼蚁一样狠狠地踩在脚下。

网络暴力是一个可怕的漩涡，网友们的激情一旦被点燃，无论真相如何，他们会先兀自狂欢。

元宝这些年走得太顺利了，一个农村出来的姑娘，身边贵人无数，早期哪怕演技不够成熟，可凭借先天的观众缘也一直保持着热度，早就不知道让多少人红眼。圈内圈外那么多双眼睛盯着，一旦有所谓的"黑点"爆出，网友、竞争者、对家公司都会拿着放大镜将此无限放大。

随着话题的发酵，部分网友进行了"深挖"：一个出身农村的女孩为什么能在娱乐圈崛起得这么快？凭什么能混得风生水起？于是话题里就出现了"包养""背后金主"等更加让人难以耳闻的字眼。

秦意的门口更是聚集了一群记者。

萧风缱和苏秦回来的时候，面色冷清，在一片闪光灯中进了公司。

虽然苏秦是秦意的老板，但出了这种大事，公司还是要召集公司大股东进行商议。

有些事，苏总也不得不听取大股东的意见。

"现在什么大环境啊，这个时候爆出这种丑闻，绝对不行。"

"就是啊，我们也知道苏总和元宝的关系，可出了这种事，艺人的职业生涯算是有污点了啊，没有再往上捧的价值。"

"对，现在政策上着重在抓艺人的品德问题，艺人有问题，相关节目都得下架，造成太多损失了。"

"现在外面都有议论他和苏总关系了，我们还是得慎重。"

"……"

大家七嘴八舌，苏秦黑着脸。

丑闻？污点？损失？

就因为几张模糊不清的照片，就对一个人的品性下了定论，从而定了她的生死？

圣皇那边的情况也没好到哪儿去，萧佑皱着眉听几个大股东讨论情况。

何芸涵一直很平静，对于大家抹黑的话见怪不怪了。

这在场的，她知道的几个平日里都跟元宝关系很好，一起吃饭的时候可没少说过"有福同享有难同当"的话，可到这个时候，怎么都哑巴了？

这样的明哲保身，她能理解，但自己绝对做不到。

萧佑的脸色一直很难看，刚开始几位高层还慷慨激昂地发表观点，嗓门一个比一个大，可说了一会儿，看见 Boss 铁青着脸，便都纷纷闭嘴了。

何芸涵抱着胳膊，眼神淡淡地看着在座的所有人，无论他们说什么都沉默以对。萧佑转过头看着她，何芸涵对上萧佑的目光很平静。

人红是非多，这些她都经历过。她早就知道元宝会有这一天，只是没想到来得这么快。

这个圈子就是这样，何其污浊。

萧佑一直没有作声，她越是这样，大家越是焦虑，心里没底。她能在一把手的位置上坐那么久，熟悉的人都知道，萧总人前是怎么样的春风拂面，人后的手段又是怎样决绝狠辣。

她现在这样沉默，实在让人心惊。

还有何芸涵，她一直在忙，把一切对外事务都推了，中途只给元宝打了个电话："你放心。"

两天不眠不休的忙碌之后，何芸涵阴沉着脸，抱着胳膊站在落地窗前，看着窗外的一片黑云。

是她错了。

她不该心软。

她查了一圈，到最后，所有线索都直指何晟。之前因为孙子追求元宝不成，便在背后使了不干净的手段。被何芸涵知道之后，他便保证把孙子送出国，然而在何芸涵彻底对他们松手之后，却又变卦了。

何晟也算是纵横半辈子，心心念念的宝贝孙子出道之路都已经铺好了，就这么被"遣送"到国外，人的精气神儿都没有了。他不甘心与心疼的同时，自然想到了报复。

这一次，他没有着急，而是小心翼翼地搜罗消息，一直找人跟着元宝，甚至是她的朋友。

一步一步摸，一点一点挖，蜘蛛一样编织出了一个以假乱真的谎言。

把消息曝光到网上的时候，他品尝到了报复的快感，却难以平息心中的忐忑与不安。

何晟显然没想到何芸涵这么快就查到一切是他所为，她都没有给他对话的机会。

之前搜集到的证据，直接被放到了网上。

这下子来找他的不仅仅是娱乐记者了，警察直接上门，就连在国外刚安顿好的孙子也被迫回国接受调查。

这些年，各种不能见光的事他可没少做。

他当初抛照片出去的时候，也是怕被何芸涵和其他大佬赶尽杀绝，所以才虚化了其他人的脸。

何晟算计得清楚，这个圈子，说什么感情都是其次，大难临头，最重要的是不牵扯自己。所以元宝的事，只要不牵扯到何总就行。她虽然会生气，但也只是一时，甚至会为了明哲保身而放过他。

可是他想错了。

他动了何芸涵无比珍视的人。

这刀落得相当迅速。

也有人劝何芸涵算了，给何晟点教训就好，毕竟都是圣皇的人，闹大了不好收场。

何芸涵冷笑。

教训已经给过了，有用吗？

她处理得决绝、毫不留情，萧佑又坚决支持，这是彻底断了何家的生路。

网上的各种爆料纷繁复杂，大家纷纷猜测，这些消息在这么短的时间内密集曝出，背后的原因是不是圣皇和秦意在打擂台。

除了咎由自取的何家，网友关注的重点便是元宝这边。

她的微博私信已经被轰炸了，正面的支持有，负面的指责更多，像大海一样迅速将她淹没。

"我不相信，不相信元宝是这样的人！"

"我当年就说啊，一个出身农村的小丫头片子怎么这么厉害，在娱乐圈混得风生水起，背后肯定有关系。"

"我要吐了，恶心死我了，抵制，这样没有品德的艺人必须抵制。"

"下一部戏，还指不定是从哪位大佬那里陪酒陪出来的呢。"

"她只是一个十八岁被包养、'不懂事'的孩子啊，大家一定不要饶了她！"

"对了，我想起来了，当时拍《青葱 go！》的时候，她在镜头前就跟何老师特别亲密，总是讨好人家，肯定也是为了抱大腿！吐了，真是心机 girl。"

"……"

元宝低着头翻微博，不仅仅是网上的言论，学校里同学们的目光也让她如芒刺背。

老师、同学们异样的目光在她身上就没散过，她走到哪儿都会被指指点点。

其实这个消息出了之后，元宝是可以第一时间站出来为自己辩解的，毕竟那些照片背后真实的情况，没有谁比她这个当事人更清楚。

可姐姐们一个个用心对她，她怎么舍得把她们也拖入舆论的漩涡之中？

现在吃瓜群众已经"杀"红了眼，恨不得爆出的消息越多，人物越重磅越好，他们的焦点，早就不在事情的真相上了。

元宝选择了隐忍，她甚至连微博评论都没有关闭。

为了让姐姐们放心，她给自己煮了一碗面条，色香味俱全，大虾、蔬菜都放了，然后录了一段自己吃饭的视频发到群里。

奶奶也听到了风声，晚上特意给元宝打了电话，心疼她，让她不要难过。

元宝心里发酸："嗯。"

这些年，无论发生什么事，她和姐姐委屈了、难过了，都会想到奶奶。

父母去世后，她们姐妹俩还小，是奶奶扛起了这个家。她这一辈子经历了太多，元宝本来想让她安享晚年，以自己为骄傲的，可没想到，到头来，让奶奶难过的还是她。

第二天下午，何芸涵过来了，她开车直接停在了元宝的学校门口。

她给元宝打了个电话，元宝接到后吃了一惊："你不该在这个时候来。"

短短两天时间，已经让元宝看透了娱乐圈的人情冷暖。

现在这个时候，别说是一声问候了，绝大多数人巴不得跟她撇清关系，躲得越远越好。

何芸涵知道元宝的性格，她挂了电话，关上车门，径直往学校里走。

长发、风衣、墨镜，很日常的穿搭，她淡然地走在路上，昂首挺胸，无惧风雨。

她这一进校园，可惊呆了在校的学生们，大家"啊啊啊啊"的尖叫声使得平静的校园掀起了巨大的波澜。

而这个时候，元宝还不知道老何已经不打招呼直奔她的宿舍而来，倒是苏敏，她嘴里叼着根辣条惊呼："啊！元宝，快看微博！"

元宝现在对微博本能地反感，她皱眉："不看。"

只要点开就是无数条辱骂她的私信。

她不明白，自己一向热爱生活，善待身边所有人，为什么会被不认识的陌生人这样恶毒地咒骂。

苏敏急得跳起来："快看啊，几个大佬都发微博了。"

元宝愣了一下，手一抖，点开了微博，可不知道怎么了，点了几次都卡顿闪退。

苏敏在旁边尖叫："大佬的威力就是不一样，微博崩了！"

元宝："……"

这几天，苏敏的情绪跟着元宝大起大落，刚开始的时候她是看完评论骂骂咧咧地要跟网友理论，后来骂了半天，她又开始安慰元宝，最后，她自己心疼得偷偷抹泪，像今天这样的情绪高昂活蹦乱跳，已经许久没有了。

元宝刷了好几次终于打开了，首页那一连串的热搜，还有第一的"爆"字，让她看花了眼。

萧总、苏总、冯部还有姐姐都发了微博。

排在最前面的是萧风缱的微博。

"从小到大，我都以有这样的妹妹为荣。她像一个小太阳，无时无刻不在温暖着我和奶奶，这一辈子，谢谢你来做我的妹妹。"

下面她放了一家三口不同时间段的合照。

按时间排序，放在前面的照片已经斑驳老旧了。

家里的旧房子，破败的篱笆，那时候的萧风缱抱着小小的元宝，眼里都是绝望。

后面几张照片里，元宝渐渐长大，扎着冲天辫在大舞台上赚外快的、跟着村子里的小伙伴上山种田的……

还有姐姐离开她去城里读书时，元宝缩在角落不敢出声，却用手背偷偷摸脸上的泪的照片。

后来，她扛起了家里的重担，帮奶奶喂猪、下地插秧、压水……

她们姐妹俩，第一次来北京时的好奇与新鲜；

一次次在练习室里，为了雕琢演技复出汗水与泪水；

一点点的进步，一次次的失败与成功……

她一路的成长，都被姐姐收录在镜头之中。

最后一张，是当初抹黑元宝时曝光出来的一张照片，在清晰的版本中，萧风缱露出了自己的脸。

姐姐的话，轻描淡写又充满力度。

"我和她，都是幸运的。这一路走来遇到的人和事，是我们姐妹俩一辈子感激珍视的。她们对我们姐妹来说，是恩人，是朋友，更是家人。家人一起聚会，难道不被允许吗？家人在一起把酒言欢，互赠礼物，难道也要被质疑吗？"

元宝的眼泪不受控制地流了下来。

下一条微博，是萧佑的。

虽然萧总没有出道，但她还是凭借亮眼的外形、霸总的身份圈粉无数。

她更直接，第一张就发了和元宝的合影，露出了自己的绝世美颜。

"元宝，别怕，姐姐顶你。从你还是一个小豆丁时就被你吸引了，虽然每天都在欺负你，但姐姐心里还是无比疼爱你的。我们要相爱相杀一辈子，管她什么人设，做自己，你就是你。"

下面的是冯部的微博。

"@元宝，一路陪伴，不说感谢。"

冯部在这里使了个小心机，用了同一天跟元宝合影的正面照，跟萧总一唱一和。

下面最咋呼的微博是袁玉的。

"啊，呸呸呸，什么包养？什么背后金主？什么贵人的身份不简单？都看好了，姐就是她的贵人！"

她放了一张她抱着小时候的元宝的照片，那时候的元宝对着镜头笑得灿烂，露出了小豁牙。

又放了一张她发烧时，元宝低头摸她额头照顾她的画面。

除了几位大佬之外，洛颜、米苏、林溪惜……大家全都站了出来。

如果说一个人的力挺不足为信，可这么多人强有力的支持，便足以扭转舆论了。

几个人的微博发布之后，有知名大V将事情的原委脉络整理成视频，视频最后，放了何晟痛哭流涕请求原谅的画面。

"我……是我不好，为了孙子去抹黑她……"

"我也不知道，她怎么就那么固执，我孙子追求了那么久都不为所动。"

"我向大众认错，也要对萧风瑜说一声抱歉。"

"……"

此时此刻的元宝，点开了何芸涵的微博。

她的微博很简单。

配的照片是那一日何晟曝光的经过虚化的两人并肩走在校园里的照片。

如今，何芸涵把原版照片发了上去，没有虚化，没有任何处理。

长发、细腰、微笑。

温馨又美好。

而何芸涵的配文更是她的一贯风格。

"有一个人给我阳光，教我什么是勇敢。@元宝。"

05.

元宝哭了。

被侮辱、被陷害、被舆论推倒风口浪尖、被所有人唾骂的时候，她没有哭。

如今，看着这一连串的微博，她落泪了。

她何德何能……

舆论就这样被几位大佬联手扭转了，网友们纷纷倒戈，羡慕这神仙友情。

这一次的舆论风波，也给了圈内各家公司深刻的启示，数家娱乐公司联合发布公告，严厉谴责捕风捉影、造谣生事的行为，声明网络并不是法外之地。

网友们纷纷跑到元宝微博下支持："元宝，给力！门面！"

又去几个大佬的微博下打卡，这样联手打脸、谴责坏人的剧情，看得人太爽了。

事件后期，有人曝出了何晟庭审的画面。

外面的舆论浪潮还在翻涌，事件的主人公元宝，此时此刻却已经远离了风暴的中心。

元宝和何芸涵并肩走在乡间的小路上，看着花花草草，听听鸟儿清脆的叫声。

这样温馨快乐的时光，已经久违了。

何芸涵看着元宝，元宝扭头对着她，相视微笑。

元宝曾经不止一次想要退出娱乐圈，回到家乡，过闲散恬淡的生活，可总是被数不清的人和事纠缠，计划推了又推。

如今，她终于回来了，而且不是孤身一人。

她的身边，有了何芸涵的陪伴。

没有记者的拍摄追问，不用去管别人的目光。

元宝的心从来没有这样坦荡过，她感觉身边人的保护像是一道光，为她驱走了一切阴霾。

从小到大，她习惯了给别人带去欢乐与希望。

而如今，也有为她带来这一切的人了。

何芸涵浅浅地笑着，出道这么多年，她在娱乐圈的形象一直是"冰冷""低调"的，而如今，她也可以绽放出这样温暖的笑。

元宝和何芸涵决定退出娱乐圈，但只是暂时，并没有说永久。

毕竟演戏是她们一直以来的追求。

她们退出的不是演员的身份，而是这个沾染了太多污浊的圈子。

刚开始那几个月，纷扰是有的。

元宝这边还好，毕竟年龄不大，以后还有机会。何芸涵却不同，刚决定退圈后，她收到了很多电话信息，各种质疑。

她们都不明白，冷风影后为什么会选择在自己的事业高峰期退隐。

要知道，现在的新人像是雨后春笋，纷纷冒头，一旦错过了自己发展的黄金时期，就是曾经再红，也会很快被粉丝们遗忘。

这段时间，不仅是元宝和何芸涵，何妈也没少被采访。

在镜头前，她表情如常，提到元宝的时候，眼中带笑："元宝也是我亲闺女。"

将心比心。

是元宝亲手捧住她一颗千疮百孔的心，维护了这个家。

如果没有元宝，别说她，女儿怕是早就离开了。

间或有记者找过来问一些让人不想回答的问题，还有个别粉丝跑来骚扰，可渐渐的，随着时光的推移，一切都趋于平静。

她们的照片偶尔也会被抛到网上，不需要任何修图，精致得犹如画里的人物。田间、小溪旁，两个人肩并肩走着，阳光打在她们的身上，那样美好。

半年的时间过去，随着关注逐渐减少，何芸涵吃了几年的安眠药也终于停掉了。

确定不用吃药那天，何芸涵在微博上发了一张元宝睡着流口水的照片："困了。"

这是半年来，她首次发微博。

已经许久没有她们消息的粉丝炸开了锅，集体去那条微博下狂欢，偶尔遇到一两个骂人的，也被骂回去了。

元宝起来后看见微博要气死了，第二天，她发了一张照片，是两人在田间休息，何芸涵睡着了，她用手帮她遮挡住太阳。

"小太阳。"

两边的粉丝又疯狂地跑了过来。

元宝经常在田间读粉丝们的评论，而何芸涵则是枕着她的腿，感受着阳光的温度。

这半年的时间，何芸涵的身体好了不少，面色红润，皮肤白得跟会发光似的，相反元宝在田里忙得黑了不少，但是她活得非常滋润，开心快乐，举手投足也非常撩人。

她们一起出钱帮着村里修了公路，建了希望小学，又设立了重大疾病基金会。

这一切，都是两人私下着手去做的，在村长和记者聊天的时候偶尔间说了出来。

那个曾经被负面舆论淹没、被人追着骂的元宝摇身一变，成了一个美丽又富有爱心的少女，粉丝都亲密地叫她小太阳。

眼看前方的路逐渐明朗。

元宝的学业不能再耽误，她和何芸涵商量一番，还是准备回到学校去。

离开下洼村的前一天晚上，萧奶奶把两人叫过去嘱咐："奶奶知道，前段时间你们很辛苦，也受了很多委屈，芸涵，你也是。"

何芸涵和元宝像两个小学生一样，听得认真。

萧奶奶搓着手里的绳子："但是元宝，你毕竟是公众人物，回去以后，要注意自己的言行，不改初心，让大家看到你身上的优点，真正担得起'偶像'两个字知道吗？"

老人的话语重心长，元宝重重地点了点头，何芸涵也在一旁轻轻点头。

奶奶说的这话，犹如滚烫的血液在心里翻滚。

是的，她是偶像，身上有重重的担子。

她们要做好榜样，在当下社会发挥正能量，带动一批人，尤其是年轻人，感受世界的美好，一心向善。

她们回归那天，粉丝在飞机场聚集。

那阵仗，不知道的还以为是什么大人物来了。

闪光灯从头到尾晃得人睁不开眼，元宝和何芸涵肩并肩下了飞机。

天有些阴，但不能遮盖住两个人的笑脸。

记者们纷纷跑了过来，就算有保镖随行也不能完全护住两人。

记者们问的问题也不再是之前的"网上曝的那些是真的吗？""你真的跟苏总认识吗？""你和萧总又是什么关系？""你接的那部戏和何老师有关系吗？"那样尖锐的问题了，更多的是一些温和的犹如饭后闲谈的提问。

"哇，这段时间二位过得很好嘛，哈哈，元宝是不是胖了？"

"芸涵，对于网上说元宝是小太阳，你有什么看法？"

"元宝，听说 Sue 要收你当关门弟子，想要让你进军主持界，你有这个打算吗？"

"……"

两人微笑着回答了几个问题，随后在保镖的一路护送下上了车。

坐在车上。

何芸涵翻看着手机："K 导那边咱们必须要去一次了，参加《月圆》试镜。

你现在正在舆论的风口浪尖上,不能被人说走后门。"

之前元宝要演的狼人本来吹了,她伤心了一阵子,可没想到,上个月接到K导的信息,告诉她,葫芦波投资商说,如果能让元宝穿上他们的衣服,站在镜头前,变身一撕,不仅会投资,还可以为他们打开网剧的平台。

元宝这会儿练得也结实了,正适合这个题材。

公司还有很多事要何芸涵解决,下车的时候,何芸涵摸了摸元宝的头:"一会儿我就过去。"

这样的环境,这样的心情,是元宝梦寐以求的。

以至于她去试镜的时候,一声嘶吼,毫不留情地撕了衣服。

下雨了,元宝配着这电闪雷鸣,眼里都是急切与杀气。

K导叼着烟:"可以啊,最近没少锻炼。"说着挑了挑眉,似笑非笑地道,"会代入了?"

元宝美滋滋地道:"必须的。"

她收到了几个姐姐的信息,大家约好了晚上一起庆祝。

等了一会儿,雨停了。

元宝刚要出门,便被记者们围了起来,K导哑着嗓子:"哎哎哎,别提那些有的没的啊,问八百遍了,来点新鲜的。"

记者们都笑了,元宝也跟着笑。

其中有一个记者笑着对元宝说:"网友们都说元宝脾气特别好,没有什么事能让你动气。"

元宝抿了一下唇,本想要挣扎一下,想了想,撇嘴道:"这是事实。"

记者们一片笑声。

其中另一位问道:"有什么事会让你大发雷霆吗?"

元宝笑得矜持大方:"怎么会,我入行十年了,还有什么大风大浪是我没见过的?"

她经历过被全网黑,被记者们骂成狗,这些事都挺过来了,现在还有什么能让她生气的?

大家正要夸奖元宝心胸开阔，见多识广，却见她的笑容逐渐褪去。

所有人回头一看。

只见拍摄区外，前来探班的影后何芸涵正低头接过年轻女孩递来的冰可乐。

当镜头再次对准元宝的时候，元宝淡淡地说："不好意思，我要大发雷霆了。"

好不容易养好的胃，某人竟然敢当着我的面喝冰的。

在众人的笑声中，何芸涵走了过来，她走到元宝身边，对着镜头微笑："好了吗？"

记者："这是来接元宝吗？"

何芸涵微笑着点头。

记者："现在网友们给元宝起了好多外号，什么小宝宝，黑村妮子，宇宙第一可爱，小幸运，小太阳，你最喜欢哪个？"

何芸涵看着元宝，认真地想了想："宇宙第一可爱。"

在所有人的哄笑声中，何芸涵和元宝结伴离开。

雨后的空气特别新鲜，远处的彩虹带着柔软的弧度，映射出的七色光彩洒进了每个人的心。阳光将她们的影子拉长，美丽，潇洒，幸福。

"你来人间一趟，要看看太阳，和你在意的人一起走在街上。"

世之美好。

因你因她。

加油。

番外一

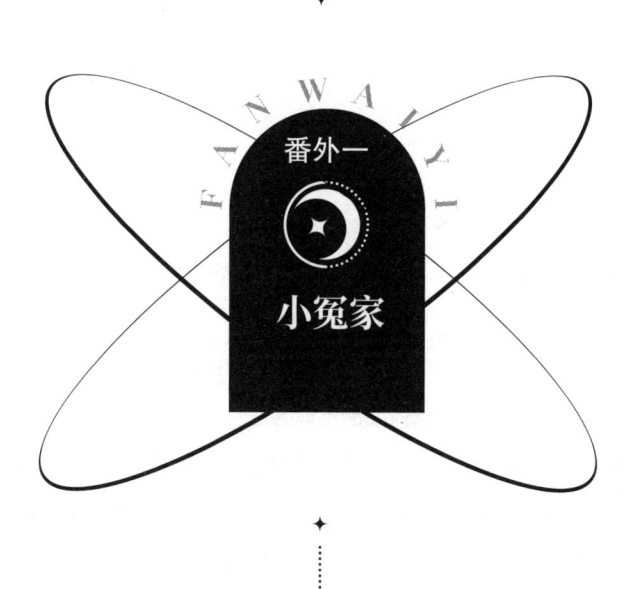

FANWAIYI

小冤家

萧佑小时候就特别爱臭美。

还有蛀牙的时候，就学会了描眉画眼，没事的时候涂个口红，觉得自己是天上地下最美的女孩。

那时候，小朋友们还没有形成基本的审美，萧佑这样的，自然被捧为天仙，所有人都哄着她，喜欢她，唯独何芸涵不以为意。

她那时候虽然不像长大后这么脱节，但隐隐已经有了不合群的表现。

依老萧家的传统，得不到的，就要强硬地去得到。而且萧佑不傻，她能感觉到别的小朋友赞美她时的敷衍，因此心里特别期待何芸涵能够多看她一眼。

萧佑为了得到何芸涵的赞美，没少在她面前晃悠。

家境身份什么的，在孩子们心中，其实隐隐约约有个概念。

何芸涵从小就被爸爸告知，萧总是他的顶头上司，萧佑更是惹不得。

所以，她虽然反感花蝴蝶一样的萧佑，却从来没有撑过她。

这天一大早，萧佑穿着自己的粉裙子，别了一个粉色的发卡，在何芸涵面前转了转："你看我美丽吗？"

何芸涵的眼神冷冰冰的。

萧佑这个时候还没有长大后那么妖孽，很多东西要么是从奶奶那儿，要么就是在电视里学到的。她一手勾着何芸涵的下巴："呵，女人，我知道，你已经被我征服了，是不是想拜倒在我的石榴裙下？"她掀开裙子，挺热情地道，"再问你一次，好看吗？"

何芸涵："不好看，你头大。"

萧佑："……"

要知道从小到大，头大都是萧佑的雷区。听奶奶说，她还在妈妈肚子里照B超的时候，医生就感叹过她的头围，说生下来肯定是大头宝宝一个。

萧佑想要给何芸涵一点教训，撸起袖子冲了上去。

然后，她就被揍了……

有生之年第一次，被揍了。

萧佑是哭着奔回家的。

回家后，遭到了家中长辈的各种无情嘲笑，也因此，萧家老太太对何芸涵刮目相看，感觉这孩子有点潜力，身上那股子狠劲儿将来能成大事。

从那时候起，萧佑和何芸涵的梁子就结下了。

按照两人原本的计划发展轨迹，本不该是一路人的，可偏偏她们的发展轨迹改变了。

上了初中后，常在河边走的萧佑终于弄湿了她的鞋子。

她在当了多年"作恶多端"的大姐头后，终于被南洋的胡家千金找了一票人堵在了厕所里。

萧佑身边是随时有保镖跟着的，只有厕所是最佳的下手地点。

南洋和圣皇的恩怨在很久之前就有了，可那都是长辈之间的事。

萧佑怎么也没想到，胡爽这么大胆，居然叼着棒棒糖，找了五个人把她堵在厕所。

胡爽冷着脸："你也有今天？"

萧佑的气势不能输，两手叉腰："打架就打架，你在厕所吃什么棒棒糖啊？恶心谁啊？"

胡爽的脸都黑了。

那时候，何芸涵出现了，但她并不英勇，只是吸引了堵门的人的注意，然后趁她们不留神，拉着萧佑的手飞奔了出去。

何芸涵那会儿是校短跑纪录的保持者，萧佑被这么拖着跑了一路，肠子都要喘出来了。

她扶着腰："你跑什么，我的名声都没了。"

她可是校园大姐大，怎么能做这种偷跑的事？

何芸涵板着小脸："我不该救你，就该让你挨打。"

萧佑挺着胸脯道："我可是从小练习散打的，我三岁学武，南拳北腿——唔——"

话还没说完，何芸涵一个旋风腿踢过来，萧佑应声而倒。

何芸涵看着萧佑："还有什么要说的吗？"

萧佑凄凉地趴在地上，乖巧地说："没……没有了。"

对于这样的人，就是要强势地让她明白双方的实力差距，绝不能手软。

何芸涵："起来。"

"哦。"萧佑拍了拍屁股，干脆利落地爬了起来。

那之后，萧佑见到何芸涵，开玩笑还行，但凡要动真格的，都直接吓个半死。

两人在一个学校，家长又都是在圣皇工作的，她们自然而然玩在了一起。萧佑比何芸涵大几岁，但心理年龄比起何芸涵反而小一些。

萧佑要出国的那一年过年前，圣皇来了个算命的，专门给人算卦。

大人们都说特别准，她就拉着何芸涵去了。

这个时候的何芸涵家里已经出了变故，她的笑容不多，也不再像小时候那样暴力，一直淡淡的，什么都放在心里。

路上，司机开车，萧佑对何芸涵的冷淡态度不以为意，自顾自地叨叨："不管发生什么，你都是我的朋友，就算是末世到来，我也依旧把你放在心里，如果有一天你变成魔物了，我会第一个站出来大义灭亲，不会让你沉沦变异。你放心，芸涵，我不会不管你的。"

何芸涵默默地望向窗外，额头青筋跳起。

她是被萧佑拉过去的，何芸涵向来不相信这些。

算命的人是一个很和蔼的老太太，只是眼睛瞎了，一头的白发，声音温暖，特别慈祥。

老萧总正在房间，萧佑和何芸涵在一边等着。

老萧总问的问题很简单，脸上是萧佑许久没有见过的认真："我想问问您，如果人真的有来生，我还会遇到我夫人吗？"

老萧总的夫人姓夏，当年也是个绝世美人。

老太太："……"

这个问题有点难。

人岁数大了，免不了伤感。

老萧总有点感怀，萧佑走上前，抱了抱老萧总："老萧，想不到你还有点良心。"

老萧总想笑，有些欣慰地拍了拍萧佑。

萧佑补充道："不过如果有来生，你还是别追我奶奶了，跟你在一起，她这一辈子操心不少，你就发发慈悲，放过她吧。"

老萧总："……"

一阵鸡飞狗跳之后，萧佑被暴揍了一顿，老萧总离开前还"恶狠狠"地看了她一眼，萧佑也不服气地噘着嘴。

何芸涵在旁边看着，没有说话，其实内心很羡慕。

这样的家庭，这样的温暖，她好久没有感受过了。

眼看着人走了，萧佑嘟嘟囔囔："芸涵，以后我要是有喜欢的人，只要那个人对我说，萧佑，你不要爱别人，我就一定答应，说到做到。"

何芸涵一脸不相信。

萧佑不乐意了："你不信吗？"

何芸涵一句话把她噎住："你们萧家基因不好。"

萧佑气死了："我咒你以后找个姓萧的！"

何芸涵冷笑："那我就一头撞死。"

老太太听她俩吵了一会儿，才乐呵呵地说："你们俩要看什么？感情吗？"

她面前摆了一根蜡烛，每看完一个人，就会把记录那人信息的纸烧了。

何芸涵没什么兴趣，萧佑点了点头，她眼睛发亮："我以后的另一半会是什么样的？"

老太太："把手伸过来。"

萧佑明白，这是摸骨，于是她把手递了过去。

老太太粗糙的手摸了摸她的手，眉头紧锁，像是在感应什么一般："是一个对外有些冷漠有些强势……对你，又有些狡猾……有些依赖。"

萧佑心一凉。

老太太："……以后是个当官的，家里，这位说了算。"

萧佑：不准！

一听这话肯定不准！

她的家，怎么可能让对方说了算，还当官的？

老太太知道萧佑不信，摇了摇头，又转向何芸涵。

何芸涵那个时候就不愿意与人有肢体相触，巫婆要了她的出生年月日，她嘴里念念叨叨的，低声说："生也如是，死也如是，三世缘，一生偿，姑娘，你的另一半会比你小。"

何芸涵听了摇了摇头："我不喜欢岁数小的，不可能。"

就这样，老太太被两个孩子一致定性为神棍。

出了大门，萧佑还听见那些叔叔阿姨说神棍有多准多准，她心里憋得慌，只能转移注意力去逗何芸涵："芸涵，你要找一个比你小的哦，你老牛吃嫩草啊，没准找个小狼狗呢。"

何芸涵："不可能。倒是你，要找当官的，怕是一辈子被人管着。"

萧佑正要说话，视线突然看向窗外，何芸涵顺着她的目光看了过去。

窗外是一个穿着白色长裙的女孩，她长得很清秀，个子高高的，瓜子脸，头发盘了起来，正在和身边一个中年男子说着什么。

萧佑盯着看了看："真漂亮啊。"

何芸涵翻了个白眼，她有些无聊，低头打开手机，查看新闻。

不知道怎么了,手机网页像是中了病毒,一下子跳转到了一个宣传页面。

页面上是一个小孩,扎着冲天辫,眼睛涂得金光闪闪,手里拿着一条红丝绸,远看像红孩儿,近看像个小傻子。

瞅着她那傻乎乎的模样,何芸涵唇角上扬,萧佑凑过来:"看什么呢?"

何芸涵收起了手机:"要你管?"

"……"

番外二

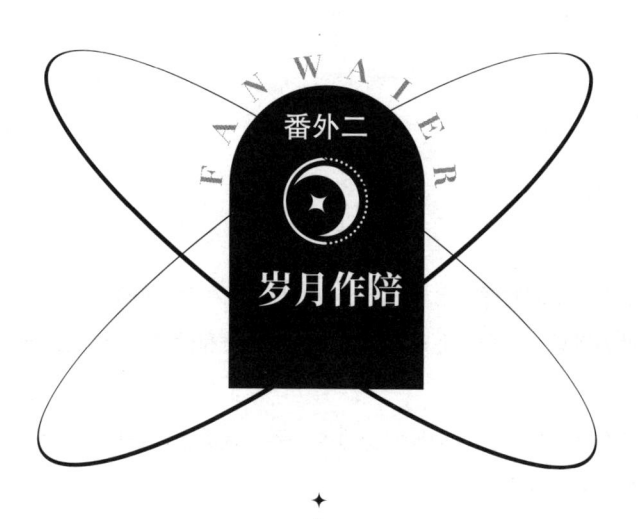

岁月作陪

01.

冯晏刚退下来的时候，已经决定全身心地投入生活，好好弥补这些年缺失的友情和错过的风景，可是职业赋予本人的一些气质和性情，却不是一时半会儿能改变的。

萧佑是个贪吃的人，但是平时身边少了照顾她的人，各种应酬还都不少，所以在家里吃饭的次数太少了。

于是冯晏便在闲下来后，拾起菜谱，认真学习。

萧佑偶然间看到冯晏认真学习做菜的模样有些想笑。至于吗？还看书做笔记？

她走上前，拿开冯晏的书："别看了。"

冯晏抬了抬眼，萧佑勾着唇："我不比这书好看？"她的手摸了一把冯晏的脸，"其实……讨好我的方式不止这一种……"

冯晏："……"

萧总真的是太浪了。

按照以前的脾气，冯晏是不会理会的，可是既然萧佑这么说了，冯晏叹了口气，目光从书本上移开，拿出手机打开游戏界面。

可萧总是什么人？

那绝对是会蹬鼻子上脸的。

这些年来，冯晏跟她一直硬碰硬，"找碴儿""欺压"的事没少干。

萧佑最会察言观色，她知道冯晏这会儿刚退下来，一心想要呵护她这个委屈宝宝，她缩在床上，抿着唇，小狗一样可怜兮兮的："唉，想我一个如花似玉的大姑娘，辛苦忙碌半辈子，从年轻貌美到年老色衰，我容易吗？"

冯晏放下手机，看着她："你要干什么？"

这样的萧佑特别可爱。

她终于不像刺猬一样，到处戳人了。

萧佑："我想要那个游戏奖励好久了，你能不能帮我打出来啊？"

冯晏："……"

萧总不要脸的本领真的变本加厉了。

那几天，萧佑有一种舒爽感，她感觉自己掌握了冯晏就是掌握了全世界，原来欺压人的感觉这么好。

而且看惯了冯晏一本正经的样子，萧佑爱死了那即将爆发又隐忍克制的小模样。

简直是……大快人心啊！

冯晏知道萧佑这点恶趣味，不理会她，任她作威作福。

只是徒弟徐灵来找冯晏的时候，看到自己师父居然在萧佑家打扫家务又做饭，再看看躺在沙发上拎着葡萄一颗一颗往嘴里扔的萧佑，简直要气死。

"有你这样的吗？"

萧佑吐出葡萄皮："打倒冯晏！"她又一伸拳，"人民当家做主的时代来了！"

徐灵："……"

冯晏看着萧佑那傻乎乎的样子，不禁莞尔一笑。

萧佑有点不好意思："我就这么漂亮吗？"

漂亮到让冯晏沉迷于她的盛世美颜，连赤裸裸的欺负都忽略不计了？

冯晏的手艺一天天进步，等能做糖醋排骨的时候，萧佑像个地主一样把元宝和何芸涵叫来，准备显摆一番。

她大刺刺地坐在位置上："来来来，尝尝小晏的手艺。"

元宝眼睛一亮："妈呀，萧总，你不用去帮忙吗？"

萧佑打开红酒，一挑眉，满脸得意道："帮什么忙啊？不是我吹牛，小晏现在这么优秀，都得益于我的鞭策和教导，这可是别人没有的。"

何芸涵笑而不语。

元宝可没那么好心，简单粗暴又直接："你这不是吹牛是啥？"

萧佑："你还想不想吃，不吃给我放下。"

冯晏做好最后一道菜，从厨房走了出来，对着何芸涵点了点头，元宝吃得特别开心："冯部，太棒了。"

冯晏："你喜欢就多吃点。"

萧佑咳了一声，用眼神示意："干什么呢？没看我酒杯空着吗？"

元宝和何芸涵惊讶地看着她。

冯晏微笑着拿过红酒，给她倒满："您慢点喝。"

萧佑得意地晃了晃酒杯："这才叫人生，now，可以给朕喂饭了。"

何芸涵："……"

元宝："……"

还有这么无耻的人吗？

偏偏冯晏顺着萧佑，把虾皮剥了，虾线挑了，再一个个细心体贴地摆到她盘子里。

萧佑吃得开心。

元宝张着嘴震惊了，萧佑美得尾巴都要摇起来了："嫉妒吗？羡慕吗？没有享受过这样的待遇吧？"

何芸涵默默地看了萧佑一眼。

倒也不必嘚瑟到这种程度。

元宝可是个小心眼，两人内斗了这么久，萧总怎么就不长记性。

元宝抿了抿唇。

何芸涵："好好吃饭。"

萧佑冲元宝挑衅般地挑了挑眉。

何芸涵刚要说话，只见元宝脑袋耷拉下来："是啊，我不如萧总魅力大，我知道。"

冯晏和何芸涵都惊讶地看着元宝，这是什么情况？

元宝有点悲伤："我们萧总美丽身材好又多金，简直是被天使吻过的美人，多少人为萧总前赴后继，愿意当牛做马呢！"

萧佑被拍马屁拍得有点蒙："啥？"

元宝黑漆漆的眼睛看着她："可不是嘛，我上次还看见一个模特，叫李什么的，帮我们萧总扒虾，手法也是这么好。那时候，羡慕的种子就悄悄种在了我的心中，萧总的鞭策和教导总是这么立竿见影。"

萧佑哽了一下，差点噎着，脸都绿了。

冯晏淡淡地道："哦？"

元宝叹了口气："还有一次，我和萧总闲得无聊去洗车，洗车店的老板身材那叫一个好。萧总冲人家抛了个媚眼，我们居然就得到了一张终身免费洗车卡，那时候，羡慕的种子已经破土而出了。"

冯晏微微一笑："还有呢？"

萧佑正要说话，冯晏冷冷地瞥着她："闭嘴。"

萧佑："……"

元宝："还有很多吧……毕竟萧总是这么有魅力的人，总之……现在羡慕已经变成了嫉妒，并在我心中长成了参天大树。"

惹人想象比陈述事实更可怕。

元宝就是要让冯部好好想象一下，这些年萧总到底"鞭策教导"过多少人。

饭吃完了。

离开前，元宝冲萧佑挥了挥手："萧总，你好，萧总，再见，谢谢款待。"

萧佑："……"

元宝和何芸涵离开后，冯晏转过身看着萧佑。

萧佑贴着墙站着，老老实实地说："我……你别听元宝瞎说。"

冯晏抱着胳膊："没有吗？"

萧佑咳了一声："我……"

冯晏："骗我，后果自负。"

萧佑："……"

沉默了好半天，萧佑挤出一个笑容，讨好地看着冯晏说："你这么辛苦，以后……做饭这样粗糙的活，还是交给我吧。"

第二天，日上三竿。

萧佑在床上喊人："来人啊！小晏？我饿了，饭菜呢？有人吗？"

她叫了一圈没有人应答，只能自己起身，找了一圈。

冯晏来的时候，看见萧佑正在泡方便面，在门口看见冯晏，萧佑一溜小跑过来："哎呀，累不累？快快快。"

她把冯晏推到沙发上："坐一会儿，我给你按摩按摩背，我们冯部最近辛苦了。"

冯晏"嗯"了一声，闭上了眼睛。

萧佑一看这事还有缓，一边卖力地按摩一边道："要不你躺那儿？我给你捏捏头？"

冯晏很听话地躺在沙发上。

人放松下来，表情都舒展了。

萧佑赶紧说："小晏，咱们可是一条心，你不能听元宝那小坏蛋的话，影响咱俩的感情。"

冯晏："萧总身居高位，调教几个看得上眼的人怎么了……"

萧佑："……"

冯晏的声音愈发冰冷："萧总敢做不敢当吗？"

萧佑一听语气不对，赶紧起身，挺了挺胸脯："那什么，我下午有个会，

Linda 临时通知的，我先去准备一下。"

人刚迈出一步，就被冯晏拽住了胳膊。

萧佑一个哆嗦："你干什么啊？"

救命啊！

到底怎样才能放过她？

冯晏看了看时间："离你开会还有时间吧？"

萧佑："……"

"去把家务做了。"

02.

萧佑最近的改变大家都感觉出来了。

怎么形容呢？

萧总一走过来，就好像带着一股春风，与一种"哎呀，我实在太幸福了"的气场。

然而就在萧佑沉浸在自己的幸福之中，她意外地发现冯晏却一天天地变沉默了，空闲的时间多了，有很多时候，冯晏都会拿着一本书呆呆地看着窗外，不知道在琢磨什么。

萧佑从后面走过去，拍了拍冯晏的肩："怎么了？"

冯晏身子抖了一下："没事。"

萧佑嗅着冯晏身上香香的味道："是不习惯了吗？过两天我们出去玩玩吧。"

她想着冯晏可能是突然闲下来，一时有些不适应。

"要不我把徐灵找来？"萧佑轻声问。

冯晏轻轻道："没事的。"

两人在一起相处了那么多年，冯晏有点小心事，萧佑怎么会不知道。

她到了圣皇之后，就把 Linda 叫了进来。

"你去安排一个人,最近跟着冯晏,顺便也问问冯晏之前的行程。"

Linda 出去后,萧佑想了想,又给元宝打了个电话。

元宝那边正在上课:"干吗呀,找人家?"

萧佑:"你把舌头捋直了说话行吗?你现在怎么变得这么嗲啊?"

元宝笑着道:"嘎嘎嘎,你不知道吗?我发现原来每个 Boss 都拒绝不了嗲嗲的小妖精。"

萧佑:"……"

这人真是无敌了。

不以为耻,反以为荣。

元宝午休时间抽空来到萧佑这儿。

一到办公室,她就看着萧佑说道:"我要一杯大杯拿铁,一个果盘,一份水果沙拉。"

萧佑:"……"

Linda 忍着笑:"我这就去准备。"

元宝穿了一身粉色的裙子,里面是白色丝绸的内衬,十分收腰。她脸上化了淡妆,红唇还挺诱人:"干吗啊,直勾勾地看着人家。"

萧佑听着她的声音有些牙疼:"你怎么变化这么大啊?还变臭美了?"

元宝捂脸,有点不好意思:"以前是以前,现在全天下都知道我和老何关系这么好,我总得捯饬捯饬,不能给她丢脸啊。"

萧佑懒得理她的嘚瑟:"我找你有点事。"

元宝喝了一口冰咖啡:"冯部怎么了?"

哎哟?成精了?

萧佑眨着眼看着元宝,元宝上下打量了她一番:"萧总,你不是要求太多,作得太过分,吓着人家了吧?"

萧佑面红耳赤:"你以为我是你啊!"

这个小浑蛋。

"你这个态度,谈话就没有办法继续了。"元宝吃了口水果,慵懒地靠在沙发上,"就算是芸涵,跟我讨论问题的时候也要叫我元宝小宝贝。"

萧佑气得额头青筋一跳。

元宝:"你就叫我元老师就行了。"

萧佑:"……"

两人斗了一番嘴,萧佑把冯晏的现状和元宝说了说,元宝听了后问:"拿着书发呆?"她心里一凉,这怎么这么像当年何芸涵抑郁的时候呢?那时候她以为老何是在发呆,其实已经沉浸在她自己的世界里了。

萧佑有点紧张:"你那是什么表情?"

元宝看着她,认真地问:"萧总,冯部最近是不是有什么心事啊,你有没有问过?"

"我问了人家也不说啊。"萧佑有点头疼。

元宝一本正经地道:"你问了,冯部不说,那是人家的事。但是你以为你问了冯部不会说所以没问,那就是你的事了。两个人相处,最怕的就是不能好好沟通。"

如果这话是别人说的,萧佑肯定让那人哪儿凉快哪儿待着去。可这是元宝说的,元宝毕竟是圈内公认的小太阳加沟通达人,她说的话肯定是有她的道理存在。

元宝走了。

下午的时候,Linda来了,她看着萧佑道:"冯部最近没什么活动,大多数时间是在家里,但是在周二的时候,徐灵曾带着一位医生过去。"

医生?

萧佑的心一紧,Linda点头:"是医生,不会错。"

萧佑想了想,她似乎明白了什么。

下班回到家时,饭已经做好了。

萧佑洗了手,两人安静地吃着,冯晏敏感地察觉到萧佑有点不对劲,可看她的表情也没敢多问。

吃完饭,萧佑看了看冯晏:"去准备一下,我们回家。"

回家？

冯晏一时没反应过来。

萧佑："去看看我奶奶。"

冯晏一惊："回、回家？"

认识这么久了，萧佑从来没有带自己回去过。

萧佑微微一笑，眼里都是心疼："我以前不带你回去，是怕你受不了我奶奶，她那个人……有点可怕。可现在想想，我的家人就是你的家人，也没什么可怕的。"

冯晏抿了抿唇，沉默了片刻："你知道了？"

这么多年了，萧佑也没有带她见过奶奶，一定是有什么原因的。

两人都已不是年少时轻狂张扬的模样了，岁月已经将一切洗礼得温柔妥帖。

萧佑戳了戳冯晏的脸："还要瞒着我吗？你去看医生了？身体怎么了？"

冯晏轻轻地叹了口气，医生的话很委婉，年轻的时候为了事业，身体消耗得太过，熬夜、喝酒、忙碌奔波，虽然现在已经注意保养，但底子到底是损伤了。想到这儿，冯晏的眼睛有些热。

萧佑看着冯晏的眼睛，语气温柔地安抚道："好了，有我在，不要怕，嗯？"

冯晏趴在她身上："我不是怕……只是如果真有那么一天，我不想拖累任何人。"

萧佑捏了捏她的脸蛋："到现在你还不知道吗？人生在世，最重要的是当下的快乐，我会永远陪着你的。"

眼泪一瞬间流了下来，冯晏缩进萧佑怀里，萧佑立即抱紧："好了好了。"

萧家大院里长辈齐聚，这样的场合，长辈们均是正装出席。

老萧总保养得宜，除了眼尾的细纹，脸跟年轻人似的；老夫人同样如此，她有点着急，时不时起身往外看看："哎，小佑说八点会回来的，这都要九点半了。"

老萧总挥了挥手："淡定淡定……"

正说着，手机响了。

老萧总接起了电话，电话那边传来萧佑略带愧疚的声音。

老萧总哼了一声："来不了了吧？"

萧佑咳了一下："临时有事……"

老萧总一点不给萧佑面子，电话都没挂断，就对身边的夫人说："你看看，我说她是一时起意，多半会放你鸽子吧？唉，不要对年轻人的话抱有期待……"

番外三

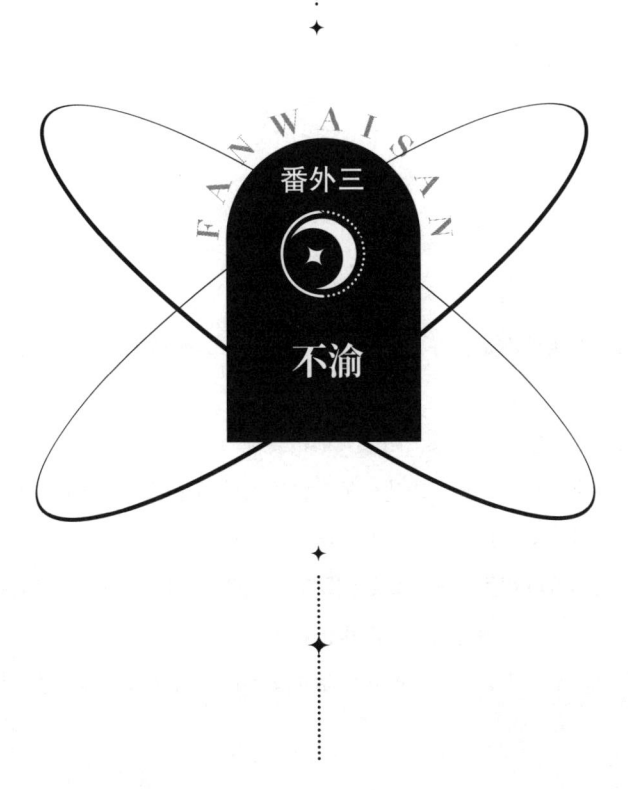

FANWAISAN

不渝

01.

洛颜的家庭条件不是很好，父母都是二线城市的普通工人，但她从小到大，并不缺爱。

妈妈很温柔，爸爸很沉稳，两个人都很爱她。

她的性格像妈妈，不善于表达，虽然物质条件不是很好，但爸妈也不想她和其他小朋友差得太多。从很小的时候，洛颜就喜欢跳舞，那时候，她连走路都还没有走稳，就学着电视里的哥哥姐姐们跳舞了，不是乱跳，而是有模有样的。

洛颜爸妈看了后觉得好笑，同时也记在了心中。

可洛家家境本就不是很好，跳舞的学费又不低，因此送洛颜去学跳舞后，家里就更拮据了。

到了高中，青春期的女孩子都爱打扮了，大家穿得花花绿绿，一部分还尝试化妆。洛颜只有一条洗得发白的长裙，不施粉黛，可就是这样，她抱着书本走在校园里，目光就从未少过。

可她不敢有一丝一毫的分心和自傲，把全部精力都用在了跳舞上。

到了高二，她在跳舞比赛里脱颖而出，舞蹈老师找到了她："你这个水平，现在咱们这里的老师基本指点不了了，你愿意去北京吗？我认识很好的舞蹈团队，去那里，以后你会走得更远。"

愿意吗？

怎么会不愿意？

可洛颜轻轻地摇了摇头："老师，我还是先高考吧。"

她的家庭条件不允许她这样折腾。爸妈已经很辛苦了，她又怎么忍心再去要求他们？

可老师好像看出了什么，她找到洛颜的爸妈，说了她现在的情况。

"这孩子跳舞特别有灵气，而且学得快，最重要的是肯吃苦，现有的平台不够，会埋没她，我总觉得她以后会走上专业的舞台，你们看看……"

晚上，洛爸洛妈在灯下一笔一笔算着账，到最后，洛爸呼出一口气："差不多，留着些钱够咱们俩吃穿就行了，其余的都给女儿带走。"

洛颜的眼睛红红的，洛妈走了过去，吻了吻女儿的额头："没事啊，爸妈为你做再多也愿意，只要你好好的。"

他们吃过的苦，不想女儿再去尝试，这是一条鲤鱼跃龙门的必经之路，只要洛颜想走，她们就算是倾家荡产也会支持。

半个月后，洛颜到了京市。

下车的那一刻，她不知道，来到京市的这个决定，会是她人生的转折点，也将成为她一辈子的心结。

她遇到米苏的时候，米苏正带着团队在练舞。

这个行业，是年龄越小越吃香。

洛颜是被家乡的那个舞蹈老师的朋友带过来的，这里的一切都让她感觉陌生，看着干净宽敞明亮的练舞房，一个个穿着时尚的舞者，她的手拳成一团，手心满是汗。

米苏正带着团队练舞，歪戴着帽子，嚼着口香糖，裤腿挽了上去，拍着手："One，two，three……"

快速的舞动，身体剧烈的震颤，每一个动作都有实打实的力度。旁边是同龄人的欢呼声，跳到最后，米苏摘了帽子，唇角上扬。

米苏长得很秀气，眼睛狭长带着光彩，薄唇轻翘，鼻子立体，最主要是周身的那种气场，坏坏的，又让人忍不住去看。

在大家的欢呼声中，米苏转头，看见了洛颜。

那一刻，两人对视，洛颜慌乱地低下头去。

洛颜被分到了另一组。

Sam 老师看她跳了一段舞，在了解了基本情况后，安慰了洛颜几句，就让她去了 B 组。

曾经，洛颜对自己的舞蹈水平是极有自信的，可来了这里，她才知道什么叫天外有天人外有人。

这里的人，一个个外表光鲜漂亮，练起舞来却又更加肯吃苦。

很多人天没亮就起来跳舞，天黑了才回去。

每个星期，Sam 都会对学员的练习情况进行检查。

米苏永远是第一个。

人群里，米苏永远那么闪亮，耀眼夺目。

米苏今天跳的是机械舞，手对着其他学员的方向如机械般扫射，逗笑了大家。

很奇怪的现象，虽然米苏话很少，人又酷酷的，但人缘非常好。

完美地完成舞蹈后，大家欢呼鼓掌，洛颜身边的小花碰了碰她，小声说："我听朋克说，之所以每次都是米苏第一个，是因为 Sam 调完米苏之后大家就没有压力了，反正也是破罐子破摔。"

洛颜抿了抿唇，好看的眼眸抬了抬，米苏正好在看她，唇角上扬，对着洛颜笑得灿烂，洛颜心一热，又低下了头。

到了洛颜，她跳的是一段民族舞蹈。

细碎的舞步，轻云般慢移，眼眸间带着丝丝忧伤。

这样的舞蹈在这里并不常见。

米苏看得认真，Sam 在一旁感慨道："这孩子岁数有些大了，要是从小就练，会比现在好很多。"

这样的舞蹈现在并非主流。

可换舞种并不是一时半会儿就可以完成的。而且洛颜的岁数，明显有些大了。

有学员偷偷议论："好像古代人啊。"

白衣飘飘，目光涟涟。

米苏听到这话笑了，在大家的惊呼声中，一个向前滑行，跃进了场地中去。

洛颜瞬间慌乱起来，她的节奏被米苏打乱，米苏笑眯眯地看着她，居然也抬起了手，随着音乐的节拍，缓慢地舞动。

"哇，队长，可以啊！"

"天啊，我的小心脏！"

"啊啊啊啊啊……"

大家都知道米苏擅长街舞和机械舞，几乎没跳过民族舞。

米苏围绕在洛颜身边，等待着她从慌乱到平静，之后冲音响师使了个眼色。

音乐的节拍渐渐加快。

洛颜的好胜心被激了起来，她随着节拍变化舞步，速度越来越快，两人的步伐也跟着越来越快，到最后音乐结束，在大家的尖叫声中，洛颜气喘吁吁地瘫在了地上。

而米苏只是擦了一把额头上的汗，看着洛颜笑说："真是个小猫咪。"

小猫咪？她是瞧不起自己吗？

洛颜看着米苏，但并没有从那双眼里看到轻视，反而看到了一团火。她低下了头。

Sam笑着拍手："可以的，小颜进步很快，明天去A组训练吧。"

A组的训练生们欢呼。

A、B两组的训练生无论是舞蹈功底，还是配套的训练场地、硬件设施，都有着本质区别，学校自然而然地将最好的资源都倾向于A组学员，所以，大家挤破脑袋也想进去。

当天晚上。

米苏躺在宿舍床上,手里握着一个铃铛。这铃铛跟了米苏很多年,走南闯北,经历了许多大赛。米苏一直觉得这铃铛跟自己的气质不配,而如今,居然想到了洛颜。

第二天,天还没亮,米苏背着自己的吉他去练舞室,意外地看到了夜里梦到的身影。

洛颜在练舞,她很聪明,意识到自己之前练的民族舞可能会被淘汰,便有意往现代舞上转。

只是她很气馁,首先体力就跟不上,只练了十分钟,她就已经大汗淋漓。

米苏打开门走了进去,看着她在地上喘息,毫不留情地笑了。

洛颜怒视米苏。

米苏抖了抖肩膀,懒洋洋地说:"先热身吧。"

这样玩世不恭的态度,足以扼杀洛颜的自信心。

半小时的所谓"热身舞"之后,洛颜沉默了,米苏把头发绑了起来,看着她正要说话,练习生们都进来了。

练舞是非常辛苦与枯燥的。

刚来的时候,大家因为陌生都拘着。可到了后来,大家越来越熟悉,说笑多了起来,难免就有春心萌动的时候。

洛颜从小到大不缺追求者,所以当一双又一双爱慕的眼眸望向她的时候,她都表现得淡定自若。

在她的世界里,永远只有一个"舞"字。

这是她的信仰,是她灵魂的寄托。

当然,与她一样受欢迎的还有米苏。洛颜听过关于米苏的很多传言,大家说米苏的爸妈是业内出名的舞者,国家级的艺术家,威望颇高。米苏从小就跳舞,是真正的天之骄子,而且性格还挺花的,人有点傲,眼光特别高。

洛颜每次听了都沉默不语,这样的人,跟她不会有交集的。

周末,是大家自由活动的 battle 环节。

虽然是自由比赛，紧张的气氛却比平时更浓。

跳舞的人，如果没有点傲气，哪能成为一个合格的舞者。

这种比赛，米苏向来是不参加的，多数时间都坐在地上，跟Sam老师一起观赛，笑着聊天。

米苏的水准，按照Sam的说法，已经完全可以独立出去开班了。别说是普通人，就是在娱乐圈，米苏也已经小有名气。要是想找米苏编一支舞，价钱不说，必须要米苏给面子才行。

不是正规比赛，大家也都跟平时似的闹着。

可B组的一个女孩茉莉，明显对洛颜有气，她一次又一次挑衅洛颜，态度非常恶劣。

原因无外乎她喜欢的男生居然光明正大地追求洛颜，这让她又嫉妒又生气，她就看不起洛颜这样的，有什么啊？装什么清纯？往那儿一坐不就是招蜂引蝶的狐狸精吗？

洛颜本来是不想参与battle的，可和着节奏，茉莉一次又一次向她挥手，甚至过分到对着她做竖中指的手势。

大家都有点尴尬，几个女生看着乐呵，跟着起哄。她们也嫉妒洛颜，凭什么这么短的时间就能进入A班，这么多人围着她转，有什么了不起的？

茉莉有狂的资本，她虽然在B班，但如果不是因为考核的时候吊儿郎当，她去A班绰绰有余。

舞蹈就是这样。

你赢了就是赢了，凭实力取胜。

洛颜尽力了，可仍旧输了，她的胸口快速起伏着，在一片奚落声中瘫在了地上。

米苏看着她，又看了看趾高气扬的茉莉，蹙了蹙眉："够了。"

茉莉可不敢惹米苏，谁都知道米苏的脾气上来，别说是她了，就连Sam老师的面子都不给。

天，逐渐黑了下来。

洛颜一个人留在练习室，久久没有离开。

她的脚踝肿了，非常疼，可仍旧咬牙坚持练习。

"吱嘎"一声，门被打开，米苏走了进来，手里拎着袋子，看着洛颜："过来，休息一下。"

米苏是A班的队长，出于礼貌，洛颜走了过去。

米苏坐在地上，从袋子里拿出一盒药膏："鞋脱了。"

洛颜脸一红："我自己来就好。"

"少废话。"米苏看着她，"这可是特效药，保证你一天就好。"

说着手上用了力气，洛颜疼得汗直往下流，可咬着唇一言不发。

片刻之后。

米苏松开了手，起身去洗手池边："你这样凡事忍着，别说是茉莉了，就是我看着也想欺负。"

洛颜不说话。

米苏洗完手，一转头，看见洛颜的眼睛红红的。

心，莫名地软了一下。

"至于吗？"米苏十分不理解，这样的battle输了很正常，就是自己，也是在输了很多次后才取得了现在的成绩。

可洛颜输不起，她知道，爸妈是拼了全部身家才把她送来这里的，她不能输。

"队长。"

这是这么久以来，洛颜第一次主动和米苏说话，米苏惊讶地看着她。

"你……"洛颜抿着唇，说得艰难，"你能不能教教我？"

哎哟……

米苏看着洛颜，耳朵动了动："你说什么？"

洛颜低下了头。

她不该开口的。

她一定是疯了，大神米苏怎么会答应？

空气有一瞬间的凝固，整个练习室里只能听见钟表滴答滴答的声音，不知道过了多久，米苏走到了洛颜身边，笑着看着她："我教你，没问题。"

洛颜一下子抬起了头，那双湿漉漉的眼睛，望进了米苏的心里。

在她的注视下，米苏看着她，挑眉道："可我从来不随便帮人。"

洛颜怔怔地看着米苏，米苏勾起唇笑了，笑容灼灼，如光一样肆意挥洒，照亮了这黯淡的练习室。

洛颜忍不住跟着笑了起来，轻轻浅浅，是之前从未有过的。

02.

洛颜第二天四点就到了。

她想一边等米苏一边练习，可没想到，她意外地发现了熟悉的身影。

米苏正贴着墙下腰练习基本动作，看到洛颜，低着头挥了挥手，洛颜有些惊讶。

米苏挑眉："怎么，感觉我是天才就不用练习了？"

洛颜抿了抿唇没有说话，米苏站直身子，擦了擦额头上的汗："我从决定练舞的那一天开始就没有睡过一天懒觉。"

米苏说得很轻松，说完整理了一下帽子，带着一股青草的味道："来吧。"

米苏的要求非常严格，上来不是先指点舞步，而是看基本动作："你小时候练过，但老师不够专业。"

米苏在练舞的时候与平时很不一样，没有一点吊儿郎当的随性，眸子中满满的都是认真。

一个小时的训练结束，两人的后背都湿透了。

米苏递给洛颜一件宽松的T恤："去换了吧，要不他们来了又要聒噪了。"

队里那么多双眼睛看着呢，要是让别人知道米苏给洛颜开小课堂，非要嫉妒红眼睛不可。

洛颜一脸犹豫地看着她，米苏笑了："这是新的，我洗过了，拿去穿吧。"

换好衣服后，洛颜嗅了嗅衣服上薰衣草洗衣剂的味道，想起米苏的笑，心里有些热。

米苏看着一副天不怕地不怕又有些不好接触的样子，其实还蛮细心的。

这样的训练成了两个人的小秘密。

一眨眼，一个月的时间就过去了。

再一次展示比赛的时候，Sam惊讶地看着洛颜："进步神速啊。"

是他之前看错了吗？他也有看走眼的时候？就连之前跟洛颜作对的茉莉都愣了。

米苏站在一边一脸骄傲——洛颜还是有天赋的，最主要的是她不认输又极其刻苦，这样的人，总会成功。

洛颜平日气场不显，甚至显得有些软弱，但一站在舞台上，她的眼神就变了，变得凌厉而自信。

Sam摸着下巴，看了看米苏。

不对劲儿啊，这范儿怎么和苏苏越来越像了。

这里的很多人都是势利的，之前洛颜在A班，大家觉得有一定侥幸和幸运的成分，而如今，她完全凭借实力达到了A班的门槛，就算是A班里，她也不再是垫底的那个了。

米苏今天明显放水，之前挑选的舞曲都是节奏感强、动作幅度大的，而今天米苏选了一首韩国舞曲，以娱乐为主。

这是米苏第一次跳女团舞，Sam很无语，可学员们都沸腾了。

尤其是当米苏挺臀，揉着身体摆出妖娆的姿势时，学员们的尖叫声快要把顶棚掀翻了。

一个优秀的舞者，不仅仅是动作到位，眼神和表情都要分毫不差。

米苏舔了舔唇，手指一勾，大家被迷倒了一片。

洛颜一直低着头。

当天的训练，洛颜有些心不在焉，大家没放在心上。这属于被大家认可后很正常的情绪波动，难免的，可以理解。

训练结束的时候。

洛颜去休息室收拾东西，米苏走了过去，笑着问："不请我吃饭吗？都晋级了。"

哪还有平时酷毙的模样，完全就是一个幼稚的小孩。

洛颜看着忍俊不禁，她面色不改，继续去拿衣服。

米苏也不让开，就这样居高临下地看着洛颜。

米苏属于高瘦型，比洛颜高了半个头多，这样低着头，可以看到洛颜那如玉一般的脖颈，还有含笑的眼眸。

洛颜装好包，小声说："在外面等你。"

接触久了，她也习惯了米苏。

米苏很强势，就像一团火，经过的地方一定是星火燎原，想要的也一定要得到。

米苏靠着门笑了，有队员经过："队长，出去喝一杯啊。"

米苏摇了摇头，挥手："少喝点。"

他们这样的职业对身体状态的要求特别高，什么酗酒、熬夜、抽烟，尽量都不要。

所以，米苏唯一解压的癖好也就是嚼嚼口香糖。

等人走得差不多了。

米苏缓缓地走了出去，洛颜正坐在门口看书，她很认真，仿佛周围的喧嚣与她无关。

米苏盯着看了一会儿，吐了一口气，笑着说："还真是个小猫咪。"

一路上，洛颜问了好几次米苏想吃什么。

米苏没有什么想吃的，洛颜每提出一个就被米苏否一个，最后弄得好脾气的洛颜也有点急了，她看着米苏："这也不吃那也不吃，到底要吃什么？"

米苏看着她，突然就笑了。

洛颜脸一红。

这个人很讨厌，总是爱逗弄她。

米苏两手揣在兜里："你会做饭吗？我想吃碗面。"

洛颜惊讶地看着米苏，只是……一碗面？

到了洛颜租住的地方，米苏四处打量，满眼新奇。房间很小，摆了一张床、一张桌子，就基本没有活动的空间了。但房间虽小，却打扫得干干净净，一尘不染，空气中还弥漫着洛颜身上的香味，米苏闻了闻，没有坐下。

洛颜在公共厨房做饭，当她端着飘着香气的面条走进来时，发现米苏正贴着墙练身板，她失笑道："坐下吧。"

说完这话，她才意识到米苏不坐是因为没有坐的地方，出于礼貌，米苏没有直接坐在床上。

洛颜把面放好，从床底下抽出两个折叠板凳，给了米苏一个。

两人坐在一起，一人一碗面，米苏把帽子摘下，一碗面吃得大汗淋漓。

洛颜是典型的寒凉体质，一年四季身子都凉飕飕的。她看米苏出了那么多汗，便拿了纸巾递过去。

米苏捧起碗，把最后一口汤喝了。

练习的时候，大家经常一起吃饭，洛颜知道米苏很对食物挑剔，吃鸡不吃鸡皮，吃虾嫌扒皮麻烦，饭菜里的所有葱姜蒜都要挑出去才能吃，用大家的话来说就是"非常事儿""极其事儿"。

洛颜做面条的时候心里也很忐忑，怕米苏不喜欢。

米苏拍了拍肚子："好撑。"

米苏离开前，有点紧张地捏了捏手。洛颜看着有些惊讶：米苏也会紧张吗？

这样的小动作不知道做了多久，米苏才摊开手，把捏得半湿的铃铛递了过去："给你。"

洛颜没有接："这是什么？"

米苏脸有些红，语气里带着一丝烦躁："让你接你就接了。"

米苏把铃铛硬塞进了洛颜手里，然后深深地看了她一眼，头也不回地就走了。

洛颜哭笑不得地看着手里的铃铛，怎么都想不到，米苏还有这样害羞的一面，跟平时反差太大了。

第二天，训练依旧。

洛颜的表现越来越好，不仅得到了导师 Sam 的夸奖，还吸引了圈内招募舞者的团体的目光。

有的团队抛出橄榄枝，想要把她签过去，甚至有专业的艺人跳舞团队挖她，给出的佣金是她不敢想的。

可洛颜不为所动，她想要的远远不止于此，如果现在就去各地跑商演，那就辜负了爸妈的期待。

跳完舞，几个队员闲聊，洛颜在一边喝着水，听完愣了愣。

"昨天是队长生日啊，你们出去嗨了吗？"

"没有啊，队长那性格你还不知道？保不准自己去哪儿了。"

"哎呀，真是，要不咱晚上再约队长一起庆祝一下？"

"……"

米苏的生日？

洛颜不禁扭头看了看米苏，米苏还在练舞，豆大的汗珠一滴滴往下落，摔在地上碎成几瓣儿。

这几个月的相处，让洛颜对米苏有了别样的认识。

哪有什么所谓的天才舞者，不过是一个个日日夜夜，在无人角落里的苦练与坚持。

米苏是这里最出色的，可也是最能吃苦的。

每天训练完，衣服脱下来，都能拧出水来。

下午的训练结束。

洛颜感觉自己的脚踝隐隐作痛，怕是最近训练强度太大，有些损伤了。她缓缓地走着，想去旁边的医院买一些药，可刚一出门就被一堆人给围住了。

茉莉站在最前面，身后跟了一堆人，她叼着烟，冷冰冰地骂了句："小绿茶。"

旁边跟着的都是女孩，各个染着头发，奇装奇服。

洛颜往后退了一步，茉莉把外套敞开："天天装那可怜样勾引人，现在又给导师送礼收买人心，今儿姐就好好教育教育你，让你知道什么叫礼义廉耻。"

米苏还在训练，有一个转身的动作怎么练都不满意，十几次之后，才稍微觉得过得去了。此刻他正拿起毛巾搓着头发，只见副队长匆匆忙忙跑了进来："苏苏，不好了，打起来了。"

打起来了还不正常？

米苏没放在心上。队员平日训练压力大，精神疲惫，有点小摩擦在所难免，打架的事太常见了，米苏没想着去管。

出了门。

风一吹，身上凉飕飕的，米苏的心情好了起来。对面角落里，熙熙攘攘围着一群人，米苏看了一眼，耸了耸肩，觉得事不关己正要路过时，一个柔弱的声音飘了过来："我没有……"

心，猛地收紧，米苏一下子转过身去。

03.

洛颜被推倒在地，白色的裙子上，黑色的脚印煞是明显，她眼里含着泪，愤怒地看着几个欺负她的人，却始终没有说一句求饶的话，固执又倔强。

米苏一股火蹿到了胸口，二话不说走了过去。

一看见队长来了，大家还以为是要拉架，茉莉那边的朋友一愣，往后退了退。

"哪儿伤着了？"米苏低头看着洛颜。洛颜不说话，不知道怎么回事，刚才她被怎么打都没觉得怎样，如今一看见米苏，鼻子一酸，眼泪差点掉下来。

米苏深深地吸了一口气，把洛颜扶了起来，上下打量。

跳舞的人，跟运动员差不多，不能受伤，否则很可能影响整个职业生涯。

"队长，这是我们自己的事。"茉莉抱着胳膊，一脸不屑地看着洛颜。她身后有几个外校的，不认识米苏，往前逼了逼。

米苏扶着洛颜站好，把外套脱了，手一抬，把头发拢了起来。

茉莉："……"

她心里一惊。

两年前，她曾经看米苏做过一次这样的动作，这明显是要动手了。

十分钟后。

Sam气喘吁吁地跑了出来："疯了？你们都疯了？你们怎么敢打架？"

他们之间要是有一个受伤的，他都要吃不了兜着走。

米苏的眉骨擦伤了，鲜血顺着眼角往下流，犹如鬼魅，站在茉莉面前，浑身散发着煞气，冷笑道："还来吗？"

茉莉身上也挂了彩，她的胳膊特别疼，不知道是不是推搡过程中受伤了，她惶恐不安，呆呆地看着米苏一脸的血，摇了摇头。

米苏转身，看着身子微微颤抖的洛颜："走吧。"

Sam追着问："去哪儿？去哪儿？我把医生叫来了，你们……"

米苏挥了挥手，带着洛颜往外走，也许是看洛颜太害怕了，米苏用外套擦了擦花了的脸，直接打车离开了。

"放心，我下手有分寸。"

米苏知道洛颜的担心，安慰了几句，洛颜看着米苏的伤口："你……"

米苏把衣服放下："没事，以前也经常受伤，回去上点药就行。"

他们去了洛颜的家。

洛颜慌慌张张地去楼下小卖部买了药，她拿着棉花棒给米苏上药的时候，手克制不住地颤抖。

米苏："现在知道怕了？我看那么多人围着你欺负的时候，你也没反应啊。"

说这话时带着气。

洛颜的关注点都在米苏的伤口上："忍一忍，总会过去。"

从小到大，她都是这么过来的，早就习惯了。以她的家庭情况，要真有点事，最后为难的还是她爸妈。

米苏撇嘴，洛颜小心翼翼地给她清理了伤口，涂药膏的时候，眼睛都红了。

米苏突然就心情好了，唇角上扬："现在知道心疼了？"说着非常自来熟地坐在椅子上，"我要吃面。"

洛颜把面端了过来，米苏又不动："我胳膊疼，你喂我。"

洛颜依言照做，米苏瞅着她，忍不住发牢骚："以后，不能让别人欺负你。"

"……"

米苏："那茉莉是什么人，蹬鼻子上脸，下次我给你准备一根折叠棍，你放书包里。"

"……"

米苏："你是舞者，任何情况都不能让自己受伤，知道吗？"

"……"

这件事解决得没那么痛快。

第二天，米苏的爸妈来学校闹了一顿，把茉莉和几个带头来找碴儿的孩子都给处理了。

米苏看着洛颜："你知道吗，平时我最讨厌我爸妈仗势欺人。"

洛颜不吭声。

米苏："可这次感觉还挺痛快的。"

不管怎样，别人欺负洛颜就是不行。

半年的训练过后，迎来十一的七天假期。

洛颜决定要回家，她很兴奋，用平时省吃俭用的钱给爸妈买了特产，想要给他们尝一尝。

看着她收拾东西，米苏走了过去，拍了拍她的肩膀："我要家访。"

洛颜以为自己听错了："什么？"

米苏挑眉："家访。"

"……"

米苏就这样混到了洛颜回家的车上。

二十多个小时的火车，洛颜买的是硬座，米苏自然受不了那个苦，便买了软卧，可到最后，偏偏又补了一张硬座。

"你去我那儿不行吗？"米苏气鼓鼓地发小孩子脾气。

洛颜微笑道："谁让你来的？你那儿就一张床，怎么睡？"

"一起睡啊。"米苏看着洛颜的眼睛，洛颜低下头，耳边一缕长发散落，太美了。

到了后半夜。

看着米苏头偏着、歪歪扭扭地靠在自己身边，洛颜忍不住伸出手，摸了摸米苏的脸。凝视片刻后，她搂着米苏的头，让米苏枕着自己的腿。

一夜好梦。

这是米苏人生中第一次坐硬座，还睡得那么香。

醒来后，看见洛颜的脸，米苏有点蒙。

洛颜低头："醒了？"

眼眸那样的温柔。

米苏突然就笑了，坐起身子："嗯，醒了。"

洛颜其实一直担心米苏去她家待不惯，毕竟是习惯了锦衣玉食的"富家子弟"，可到了家，米苏的表现让洛颜大吃一惊。

米苏平日看着酷酷的，在洛颜爸妈面前却表现得特别乖巧，面对洛颜爸妈的热情寒暄笑着回应，还会帮着干活。

晚上，米苏又来了一段舞，彻底把二老征服了。

洛妈做了一大桌菜招待米苏："阿姨也不知道你爱吃什么，随便吃点，都是家常菜哈。"

米苏笑着点了点头，尝了一口，夸张地竖起大拇指："棒棒的。"

这下子把二老都逗笑了，洛爸倒了一杯酒："苏苏，你来这儿，跟爸妈打招呼了吗？"

米苏的眼眸黯了黯："他们顾不上我。"

越是这样的节假日，米苏几乎看不到爸妈的影子。两人留下了一万块钱给米苏零花，就匆匆忙忙地走了。

洛爸和洛妈明白了，这是个缺爱的孩子，对米苏更热情了，到最后，米苏还喝了一杯小酒，脸颊红扑扑的。

晚上，留下两个小的收拾家务，洛爸和洛妈出去跳广场舞了。

洛颜在刷碗，米苏喝得晕乎乎的，感慨道："好幸福啊。"

洛颜看着米苏。

米苏咖啡色的眸子里含着泪光："我……我好久都没有这样一家聚在一起吃饭了。"

说完轻轻地叹了口气。

洛颜心软了，她冲干净手："我给你调一杯蜂蜜水解解酒，你先去沙发上。"

米苏嘟着嘴："不，你陪我。"

洛颜有些想笑，谁能想到平时那个不苟言笑的舞王，此时此刻就像三岁的宝宝一样？

她把米苏扶到自己的床上，忍不住数落了一句："还是个孩子，学大人喝酒。"

洛颜的手一僵，她抬头看着米苏，长发散落在脖颈，米苏白得发亮的脸颊上带着一丝红晕，眯着眼看着洛颜，伸出手："要抱抱。"

洛颜盯着米苏看了很久，米苏也看着她。

片刻之后，洛颜走了过去，抱住了米苏，手轻轻地拍着米苏的后背："好了，好了，睡吧，嗯？"

米苏的眼圈红了，用力地嗅了嗅她身上的味道，乖乖地点了点头："嗯。"

米苏睡着了。

洛颜去把碗筷刷了，把家里打扫了一遍，爸妈岁数大了，她回来的时间又不多，能做就尽量多做一些。

洛爸和洛妈回来的时候悄声问："苏苏睡着了？"

洛颜点了点头。

洛爸："挺可怜的孩子，爸妈都很忙吧？"

洛妈："小颜，这样的孩子你多帮帮，不容易，大过节的爸妈也不在身边，以后你再回来，就把苏苏带上，嗯？"

洛颜微笑，她上前抱了抱妈妈："妈，我给你买吃的了。"

"你这孩子。"

二老笑了，缩在妈妈怀里的那一刻，洛颜还真有些心疼米苏。

她还会想：幸福，到底是什么？

又陪着爸妈聊了一会儿，待到洛颜洗完澡已经十一点了，她在外面吹干头发，蹑手蹑脚地走进房间，尽量放轻声音，可米苏还是被吵醒了，嗓子沙哑："妈？"

洛颜有些想笑："睡吧。"

这是睡迷糊了。

米苏睁开眼睛，有点迷糊地看了看洛颜："我要洗澡。"

洛颜："不用了。"

这样怎么洗。

米苏皱眉："我就要洗澡，要不该给你的房间熏臭了。"

任性得像一个大宝宝。

洛颜头疼："没事，我不嫌。"

米苏认真地看着她："真的吗？"

洛颜点了点头。

米苏笑了，笑得很憨，哪里还有舞台上的王者风范。

这些年残酷紧张的训练让米苏练就了沾枕头就着的本事，很快便心满意足地睡着了。

洛颜睡在客厅的沙发上，久久不能眠。她盯着房间的方向，眼前控制不住地出现米苏的脸。

为什么非要戴帽子呢？

很多新来的训练生甚至都没有看清过米苏长什么样子。

洛颜的手轻轻地在空中滑动，眉毛、眼睛、鼻子……

这段时间，两人待得都很开心。

洛爸洛妈越来越喜欢米苏，他们感觉这孩子漂亮懂事话又不多，最主要的是特别有眼力见儿，家里能帮的忙都会帮，真是个不可多得的好孩子。

洛颜也很开心，她和米苏牵着手，把家乡大大小小的景点都去了。夜晚，两人会手牵手走在海边，吹吹海风，有时候聊聊天，有时候，两人一起跳舞。

共舞是一件非常神奇的事情。

一个动作，一个眼神，心意相通。

那种默契，与日俱增，越来越深。

04.

回到京市那天，米苏叹了口气："如果可以，我真的不想回去。"

然而这样的念头是不切实际的，小颜现在的心思也都在接下来的 Nl 街舞巡回赛上。

Nl 巡回赛每年都会举行，对于米苏来说已经是稀松平常了，可对洛颜来说，这将关系到她高考志愿的选择。

为了迎接比赛，大家开始密集地训练。

洛颜每天累得不想说话，回到家，有洁癖的她好几次直接瘫在了床上。

米苏拖着她起来："别这样一身汗躺着，去洗澡。"

等洛颜出来的时候，粥已经熬好了。

练舞不仅对体力有要求，对舞者身材的要求更是苛刻。要瘦，但也要瘦得刚刚好，该有的线条必须要有。

米苏这段时间别的没学会，就学会怎么熬粥了，虽然简单清淡，但加一些蔬菜和肉进去，营养是不缺的。

洛颜洗完澡出来后，脸色有些苍白，米苏看着她："怎么了？"说完想了想，意会道，"生理期到了？"

洛颜："……"

这个人的记忆力真的特别好。

温热的粥碗被塞进手里,米苏又去烧水,一边说:"我给你灌个暖宝宝,你抱着,哎,家里红糖在哪儿?我上次放柜子上了,你是不是动了?"

洛颜喝着粥,心里暖暖的。

以前,她回到租住的地方,面对空荡荡的房间和冰冷的厨具,有时候太忙了,就在路上买张饼、买个面包糊弄一口。

可现在……

因为米苏在,这里的一切都不一样了,逐渐有了家的味道。

因为肚子不舒服,洛颜早早就被米苏塞进了被窝里。她抱着暖宝宝躺着,米苏把碗筷收拾好,开始挽着袖子回微信。

最近这段时间,米苏推了很多工作。

从高中开始,米苏的生活费就不用家里出了,虽然父母不以为意,但这一直是米苏的骄傲。

以前,米苏对于钱没有什么概念,可来了洛颜这儿后,就下定决心,不能再这么稀里糊涂下去了。

别看之前赚得多,但米苏花钱如流水,赚的钱大多都是过了一下手,就用在穿戴上了。米苏是典型的奢侈品爱好者,家里的包袋手表能堆一柜子。

这两个月,米苏也攒了一些钱。之前,圈子里的活儿米苏是很少接的,一是觉得麻烦,总是有一种"他们不懂艺术"的感觉,艺人们大多喜欢夸张吸引人眼球的舞蹈动作,可米苏追求的是艺术性;二是因为沟通起来有些困难,不是专业人士,跟他们说点东西特别费劲。

米苏划着手机,扭头看着已经睡熟了的洛颜,轻轻一笑。

米苏选中的舞伴是艺人苏琳,苏琳在娱乐圈有舞神的称呼,她可不是第一次跟米苏邀舞了,她的 MV 找过很多大牌,三年前,米苏刚出名没多久,两人合作过一次,苏琳对米苏惊为天人。

这是两人三年后的又一次合作。

苏琳开着跑车特意到场馆找到米苏，两人握手："你可真难约。"

MV 的舞蹈，正好需要一块训练场地，就选在了这里。

在这里的训练生们有几个也因此受益，被选为 MV 的伴舞。

米苏还是老样子，戴着帽子，吊儿郎当："你可是天后，选择合作对象需要慎重。"

"死样。"苏琳的手在米苏的掌心划了一下。

大红唇，浓妆，热裤，高跟鞋……这样的性感熟女打扮，可不是平日能够看见的。

但米苏淡淡地笑笑，好像对这一切习以为常。

洛颜在旁边看着，默默无语，从那个时候开始，她察觉到了两个人之间的差距。

苏琳出的价格可不少，米苏这点责任心还是有的。

那段时间，为了激发创作灵感，家里播放的都是苏琳的音乐，米苏需要把自己代入苏琳，想着以她的气场和风格，该跳什么样的舞蹈，做什么样的动作，以什么样的眼神呈现在镜头前。

因为忙碌，那段时间米苏没有太顾及洛颜的心情，只是感觉小颜不知道怎么了，一天比一天沉默。

苏琳来找米苏的次数越来越多，Sam 劝过她："差不多行了啊。"

一个半月，她才把整支舞蹈定下来。

编舞完成后的初次表演。

苏琳穿着黑丝袜短裙，头发是红色的，看着米苏在台上，带着几个舞者随着劲爆的音乐挥洒汗水。

米苏是真的美帅，而且非常聪明，知道苏琳想要什么，完全抓住了那个点。

最后一个动作，米苏扯掉帽子扔了出去，对着苏琳挑眉，苏琳站了起来，笑着鼓掌。

她学得很快，甚至让一直觉得自己特别专业的米苏都有些惊讶。

一曲完毕，苏琳随着节拍，迈着猫步，滑进了舞池。

巨大的气场之下，其他的舞者都自觉退了下去。

苏琳和米苏开始共舞，两人配合得还算不错，把围观的学员都点燃了，大家的呐喊一声比一声响，到最后，有的学员嗓子都哑了。

只有洛颜。

她呆呆地看着，以前，她一直不知道自己心里是什么感觉。

舞蹈验收完毕，苏琳对于米苏特别满意，把自己的私人电话号码塞到米苏手里。

米苏笑着摇了摇头，这一次的成功，也算对得起自己这些日子的努力了。

表演结束，米苏扭头去找洛颜，看了一圈，没看见人，问了朋友才知道洛颜已经走了。

米苏愣了愣，拿起手机给洛颜打电话："你去哪儿了？怎么没等我？"

电话那边沉默了片刻。

洛颜轻声说："我在外面。"

米苏找到洛颜的时候，总算感觉出她的不对劲儿了："你怎么了？是茉莉又惹你了？"

洛颜摇了摇头。

米苏："嘿，今天别坐公交了，打车回去。"

这么一大笔钱进了兜，都能买一辆车了，今天就潇洒一把吧。

回到家，米苏还在兴奋之中，哼着曲，点了外卖火锅，心里琢磨着要不要休息几个月，再挑战一下MV的编舞，这样几次下来，就可以攒钱付一套房子的首付了。

洛颜看着米苏这么开心，一直没有作声。

外卖到了。

两人准备吃饭，米苏脱了外套，一张纸条从兜里掉了出来，正是苏琳的电话。

米苏弯腰捡起，想了想，拿出手机存了进去。想着以后也许还有合作的机会。

吃完晚饭，洛颜说不舒服，把碗筷收拾了，洗完澡就早早地睡了。

米苏又把编排的舞蹈跳了一遍，录了个视频发给苏琳，这是单人的角度，带了一些米苏自己的小想法，至于苏琳那边能采用多少，就是她的事了。

要熄灯前，沉默了许久的洛颜突然开口了，虽然低沉，可她的声音在寂静的夜里还是格外的清晰："以后不要陪别人练舞了，我不喜欢。"

Nl 街舞巡回赛正式开始。

洛颜每天都在很紧张地准备着，米苏练舞的同时，也在竭尽全力地照顾她："这就只是个比赛，以后你的人生会有很多类似的比赛，别太紧张，而且很多东西……嗯，怎么说呢，是凭运气的。"

其实米苏想说，这一场场比赛背后，其实也有很多的意外和不如意，但看洛颜一脸的憧憬与认真，便不忍心戳破她的美梦。

洛颜看着米苏，浅浅地笑笑，这么一笑，就把米苏看呆了。

她是想赢，想要取得名次。

以前，她是为了爸妈，为了高考，而现在，她有了更重要的原因。

她不想永远缩在米苏身后，她要跟米苏肩并肩站在一起。

米苏简直是预言家。

初赛，不仅仅是洛颜，队里的六个人都顺利通过了，大家气势高涨。

可到了复赛，明显不是那么回事了。

明眼人都看得出这背后错综复杂的关系，就拿 C 大的凤凰队来说，有一个成员王妍，跳舞水平非常业余，却愣是能和米苏同场 PK。

米苏习以为常，挑眉看着她，气场上两人就差了很多。

可到最后出成绩的时候，所有人都大吃一惊，两人居然打平了。

后台的洛颜手有些发凉，她看着屏幕上对着镜头挥手的米苏，如何能够做到那样淡定？

米苏当然淡定，这样的结果是比赛前就能够预料到的。

下了台，休息室里。

王妍的爸爸看着米苏："不错啊，孩子，信守诺言了。"

当评委宣布成绩的时候，台下一片嘘声，但不可否认，米苏在跳舞过程中确实有着小小的失误，于是这一点点失误便被无限放大了，好在最后也没人说什么。

米苏挑着眉："王叔，我该做的都做了，答应我的别忘了。"

王叔笑了笑："那是自然的，前六咱操作不了，前十还是可以的，其实按照实力，那女孩也是可以进前十的。"

米苏没好气地看了他和王妍一眼。这不废话吗？按照实力来说，自己怎么可能和王妍打个平手？

一个星期的比赛，大家体力都被耗尽了。

洛颜拿到了自己来首都后的第一个证书，虽然是个第十名，但是和拿了冠军的米苏站在同一个舞台上，她看着米苏的脸，第一次觉得两人之间的距离这么近。

两人的默契与日俱增，共舞越来越棒，在圈子里已经小有名气。

一天，本来约好了一起吃晚饭的，可米苏迟迟不来，洛颜犹豫着返回了训练馆，她四处找米苏，终于看到了米苏的影子，以及米苏身边的……妈妈。

米苏的妈妈叫玉琪，是个身材窈窕、气质出挑的女人，她看着米苏，皱着眉在说些什么。

米苏在她旁边一脸的不耐烦。

洛颜不敢走近，躲在一边偷偷地看着。

玉琪看着米苏："你说说你，跟家里闹了别扭，这么久都不回来看看？你是不是要急死我和你爸爸？你看你都瘦成什么样了？"

米苏烦躁地说道："我还有事，你没事就回家吧，别管我，说来说去都是那些。"

说完拿起外套就往外走，刚迈出一步，玉琪就咆哮道："你别以为天高皇帝远，我和你爸总出差就不知道你这阵子在忙什么！"

米苏脚下一滞。

玉琪两手叉腰："你看看你的气色，你一天天都在忙什么？你是个成年人了，要知道自己现在的选择会对未来产生怎样的影响！要学会负责！"

米苏冷笑："我不知道你在说什么。"

不知道她在说什么？

玉琪的声音也冷了下来："行，你要是不知道，我就跟你说得再直白一些。苏苏，我问你，你为那个叫洛颜的做了什么？"

05.

这话无疑是触到了米苏的逆鳞。

米苏转过头，眯着眼睛，眼神阴冷地看着妈妈玉琪。

虽然是自己的孩子，但这表情也震慑到了玉琪，让她不自觉地后退了半步。

米苏一手插在兜里，冷冷地说道："妈，从小到大，除了跳舞，你和爸从来没管过我什么。"

甚至一度以为自己不过是父母生出来的跳舞机器，是他们一种荣耀的继承。

"你说要拿全国大赛的冠军，我会拿，你说要找一个搭档，走到双人舞的顶峰，我也会去做。"米苏定定地看着玉琪的眼睛，"但你要是敢碰她，这一辈子，我都不会再跳舞。"

玉琪："……"

这样的表情，这样的眼神，让玉琪知道米苏不只是说说而已。她和丈夫从小对米苏的关照少了一些，所以孩子免不了叛逆，这些年大大小小的架也没少吵，但这样触碰双方雷区的话，米苏从来没有说过。

玉琪又是生气又是愤怒地看着米苏："你、你、你！"

米苏淡淡地瞥了她一眼，转身离开了，留下玉琪一个人在原地震惊。

出了大门，米苏用手遮了一下刺眼的阳光，深深地吸了一口气。

"在哪儿？"

米苏给洛颜打电话的时候声音已经变得轻扬，很多事，能够自己扛的就不会去告诉小颜，她心事重，压力又大，米苏心疼。

洛颜轻轻地道："想吃什么？"

米苏笑了，迎着风，微微眯眼。

这就够了。

无论过程如何艰难。

洛颜的眼圈却湿润了，再久一些吧。

给她些时间。

她一定会证明给阿姨看，她值得米苏的欣赏，她可以站在米苏身边，击溃所有人的质疑。

回到租住的房子，虽然很累，但洛颜还是给米苏做了爱吃的麻辣小龙虾，又炒了牛肉粒，米苏吃得头也不抬："要是每天都这样就好了。"

别看洛颜平日里柔柔弱弱的，但对米苏饮食的掌控非常严格，自从两人住在一起，米苏很少能这样痛快地吃辣。

洛颜微笑着看着米苏，心里酸酸的。

米苏本不该在这里陪自己受苦的。

训练的日子还在继续。

洛颜的拼命程度让人汗颜，之前只是米苏看得到，现在全队都叫她拼命三娘。

她真的是拿命在拼。

报考的大学已经定了。

洛颜的成绩不是很稳，之前练舞又占用了很多时间，这期间，她要把全部心思都用在备考上。

米苏这段时间也不少辛苦，忙前忙后地跑装修，又心疼小颜，回家收拾房间，把衣服都洗了。米苏很讲究，两人的衣服一定要手洗。

偶尔的，洛颜抬头，看着阳台上晒着的随风飘荡的衣服，心情也像那衣摆一样，飘了起来。

一定会越来越好的。

无论白天多么忙，晚上，洛颜总是会陪米苏聊会儿天，听米苏说说一天练舞的事。

两人有着共同的爱好，对未来有着同样的憧憬，有很多东西，米苏感觉自己还没有说，洛颜就已经知道了。

期间，米苏的爸妈曾偷偷来练舞室看过。

米苏没有发现。

米苏跳舞的时候非常专注，几乎看不到身边的人。

当时洛颜正在晾白开水，看到后，沉默地放下了杯子。

这个时候，唯有实力能够说话。

一舞结束，赢得了满堂喝彩。

洛颜越来越有范儿了，在圈子里的名气也越来越大，虽然还不及米苏，但已经隐隐有了追赶之势。

在大家的欢呼声中，米苏的爸妈离开了。

有队友起哄："队长，不怕第一的宝座让人抢走啊。"

米苏"喊"了一声。

抢走就抢走。

如果是别人，自己一定不会服气。

可这个人是洛颜啊。

当然，不仅是洛颜，米苏的进步也很明显。

Sam 叼着烟和米苏的妈妈玉琪说："这孩子吧，以前跳舞就非常有灵气，但跟现在不一样，以前就像是在应付任务，可现在，你看这孩子眼睛里的光彩，那种英气。"

玉琪沉默。

是啊，孩子的变化，他们有目共睹。

最主要的是洛颜，她虽然家境不怎么样，但以她的天资和水准，在这个圈子里，未来也是前途无量的。

可……

艺考要比高考的时间提前一些。

洛颜辛辛苦苦练了这么久，就是为了等待这一天。

洛颜的爸妈都来了。

米苏那天也特意请了假。

三个人顶着大太阳在门外等着。

米苏给每个人买了一根冰棍，安慰着二老："没事没事，小颜现在的舞蹈水平在圈子里都是出了名的，这考试对她来说简直是小菜一碟。"

洛妈笑了："苏苏，你抖什么？"

二老都笑了。

米苏咳了一声，赶紧站直。

自己今天真的是……不是抖腿就是紧张到说话变音，太失态了。

洛颜从艺考考场走出来的时候，米苏第一个迎了上去。

洛爸微笑道："这俩孩子感情真好。"

"怎么样？"

米苏的声音克制不住地哆嗦，洛颜笑了，握着米苏的手："没什么问题。"

不仅没有问题。

她在现场遇到一个导师，非常巧，那位导师在她特别小的时候见过她，还教过她几天，没想到今天会在这样的场合相见。

考试完毕。

导师还和洛颜聊了几句，当时现场有一把吉他，导师便问她会不会弹。

洛颜之前本不会弹吉他，但是米苏喜欢。在父母的影响下，米苏对很多乐器都非常熟悉。

而且吉他方便，往家里一放，两人没事就弹一弹。

米苏还曾咋咋呼呼地说自己是被跳舞耽误的创作型歌手，在这样的耳濡目染下，洛颜也学会了。

她简单地调了几个音，开始轻声哼唱。

我想有个家，不大的家。

家里有你，有你的微笑。

……

很朴实的歌词。

可洛颜唱出了真情实感,她原本想等米苏生日时唱给米苏听的,当作惊喜。

本来洛颜的舞蹈就很惊艳了,可导师们竟然更喜欢她唱的歌,甚至下了台,有一位男导师过来问她这曲和词卖不卖,提出的价钱让洛颜瞠目。

米苏听到后高兴得都要翻跟头了,一旁洛颜的爸妈也是满眼的骄傲。

考试很顺利,洛颜的爸妈放心不少。

晚上,几人去了租住的房子,米苏和洛颜一起给爸妈做了一顿饭。

大家吃得很开心,艺考的生活就这样完美地结束了。

米苏和洛颜两人共同努力,创造了让任何人都无法轻视的成绩。

大一开学的时候。

米苏看了一圈:"不是艺术类大学吗?怎么一个个长得歪瓜裂枣的啊。"

洛颜无奈地拉了拉米苏的手:"不要那么刻薄。"

正说着,一个穿粉色裙子的女孩从两人面前走过,她一脸向往地看着周围:"哇,姐,这就是我以后要生活的大学校园吗?学姐们都好漂亮啊。"

说着,她看了一眼洛颜,又看了一眼米苏:"哇!"

米苏和洛颜笑了,洛颜低头:"真可爱啊。"

米苏想了想:"这女孩有点眼熟,她姐好像是圣皇的,她叫元……元什么来着。"

从大学回来后,米苏继续准备自己的行李。

洛颜的脚还是疼,她想着忍一忍,等送走米苏后去做个系统检查。

送米苏去飞机场那天。

两人眼睛都红红的,毕竟两人还没有分开过这么久的时间。

米苏看着她:"等我。"

我们一定会成为最强的舞者。

看着飞机起飞,在空中划过一条弧线,洛颜想着米苏脸红的模样,浅浅地笑了笑。

把一切收拾妥当，洛颜去了医院，医生是一个她熟悉的同学的妈妈，她先带着洛颜拍了个片子。

看着片子，医生皱着眉道："我听艾丽说你有舞蹈特长？脚疼多久了？为什么才来看呢？"

06.

天黑得像是泼墨的画卷，大雨倾盆而下。

洛颜站在雨里，浑身被淋透了，她两眼空洞地看着前方，好像周围的一切都跟她没有关系，有匆匆路过的人忍不住侧头去看她，洛颜动也不动。

医生残酷的话在脑海中一遍一遍回放。

你的脚踝伤得很重，你看片子，这里还有这里……嗯，我说得简单一些，以后你这脚，偶尔还好，但不能长期跳舞了，而且很多高难度动作，你都不能再做，不然……会影响你一辈子的生活。

不能跳舞？

她还能干什么？

米苏要怎么办？

冰凉的雨把身体淋透，直到米苏的电话来了，洛颜才从痛苦中短暂脱离出来，可听到她的声音，新一轮的痛苦又涌了过来。

"在干什么？小颜，听说下雨了？嘿，我这边特别顺利，最近学了个新舞，回去跳给你看，特别适合共舞。"

共舞……

对不起……

洛颜病了，这次一病就是半个月，一起练习的很多朋友都来看她，她面色苍白，眼神无光。

Sam 也来了，他安慰道："没事啊，这是常有的事，我带过的很多人，一高考结束就生病，你这都大一了，可能反射弧比较长。"

话虽然这么说，但他也发现了，洛颜好像有些不对劲，以前虽然看着也柔弱，但有着自己的坚持跟倔强，而现在，她的眼睛很空，沉浸在自己的世界之中。

洛颜的爸妈来了。

他们不死心，带着洛颜又跑了很多家医院。

可每一次，得到的都是同样的答案。

在绝望与失望的阴影下反复挣扎，半个月后，洛颜崩溃了，她流着泪："爸妈，不看了。"

没了舞蹈。

她就像被折去双翼的天使。

一切，都随着她的梦想远去了。

洛爸和洛妈不敢说什么，怕刺激女儿，夫妻俩只能在黑夜里抱头痛哭。

女儿已经考上大学了，长大成人了。

他们不会再要求她一定要达到怎样的成就。

可是舞蹈对于女儿来说意味着什么？

十年苦练，浸透了她多少泪水与汗水，而如今，都一笔勾销了。

可痛苦不止于此。

一个月后，在米苏回来前的一个星期，玉琪来找了洛颜。

她语气冷酷地说："我给过机会，现在你这样，还怎么和米苏肩并肩完成理想？"

"你的一辈子就这样了，那米苏呢？希望你能多为米苏考虑考虑。"

"呵呵，我说过米苏很骄傲，别说圈子里了，我朋友的面子都不卖，可是你看看，米苏为了你接了多少烂大街的MV，不惜自损口碑。还有，你大概不知道吧？你每一次比赛，米苏都忙前忙后地打点关系呢，恨不得牺牲自己的名次去成全你，你不会真的以为自己在这个圈子里能一帆风顺地混下去完全是凭借实力吧？"

"现在跟你谈实力，多少有些残忍，希望你好自为之，不要耽误别人的未来。"

……

夜里，洛颜一个人坐在窗台，安静地看着天上的星星，眼里的泪没有断过。

洛妈半夜起来看到女儿这样，心都要碎了，她走过去，拥住了洛颜。

洛颜的身体凉透了，洛妈将她搂在怀里，心刺着疼。

"妈……"洛颜看着妈妈，眨了眨眼，抖落泪水。

米苏会恨她吧。

说好了要等米苏回家呢。

苏苏……

第二天早上，洛颜来到了练习室。

大家都很兴奋，笑着围了过来，跟她聊天。

洛颜也在笑，她看着大家，还能想到第一次来这儿的情景。

只可惜，米苏不在。

最后一支舞，她跳得非常尽兴，长发在空中划出弧度，汗水顺着脸颊往下落，那一刻，她仿佛把自己最后的希望燃烧了个干干净净。

这一舞，把今年刚进来的一群学弟学妹震惊到了，个个张着嘴鼓掌，一脸崇拜。

Sam 却疑惑地看着洛颜：她这是怎么了？很反常啊？

准备离开前，洛颜最后一次接了米苏的电话。

米苏特别开心："奖杯什么的，我准备就这么抱回去交给你，哈哈，今天还让我上台说感言，我总不能说感谢你吧？"

洛颜忍着内心的悲伤问道："你肚子好一些了吗？"

米苏吃东西很挑，在国外这几天有点脾胃不和，一直在拉肚子。

"平日一定要注意，你不能再那么贪冷贪辣了，现在年轻感觉不到，可是以后，你……"

"哎呀，"米苏笑着打断，"知道了，絮絮叨叨的话来回说，你现在就这么能叨叨，以后老了可怎么办？"

以后吗？

有泪打湿手机，洛颜挂断了电话，转过身去收拾行李。

离开的日子已经定了。

学校一直跟国外有交换生合作项目，之前她遇到的导师就和她说过，被她委婉地拒绝了。

这一次，她特意去找导师，还拜托她一定要帮着保密。

去机场那天，洛颜给米苏发了一条信息。

"对不起，你另找搭档吧。"

原本……就是她不配。

对不起。

米苏根本没有收到信息，这时候正眉飞色舞、一脸喜气地坐在飞机上。自己提前两天回国，为的就是给洛颜一个惊喜。

下了飞机。

米苏迫不及待地打开手机，信息看都没看就直接给洛颜打了电话过去。

一拨打就是停机。

米苏愣了愣，难不成是欠费了？

米苏低头翻看手机，看到洛颜发的信息，有点蒙。

两人在一起这么久了，自然是吵过架闹过别扭，但无论怎么闹，洛颜都没说过这样的话。

这是什么事惹她生气了吗？

电话接二连三地打，洛颜的手机一直处于停机状态。

米苏有些着急，之前满心的期待与喜悦荡然无存，不仅是洛颜，她的朋友，甚至洛爸和洛妈的电话都打了。

洛颜的朋友接通了电话，但听到米苏问洛颜去哪儿了，刚开始都以为米苏在开玩笑。

"学姐去哪儿了？哈哈，队长，你不该最清楚吗？"

后来一听米苏不像是在开玩笑，也都跟着着急了起来。

"不知道啊，没有说要去哪儿，前几天还来跳舞了啊，跳得巨好。"

而洛颜爸妈的电话一直能拨通，但就是没有人接听。

米苏马不停蹄地回到家，站在门口深吸一口气，稳了稳起伏的心，敲了敲门。

敲门，没人回应；

按门铃，也没人回应；

到最后，米苏掏出了钥匙。

手颤抖着打开门，米苏的眼睛有些红，小声说："小颜，我回来了，你这是在开什么玩笑，给我惊喜吗？"

空空荡荡的家，没有人回应。

家里打扫得很干净，并不像很久没人住过的样子。

可是……

米苏看了一圈，彻底慌了，洛颜的所有行李都消失了。

她疯了。

那一刻，米苏才意识到，洛颜并不是跟自己开玩笑。

一个月的时间，米苏都处于崩溃的边缘。

到处找，到处奔波，到处问人洛颜的下落。

可没有人知道洛颜去哪儿了。

赶到B市的时候，站在火车站，米苏想起之前和洛颜一起回家的场景，死死咬着下唇。

洛颜的爸妈没有想到米苏会来。

看到米苏，洛爸沉默地点了一支烟，拍了拍米苏的肩膀后进屋了。

洛妈看着米苏，心疼得在滴血。

米苏太憔悴了，浓浓的黑眼圈，低着头，一身傲骨都没了："阿姨，我求求你，你告诉我，小颜去哪儿了好不好？我……我想看看她……看一眼就好。"

最初的怒火与愤怒，在这短短一个月的时间里，全都被磨光了。

之前，米苏还想，自己找到洛颜之后，一定要狠狠地折磨她，生她的气，给她脸色看，让她知道以后绝对不能再开这样的玩笑。

可现在……

一个月的时间过去了。

米苏惶恐害怕到了极点。

洛妈忍着心里的酸涩劝道:"孩子,阿姨知道你跟小颜关系要好,可是人各有志,她知道你的性子,绝对不会让她离开的,在那边,她会有更好的发展空间。"

离开前,洛颜对洛妈说,米苏一定会来,等来了之后,就把这些话说给米苏。

这些话不轻不重。

可是洛颜最了解米苏。

自尊心与傲气,都会在那一刻被踩到脚下。

虽然会失望,虽然会心痛,但……只要时间过去,总会好起来的。米苏那样优秀,身边总会有一个同样优秀的人取代她的位置。

"在那边,她会有更好的发展空间。"

这话像是魔咒一样日日夜夜在米苏脑海里播放,她都不知道自己怎么回到的家。

回家后就打开酒瓶,一杯接着一杯地喝。

喝到眼前模糊,喝到世界都模糊了,米苏仿佛看到了洛颜。

看到她在笑。

门,被打开。

米苏的爸妈进来了,看到这乌烟瘴气的房间吓了一跳。

米爸爸米念阴沉着脸:"你看看你现在什么样子!丢尽了我们的脸!"

他皱着眉进屋了。

玉琪看了看米苏,摇头:"苏苏,这就是你的坚持吗?"

忍了这么久的米苏被这句话戳了心,本来就千疮百孔的心像是被人狠狠地踩了一脚,鲜血横流。

米苏仰着头,眼角,一行泪缓缓滑落。

对啊。

洛颜。

你告诉我。

这就是我费尽心力、用尽一切去坚守得到的结局吗？

07.

想念到了极致就变成了恨。

这一年，米苏是靠着恨意坚持下来，没让自己沉沦的。

舞练得更凶了，烟抽得更勤了，人也更冷了。

就算是朋友，都感觉到了米苏气场的变化，谁也不敢多说，偶尔想劝几句，也被米苏冰冷的眼神噎了回去。

米苏就是要让洛颜知道，她离开自己，把自己的自尊与对她的付出踩在脚下，去寻找什么更广阔的发展空间，是多么可笑的事。

洛颜不回国还好，等她回来，米苏一定会一点点报复回去。

恨意纠缠。

很多时候，米苏会一边翻看两人之前的照片，一边默默流泪，咬着唇，强迫自己不去回忆。

这样的结果，是米苏爸妈怎么也想不到的。

孩子仿佛真的变成了……跳舞的机器。

米苏越来越狂，在圈子里的名气越来越大，在一次给当红艺人的舞台编舞之后，名声几乎是传遍了娱乐圈。渐渐的，米苏不再是团体里的队长，圈子里的人都要恭敬地叫一句"米老师"。

米苏甚至有些肆意妄为，工作接不接全凭心情，开出的价钱也让很多人望而却步。

而赚到的钱，一部分挥霍了，另外一部分，米苏就像偏执狂一样，不停地往之前和洛颜住的房子里置办家具。

洛颜喜欢以前两人买不起的施坦威钢琴。

她喜欢的凡·高的画。

她喜欢的厨具……

一切洛颜喜欢的，之前买不了的东西，米苏都买了。

有时候，深夜米苏会一个人回到那个家，躺在冰凉的地板上，抱着两人的合影，默默流泪。

也许是想念了太久。

到了最后，米苏都快要想不起洛颜的样子了，脑海中只隐隐约约有一个轮廓。

回来吧……

再不回来。

连恨都要没有了。

洛颜离开的半年，她在国外生活得很平静，只是笑容越来越少。

米苏找不到她，可是她却能够在网上看到米苏的动态。

米苏真的成了舞王，已经变成舞蹈综艺节目里大家争相追捧的米老师。舞技更加精湛，更加游刃有余，就好像跳舞已经成了日常生活的一部分。

然而有称赞当然就有讽刺。

越来越多的媒体说米苏舞跳得不错，可人品不行，耍大牌、抽烟、说话恶毒，诸如此类的诋毁比比皆是。

这半年来，洛颜除了学习英语之外，时间都用在了作词作曲的专业学习上。

她仍旧很拼。

有时候，连她的导师都不明白她为什么那样努力，甚至洛颜自己也不是很清楚，是习惯吗？

可是当洛妈看到女儿如此的时候，心酸极了。

她知道，女儿心中还存有一个念想。

一年半的时间转眼就过。

洛颜回国那天，一路上，她都不知道自己是什么心情。

洛爸和洛妈在机场接她，两人和女儿拥抱着，特别开心，洛颜抬头四处看了看，不知道是不是错觉，她闻到了米苏身上的味道。

呵，一定是错觉，她还在痴心妄想吗？

她是了解米苏的，对她指不定有多怨恨愤怒，怎么还会来？

坐上出租车，一家人总算是团聚了，洛颜看着熟悉的城市，心空荡荡的。

机场大厅里。

米苏不知道站了多久，久到载着洛颜的车子离开，久到站得双腿麻木，才扯出一丝冷笑，转身离开。

呵呵，洛颜，你还知道回来。

洛颜回到学校，她已经成为大二的学姐了。学校新来了很多花朵一样的女孩，其中有不少是屏幕上熟悉的面孔。

学校最近在安排《青葱go！》的海选比赛，到处都是宣传海报。

烈日之下，洛颜看着海报上导师米苏的名字，久久驻足。

海选现场，学校里的校草校花云集。

洛颜抱着一把吉他，打扮得非常素雅，她在心里告诉自己很多次，她是为了以后的路才来参加比赛的，就算选不上，也权当是增加临场经验了，绝不是为了米苏才来的。

他们已经不可能了。

米苏这辈子都不会原谅她。

而她也没有资格站在米苏的身边。

从她进入场地，就有一道目光追随着她，洛颜忍不住扭头去看，只见一个穿着纱裙的女孩盯着她看。

她的眼睛很大，黑葡萄一样有光彩，眼神非常纯洁，对着她道："好漂亮啊。"

洛颜微微一笑。

她认识这个女孩，小名叫元宝，最近很火。

参赛的人被一个一个叫进去面试。

时间越近，洛颜越紧张。

终于轮到她了。

她抱着吉他走进去的时候，在场的几个导师都抬起了头。

一个是米苏，另外一个是影后何芸涵，还有剧组的导演K导。

K导在看见她的时候眼睛一亮，感觉这个女孩带着一股子说不出来的气质。

何芸涵则下意识地去看米苏，米苏眯着眼睛，牙关咬紧，恨意蔓延。

一年多的时间会改变什么？

洛颜变得比以前更加封闭了。

一缕光，一把吉他，她坐在那儿，浅吟低唱，仿佛所有人都无法融入她的世界。

你的离开，我的世界……已经破碎。

黑色的网将我笼罩，思念让我透不过气。

……

她的歌词也不再明媚。

米苏握紧了笔，感觉自己真是下贱至极。到了这个时候，自己居然还会心疼。

这是在犯贱吗？！

一曲唱完。

何芸涵身子向后，鼓了鼓掌，K导的声音非常柔和："不错，这是你自己作词作曲的吗？"

洛颜点了点头。

她站了起来，一身白裙，跟米苏梦里出现的样子一模一样。

K导微笑道："像你这个岁数，能写出这样的歌词，看来经历了不少啊。"

这本来是一句玩笑话，却刺痛了在场两个人的心。

"除了唱歌，还有其他特长吗？"何芸涵翻着她的简历，米苏手里的笔烦躁地敲着桌子。

洛颜沉默了片刻，轻声说："没有。"

没有？

呵呵。

米苏想笑，眼里仿佛揉着冰，她这是要把过去的一切一笔勾销吗？

"不对啊，这位同学，我听说你曾经跳过舞啊，还在圈子里有不小的名气。"米苏说着，摘下了手腕上的表。

K导惊讶地看着米苏，剧组的人也开始起哄。

这明显是米苏老师要上台了。

洛颜知道米苏的脾气，可没想到这人就这样走了上去。

米苏还是那样酷拽，在大家的欢呼声中，戴上了帽子，踩着舞步靠了过去。

还是那个人。

还是那样的眼神。

洛颜被动地跟着舞了起来，许久不练，她的舞步生疏了不少，米苏若有似无的贴近更是让她手足无措。

随着最后一个节拍，米苏的胸膛剧烈抖了一下，手抚在心脏的位置，全场都沸腾了。

米苏挑眉看着洛颜，低声道："这么久了，你一点长进都没有，呵，这就是你选择的离开？"

恶毒的话语，嘲讽的眼神……洛颜告诉自己没事的，可从台上下来，出了门，她的心还是隐隐地疼。

中午休息时间，众人一起吃着盒饭。

何芸涵看着一直沉默的米苏："是她吗？"

米苏撇了撇嘴："什么她？谁是她？"

何芸涵看了看米苏："还有谁能让你这样？"

米苏不吭声了，把筷子往那儿一放，走了出去。

选手们也都一边在外面吃饭，一边等待结果。

几乎是一眼，米苏就看到了洛颜。

她还是她，老样子，一个人坐在角落里，安静地吃着饭。

仿佛是心有灵犀一般，洛颜抬起了头，正好对上米苏的眼睛。

米苏很冷漠地看了她一眼，转过了头，手握成了拳头，快步离开。

米苏，你清醒清醒，还在心疼吗？

当初是谁一声不吭去追寻什么更广阔的未来了？

是她抛弃的你！！！

洛颜低头吃饭，其实已经如同嚼蜡，嘴里感觉没有任何味道了。

海选完毕。

几个导师在一起商量名额的问题。

米苏很淡然，懒得理K导的话，指了指洛颜的名字："我要她进我的队伍。"

K导："……"

虽然论表现洛颜完全够格，但你之前不是还欺负人家小姑娘，还说不认识人家吗？现在又是在干什么？

接到导演组通知的那天，洛颜的心情很复杂，直到收拾完行李进入拍摄场地，她都不知道自己的选择到底是不是正确的。

如她所想，米苏还是那样的强势，强势到让她无法逃离。

其实她是可以推开的。

不长的拍摄时间，对彼此来说都是一种折磨。

洛颜感觉自己身心疲惫，她真的不想再这样下去了，却又无力甩开。

在拍摄现场，她认识了很多朋友，那天对着她星星眼的元宝也成功跟她混熟了。

林溪惜是个不多言不多语的人，苏敏虽然爱逗乐，但明显跟所有人保持着一定的距离。

唯独元宝。

刚接触的时候，洛颜感觉她单纯到有些不可思议。

可相处久了，她才发现元宝真的很细腻，也很聪明。

洛颜知道，元宝应该看出她和米苏的纠葛了。

又一次拍摄结束。

因为是在山里做任务，米苏被咬了一身包，嘟嘟囔囔地回去休息了。

一般的花露水，米苏是用不惯的。

以前夏天挨蚊子咬，洛颜都会用妈妈教给她的一种方法，熬制药膏涂抹在身上，既能防蚊又能去蚊子包。

米苏可能是血热，特别招蚊子，而且非常孩子气，被咬了就一晚上睡不着了。

这天晚上，洛颜犹豫了很久，敲开了元宝的门。

元宝嘴里叼了一根棒棒糖，正在转圈吃得开心，看她进来了，递了一根过去："给，学姐。"

洛颜笑着接了过来："你不怕胖吗？"

元宝噎了一下，一脸的无奈："学姐，你怎么这样啊？"

她发现洛颜对自己的要求特别严苛，她已经很瘦了，可每次吃饭，都会严格控制分量。

洛颜和元宝短暂地交流了几句，她把药膏递过去："你能帮我个忙吗？"

听了洛颜的话，元宝抿了抿唇，有点紧张："啊，去给米老师吗？"

洛颜知道米苏脾气不好，很多人都怕，正不知道该怎么说，就听见元宝低着头，不安地道："可是我不敢靠近导师的房间，怕碰见何老师。"

洛颜："……"

要说够意思，元宝肯定是天下第一了，到最后，她都没有问洛颜为什么不直接给米苏送去，也没有问两人的关系，拿着药膏就去敲门了。

米苏正把身上挠得通红，打开门一看见元宝，就冲着正在房间里谈事的何芸涵喊："找你的。"

何芸涵抬了抬眼。

元宝对着她腼腆一笑："不找你。"

何芸涵："……"

"米老师。"元宝甜甜一笑。

米苏看着她："找我？什么事啊？"

元宝把手里的药膏递给米苏："我听说你被蚊子咬了，特意给你的。"

"哎哟？"米苏不可思议地看着元宝，又看了看何芸涵，"你这么好？"

元宝笑得灿烂："对，我就是这么好。"

米苏："……"

何芸涵："……"

眼看着小鬼走了。

米苏哭笑不得："这小孩不按常理出牌。"说着看了看手里的药膏，挑眉，"你不会在意吧？"

何芸涵淡淡道："我怎么会在意，你魅力这么大。"

米苏："……"

这还不叫在意？

毕竟是元宝的心意，米苏有点好奇地拧开盖子，看着绿色的膏体，嗅了嗅味道，脸色一变："我出去一趟。"

何芸涵看着米苏，感觉这事跟洛颜有关。

从房间里出来。

米苏深吸一口气，咬了咬牙，迈着步子就往洛颜的房间走。

洛颜刚洗完澡，正在擦头发，换了一套睡衣准备休息了。听见有人敲门，她还以为是元宝，打开门的一瞬间，米苏贴了上来，恶狠狠地按着她："你不是选择离开奔向更好的未来吗？现在又这样假惺惺的干什么？！"

08.

洛颜的后背一片冰凉，她无言以对，却又不得不承受米苏的怒火。

深夜，米苏离开了。洛颜裹着被子走到庭院之中，月色映照下，她的眼角都是泪痕。

曾经，她有多少的想念，就有多少的痛苦。

而如今，人就在她身边，她却更加难过了。

第一季拍摄结束。

玉琪又来找了一趟洛颜，她还是那样的嚣张与骄傲："回来了？我希望你能认清自己的身份。"

洛颜沉默地看着她。

还是有变化的。

以前，她也会这样沉默地看着自己，但眼神却很无助，可现在，玉琪居然隐隐地看到了不忿。

玉琪看着她："你以为以你那点才能，就可以在这个圈子蹚出一条路来？"

太天真，太可笑了。

隐忍又隐忍。

在玉琪的嘲讽之中，洛颜对上她的眼睛："阿姨，无论我和米苏怎么样，您都用不着来这儿一次又一次地羞辱我。"

玉琪一愣："什么？"

她不可思议地看着洛颜。

洛颜看着她，轻轻地摇了摇头，转身离开了。

这毕竟是米苏的妈妈。

她就是再愤怒也会尊重。

那半年，她和米苏的关系一直处于一个怪圈之中，两人对彼此的态度很冷漠，关系很微妙，米苏总会过来，像是仇人一样说一些能够刺痛洛颜的风凉话，无论多难过，洛颜都忍着，不发一言。

这让米苏觉得仿佛拳头打在了棉花上，怒上加怒，却得不到发泄。

最让米苏生气的是周六那天。

米苏照例往学校走，在停车场里，看到一辆蓝色的跑车。

车门打开，袁玉抱着一大束鲜花走了下来，她捯饬得特别漂亮，看见米苏，惊讶地抿了抿唇："还没好呢？"

米苏："……"

袁玉笑眯眯地道："好慢啊。"

米苏："……"

不一会儿，一个人跑了出来，笑着走向袁玉："说了不让你买。"

"我要是不买，你不得生气？"

"……"

米苏扔掉手里的烟，踩在地上，碾了碾。

袁玉刚走，元宝出来了，她上妆和不上妆差别特别大，一化妆整个人就显得妖艳了。

米苏坐在车里，元宝没有看见。她掏出自己的小镜子一顿照，又捋了捋头发，这才满意地站直身子，又跑回了学校。

米苏："？？？"

很快，一辆白色的车子驶了过来。

元宝从远处跑了过来，她一脸欢喜："你怎么来了？我都不知道，还在上课呢。"

米苏："……"

还真是女人的嘴骗人的鬼。

那人笑了笑，两人一起离开了。

所有人都很幸福呢。

米苏又点了根烟，盯着大门看了一会儿，在她决定要离开的时候，洛颜走了出来。

她背着吉他，缓缓地往外走，跟周围人有说有笑的样子都不一样，显得孤独又落寞。

在大门口的树下，洛颜停顿了片刻，她仰头，抬起手接了一片落叶，眼睛茫然地看着天空。

路的尽头，在何处？

一年的时间，洛颜的知名度逐渐高了起来，尤其是她的一个抱着吉他、穿着白裙自弹自唱的简单视频，在网上引起了热议。

秦意、圣皇、南洋，娱乐圈三家顶级公司都想要签她。

可她没有选择，依旧是我行我素。以她现在在圈内的地位，已经不是刚回来的时候，能够被米苏随意欺负的新人了，可她依旧如此，每次见面，无论米苏说着怎样过分的话，做怎样过分的事，她都忍了，从来不去怨恨责备一句。

米苏看着她，心里刺痛。

不知道过了多久。

直到洛颜离开，米苏还没有从那种心境中走出来。

憋闷，委屈，怨恨……

晚上，米苏找朋友喝得酩酊大醉："你说……你说我还有什么办法？我就想知道一个为什么……到底为什么……"

到底是为什么？

自己倾尽一切去帮助的女孩，两人现在到了这样的地步。

洛颜又偏偏什么都不说。

改变是在一年后的聚会上。

一个练习室出来的、曾经青葱稚嫩的舞者们，如今都在圈子里有了一定的地位，Sam 说，也该是见面聚一聚的时候了。

聚会那天，米苏去得很早，和大家谈笑风生，很放松。

可只有米苏知道，自己在等待什么。

门被打开。

前排的几个男生都站了起来，一脸欣喜地笑着。

洛颜走了进来，她这身打扮引得大家起哄，这是她进团队第一天穿的白裙，今天，她化了淡淡的妆，如瀑的头发散着，清纯犹如当初。

Sam 很欣慰，他又去看了眼米苏。果不其然，米苏虽然握着手里的酒杯，但眼神明显变了。

有时候，人就是这样奇怪。

当年的感觉在很多年后，仍然生效。

洛颜还是当年的性格，温柔矜持，她微笑着和大家打招呼。

"来来来，地方都给你留好了。"

Sam 热情地指着米苏身边，当年，洛颜和队长的关系可是好得不行，米苏还为她打过架，大家都知道。只是这些年，不知道怎么了，两人的关系明显淡了，甚至以前很多次聚会，听说米苏会来，洛颜都会委婉地拒绝。

米苏看了看自己身边空着的座位，在心里叹了口气。

按照洛颜的性格，是绝对不会过来的。

一阵熟悉的花香，在众人的注视下，洛颜坐在了米苏的身边。

米苏惊讶地看着洛颜，洛颜却没有回看过来。

聚会很热闹。

大家有的聊着工作上的不顺利，有的聊着忙碌的生活，更多的是追忆往昔。

局到中场，包间里已经有同学开始跳舞了，大家不再年少，舞蹈也让人发笑。

米苏喝了一些酒，逐渐上头，目光落在了洛颜的身上。

洛颜低着头，她的心里是苦涩的。

她是知道米苏的。

这个世界上，没有人比她更了解米苏，了解米苏的骄傲，米苏的自负。

Sam 看大家玩得尽兴，招呼着一大群人 K 歌去了。

一直唱到后半夜，鬼哭狼嚎的，大家仍旧精神。

洛颜接了妈妈的电话，起身去洗手间给她回："嗯，同学聚会，你放心。"

"她……嗯，在的。"

其实直到今天，洛颜才肯承认，这么多年来，在米苏面前，她一直是自卑的。

米苏太耀眼了，就像是太阳，好像总是散发着无边的魅力，让所有人都喜欢。

回到包厢的时候，洛颜麻木地看着大屏幕，目光却忍不住落在了缩在角落里的米苏身上。

米苏背对着他们，身子攒成一团，洛颜咬了咬唇，轻轻地靠了过去："不要哭。"

如此温柔，恍若从前。

米苏轻轻地推开洛颜，看着她的眼睛都是泪："你这是在同情我吗？"

这样的聚会，米苏再也不想参加了，总是让人不自觉地想到曾经。

眼泪会传染。

洛颜的泪一滴滴往下落，她看着米苏的眼睛："对不起。"

对不起……

这一声……这一声啊。

米苏委屈得心都要喷血了，咬着唇起身想要离开，洛颜却先一步抓住米苏的手："米苏，我后悔了。"

什么？

米苏看着她的眼睛，洛颜也紧紧地盯着米苏，因为害怕，她不安地咽了口口水："我后悔……当年没有勇气站在你身边，和你一起面对困难，我……"

她不是一个善于表达的人，光是这样握着米苏的手，就已经耗费了她所有的勇气，现在，让她把心里的话都说出来，那更是费劲。

米苏却感觉有什么东西在脑袋里爆开。

米苏呆呆地看着洛颜，一动也不动。

是梦吧？

现在这一切是梦吧？

那就……不要醒来。

这样的米苏让洛颜心酸极了，她上前，用力地抱住眼前的人："我们回去，我和你慢慢解释行吗？"

她说话时小心翼翼的，生怕米苏拒绝。

毕竟当初离开的是她，现在又要这样和好，所以决定权完全在米苏的手里。

可米苏就像小孩子一样，反握住洛颜的手，牵着她离开。

在路上，洛颜看着米苏，就一直隐忍着泪水。

洛颜没有想到，米苏还保留着两人当年租的那间房，打开灯的那一刻，她的一切隐忍全都崩塌。

她明白了，明白为什么固执的爸爸会觉得她对不起米苏。

她不告而别了这么久，家里的一切陈设，都是按照两人当年画的草图布置的。那时候，洛颜和米苏都不是专业搞设计的，画的甚至是潦草的铅笔图纸，但就是这样，图纸上的一切还是被完全还原在眼前了。

最主要的是当时洛颜走得急，除了收拾了衣服和日常用品之外，她的护肤品、小饰品、帽子之类的东西都留下了。

一眨眼两年过去了。

如今，所有的东西都原封不动地放在她离开时的位置上。

就好像……就好像她从来没有离开过一般。

洛颜的眼泪止也止不住，米苏站在她身后，默默地掉眼泪。

洛颜转过身，一把抱住米苏："对不起、对不起、对不起、对不起……"

她错了。

是她不好。

对不起，她再也不会离开了。

番外四

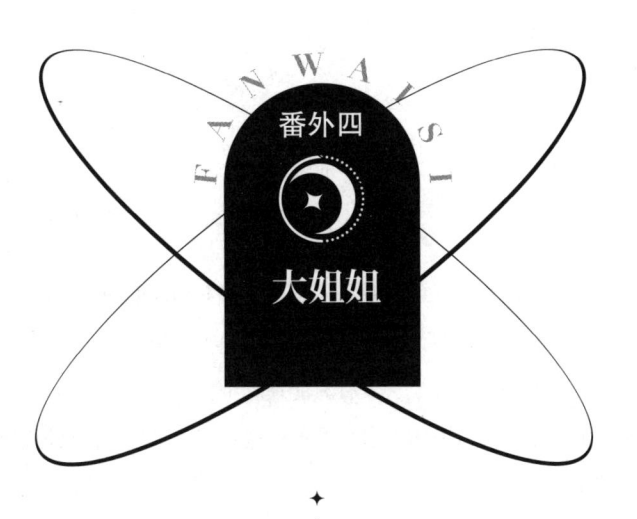

FANWAISI

大姐姐

01.

袁玉也不知道自己大傻子的称呼是从什么时候开始风靡的。

她一直不承认自己傻,只是对待某些问题时想得比较简单。

在这件事上,好像除了元宝,没有人能理解她。

也许是被叫久了,袁玉的内心多少有点难过,她想了想,认真地跟元宝说:"你们都说我傻。"

元宝看着她,有点担心她的傻姐姐会想不开。

袁玉一挺胸脯:"那我以后一定要找个聪明的朋友。"

元宝:"……"

还真是有出息呢。

遇到林溪惜,袁玉觉得是个意外,两人第一次见面纯属偶然。

那天元宝和林溪惜出去喝酒,林溪惜喝多了,元宝还有别的事要忙,又不放心她一个人,就把袁玉叫来,让袁玉送林溪惜回家。

袁玉只把林溪惜当个孩子,路上随便聊了几句,林溪惜只是怔怔地看着窗外,目光迷离。

那段时间，她正在为妈妈的身体以及家里的事担忧。

林溪惜的父亲今年正好退休，以前虽说职位不高，但骤然一退下来，人走茶凉的落差感让他一时间难以接受，沉寂了许久，偏偏这个时候林妈妈身体还不舒服，跑了很多医院都没有办法。

别看袁玉平日里一副嬉皮笑脸不靠谱的样子，但毕竟这深更半夜的，人家又是个小姑娘，她还是尽职尽责地给人送上了楼。

林溪惜酒醒得差不多了，看着袁玉难免有点拘束，她虽然是元宝的姐姐，但两人完全是两种处事风格。

袁玉一身的奢侈品，修长的手指上戴着鸽子蛋大小的翡翠戒指，她的眼睛很亮，嚼着口香糖盯着林溪惜的眼睛："好点了吗？头还疼吗？"

林溪惜摇了摇头，给袁玉倒了一杯茶："谢谢姐姐。"

袁玉接了过去："是得谢谢我，我正搓麻将呢，破天荒地赢了五十多块钱，结果被元宝催命一样叫来了。"

林溪惜愣了愣，一脸不可思议地看着袁玉。

袁玉笑了笑，活动了一下脖颈："行，人送到了我就回去了。"

林溪惜起身，跟着客气了一句："有点晚了，要不要留下来吃点东西？"

袁玉一回头，两眼亮晶晶的："好啊。"

林溪惜："……"

她真是多余说这句话了。

袁玉真是一点都不见外，林溪惜做了老北京炸酱面，非常地道，面条劲道可口，酱料炸得鲜味十足。

几乎天天在外面吃饭的袁玉直竖大拇指："好吃好吃，真不错。"

林溪惜好笑地看着她。

袁玉一口气吃完一碗，林溪惜中途接到妈妈的电话出去了一趟，再回来，她的笑容没了，取而代之的是眼中挥之不去的忧伤。

两人第二次见面。

一开始林溪惜并没有看见袁玉，袁玉去接元宝的时候却看见了她。主要是林溪惜的身高很扎眼，身材也非常出众，完全是超模范儿。她坐在看台上，正跟朋友说着什么，浅浅地笑着，眼睛像月牙一样眯成一条缝。

袁玉看得有点呆，元宝顺着她的视线扭头："你看什么呢？"

袁玉摸了摸下巴："想不到，我也有微服私访的一天。"

元宝愣了："啥？"

袁玉神秘一笑："现在不是告诉你的时候，我go了，拜拜。"

元宝："……"

在她第N次以找元宝为借口去元宝学校的时候，袁玉小心翼翼地和元宝说："我和你商量一个事儿。"

元宝盯着她："我不想和你商量。"

袁玉没听见一般，偷偷看了眼马路对面的林溪惜："你能不能不告诉林溪惜我是秦意的副总？"

元宝："为什么？"

袁玉两手抄兜望天："像我这样的人，我怕她知道我不仅拥有惊人的美貌，还有惊人的智慧之后，会对我产生距离感，不敢靠近，这样我俩就没法做好朋友了。"

元宝："……"

呕……还有惊人的智商吧。

对于袁玉姐姐一定要和林溪惜做好朋友这件事，元宝一点都不看好。

她总感觉两人并不是一类人。

袁玉太简单了，而林溪惜又想得太多太复杂，不然也不能成为何芸涵的徒弟，两人在某些方面像是一个模子刻出来的。

而元宝和袁玉，虽然不是血缘上的姐妹，但真的胜过亲生。

元宝对袁玉一直有一种谜之操心，经常念叨着怎么解决她的人生大事，怎么养老等问题，何芸涵听了之后没少翻白眼。

不过大傻子姐姐的行动力出乎人意料，半个月后，元宝在学校里看到了靠着跑车的袁玉。她戴着墨镜，穿了一件夹克，酷酷地站在那里。

元宝走了过去，踢了她一脚："你干什么打扮成这样？不是要低调行事吗？你就差把貂穿身上了。"

袁玉神神秘秘地道："我问溪惜了，她说她欣赏的朋友都是年轻时尚酷跩一点的，还得热血点。"说着，她咳了一下，墨镜对着元宝，"什么事儿？你！"

元宝："……"

林溪惜出来看到袁玉也是一愣，她今天穿了件米色的风衣，休闲牛仔裤衬出她的大长腿。

袁玉挑眉，看了看林溪惜："走啊，带你兜风去。"

林溪惜："……"

元宝："……"

这个神经病是谁，她不认识。

林溪惜本来想走的，可是元宝在这儿，总要顾及她的面子，于是尴尬地笑了笑："姐，你有什么事吗？"

袁玉帅气地一甩刘海："你的事就是我的大事，少废话，上车。"

林溪惜："……"

一阵风带着尾气嚣张地刮过，元宝在风中凌乱。

车上，林溪惜尴尬地坐着，只能靠看向窗外来掩饰。

袁玉用余光瞄了她一会儿："是不是我的气场太强大，让你紧张了？"

林溪惜："……"

林溪惜对天发誓，她真的在试着忍住，可到最后还是没"扑哧"笑出了声。以前，她跟袁玉一直有一种距离感，一是年龄差摆在那儿，二是因为人家是秦意的副总，她们是天与地的差别，怎么可能做真正的朋友？可这几天，她看到袁玉的太多面了，突然觉得她很可爱。

袁玉一看林溪惜笑了，也美滋滋的，恢复了原样："我带你去吃好吃的。"

在袁玉的认知里，和一个人做朋友就是要宠着她，吃吃喝喝，想买什么买什么，她关心人的方式一直是这么简单粗暴。

这次她选的是雅致的竹林包间，周围都是真的竹林，空气清新，室内装修得古香古色，所有的器皿都是仿古的。

这里的很多菜都是林溪惜没有见过的，她看了一眼菜单上的价钱，喝了一口水。

袁玉眼睛眨都不眨，随口问了林溪惜一句："吃什么？"

林溪惜正要说"随意"，只见袁玉对着服务员笑了笑，用手一划拉："就这边，所有的招牌菜都上一下。"

林溪惜："……"

这样的消费，是她没办法承受的。

菜肴的确精致，连摆盘都是一种艺术。

可林溪惜吃得很有压力，袁玉看出来了："不习惯来这里吗？"

林溪惜用纸巾擦了擦嘴，有些尴尬，不知道该怎么回答。

袁玉嘟嘟囔囔的："其实我也不想来的，我不喜欢这种地方，更喜欢吃路边摊，但是我查了查，问了问朋友，还是觉得和你第一次出去吃饭要去规格高一点的地方，凸显重视。"

林溪惜看着她："第一次？"

她话一说出口就有点后悔了，袁玉会不会生气啊。

袁玉的眼睛瞪得滴溜圆："难道不是第一次吗？你把之前在你家吃面那次也算上了？"

林溪惜："……"

真的不知道该怎么回答了，她总算明白元宝那不按常理出牌的性格是随谁了。

一顿饭，袁玉和林溪惜吃得还算融洽，她们聊了聊圈里的八卦，以及林溪惜近期参加的 MV 女主角海选，林溪惜说她还挺兴奋的，还有一些紧张。

袁玉笑眯眯地看着她，拿起手机，打了个电话。

林溪惜以为袁玉是要处理公事，刚开始没有在意，可后来听见袁玉说出了 MV 的名字，又说出她的名字，愣了愣。

挂了电话，袁玉看着她："好了，搞定了。"

林溪惜："……"

就这么……简单粗暴？

袁玉拿起酒杯，听着优雅的古筝伴奏，笑着看着林溪惜："我这个人，相处久了你就知道是什么性格了，对了，元宝多少也跟你说过一些吧？"

林溪惜点了点头："嗯。"

袁玉一抬头，特别自信："她说什么了？"

那小鬼，该怎么夸她这个姐姐？

林溪惜犹豫了一下："她说……你有点……有点傻。"

袁玉："……"

这个小崽子！！！

看着袁玉气急败坏的模样，林溪惜不知怎么特别想笑，为了避免尴尬，她赶紧低头夹菜掩饰。

袁玉深吸一口气，压下心里的愤怒，她用一种可靠又豪迈的语气对林溪惜说："我这个人，不会弯弯绕，溪惜，你以后就跟着我混吧。"

林溪惜刚吃的菜卡在喉咙处。

袁玉对她的反应很满意，她放松了心态，身子向后靠在了椅子上，对上林溪惜震惊的眼神："当然，当我的小弟你不需要做什么，只管跟着我吃香喝辣，你放心吧。"

林溪惜："……"

02.

林溪惜回来的时候看到了正在楼道里发微信吃辣条的元宝，元宝也看见了她，叼着辣条开心地挥手，林溪惜惶恐地看了元宝一眼，逃跑了。

元宝："……"

我的天啊。

她的袁玉姐姐做了什么？把人家吓成这样？

元宝的直觉很准，林溪惜真的被袁玉吓着了，她觉得有钱人的世界跟她不一样，很多想法和作风她一时难以接受。

周六，元宝去秦意找袁玉。

袁玉居然没在做美甲，而是正经八百地穿了套小西装，坐在那儿看文件。

元宝走上前，看了看："英文的，你看得懂吗？"

袁玉放下文件，认真地看着她："我毕业于牛津大学，精通五国语言，你不要侮辱我。"

元宝愣了愣，张着嘴看着袁玉："你……这是怎么了？"

袁玉的眼圈居然红了，她低了低头，声音里带着委屈："她不理我了。"

别看元宝平时跟袁玉闹得厉害，一听她这么说，心搅成了一团。

元宝安慰了姐姐一番，便去圣皇找何芸涵，正好碰见了林溪惜，她正在认真地和何芸涵交流着什么。元宝拿了一袋瓜子，坐在办公室里，开始嗑瓜子。

何芸涵蹙了蹙眉，看着她："干什么？"

元宝手一指："别理我，我烦着呢。"

何芸涵："……"

沉默了片刻，何芸涵看了看情绪不是很高的徒弟："你和袁玉怎么了？"

林溪惜不吭声，低着头沉默。

其实这段时间她也想了很多。

原本她觉得，自己和袁玉不是一个世界的人，她不想跟袁玉走得太近，以免被人误会是攀附权贵。可当她这些天真的不和袁玉联系了，心里却空落落的，总会想到袁玉那张笑得灿烂的脸，还有那亮晶晶的眸子，好像自己真的失去了一个非常要好的朋友。

徒弟走了，何芸涵戳了戳元宝的头："你哦，那是什么表情？"

元宝撇嘴："你不懂，芸涵，我姐虽然比溪惜大了快十岁，但她的心理年龄还没有我大呢，我可舍不得她伤心。"

从圣皇出去，林溪惜心不在焉的，她知道，这几天对袁玉冷处理，她一定很伤心。袁玉那样的人，该是很骄傲的吧？

到了宿舍楼下，林溪惜意外地看到了那熟悉的蓝色跑车，她反而舒了一口气。

袁玉还是老样子，靠在跑车上，仰头看着天，不知道在想什么。

林溪惜瞅着有些心酸："姐。"

袁玉偏头看了看她，笑了笑："我带你去吃好吃的。"

她就是这样子，对朋友从来都是带着暖意融融的笑意。

林溪惜以为袁玉还会带她去什么高大上的餐厅，没想到这一次，袁玉把她拉到了自己家里。

袁玉的家装修得非常豪华，和她的人一样，林溪惜看了一圈，感觉脚下的地毯仿佛都是金子做的。

她惊讶地问袁玉："你会做饭？"

袁玉眨了眨眼："我不会，可是你一定会对不对？"

林溪惜："……"

还是第一次遇到把客人约到家里，让客人做饭的。

锅碗瓢盆的声音响起，林溪惜戴上围裙，低头开始洗菜切菜。

袁玉在旁边笑眯眯地看着，穿着的西装没有脱："你看我这身打扮好看吗？"

林溪惜其实一直想问她，为什么进了家门还不换衣服。是挺好看的，这样干练的女强人模样，一瞬间的确惊艳到她了。

袁玉一边脱外套一边说："我想着也别总在你面前表现得那么不靠谱了，得精英一点。"

林溪惜心里一紧，原来袁玉以为自己疏远她是因为嫌弃她吊儿郎当？

袁玉是不是不知道她自己到底多优秀？

林溪惜做了几个家常小菜，熘肥肠、红烧排骨、清炖笋汤、牛肉炖土豆。

她刚开始害怕袁玉吃不惯，可后来看她不仅吃了两碗米饭，还把汤喝光了，便笑了起来。

袁玉拍着肚子瘫在沙发上："如果能经常吃到你做的饭，我肯定就胖起来了。"

她特别喜欢猪，总感觉白胖白胖的猪特别可爱好看。

她曾经和林溪惜说过，如果以后自己闲下来，就养一只猪，那该是多么幸福啊。

林溪惜看着她，想问什么又咽了回去。袁玉却自顾自地说了起来："我小时候，爸妈都忙着生意，没有人照顾我，更没有人做饭，都是请外面的大厨直接做，然后端过来。后来长大之后，我就想，如果以后有人给我做点家常菜，我一定通通吃光，一点不剩。"

林溪惜看着袁玉，袁玉一副回想往事的模样，不像刻意的，好像一切都是发自心底的。

吃完饭后，林溪惜收拾碗筷，袁玉也起来帮忙，洗碗的时候，袁玉对林溪惜说："溪惜，以后我们有空也这样一起吃饭，好吗？"

林溪惜点了点头。

从小到大，所有人都以为袁玉很幸福，是天之骄子，生下来就是秦意的千金，没有吃过什么苦。可其实，从小到大，她的爸妈都忙于工作，袁玉没有怎么享受过家的温暖。

晚上，袁玉开车送林溪惜回去，在她下车前，递了一个盒子过去。

林溪惜看了看，袁玉微笑："打开看看。"

林溪惜抿了抿唇，在袁玉的坚持下，她打开了盒子。

略显黑暗的夜晚，仿佛瞬间被这一串闪着璀璨光芒的红宝石项链给照亮了，林溪惜看着袁玉。

袁玉把项链拿了下来，她白皙的手和项链性感的红色形成了强烈的对比，美极了："送给你。转过去，我给你戴上。"

林溪惜沉默了片刻："姐姐，我不能接受。"

太昂贵了。

这个项链……的价值，是她想都不敢想的。

袁玉很固执："为什么不能？"

林溪惜轻轻地叹息："我们的友谊不需要这些物质来丈量，况且，我没有什么能够回报的。"

在这个世界上，任何人之间不都讲等价交换吗？

袁玉听到她的话笑了，她一伸手，轻轻地拥抱了下林溪惜："你愿意和我做朋友，包容我的奇怪和任性，这就是回报。"

那天过后，袁玉消失了几天，她只给林溪惜发了信息。

"家里有事儿要处理，等我。"

林溪惜一直是个独立的人，从上大学的第一天开始，生活就被她安排得满满当当的，各种试镜各种活动不断，她根本没有时间为什么人、什么事多想。

可一个星期后，她修长的手指滑动着手机屏幕，点开袁玉的页面，聊天还停留在一个星期之前。

她有些坐不住了，内心忍不住地去质疑。

难道……袁玉也是圈子里的人说的那样的人吗？

这样的事，林溪惜听过很多很多次，可……她还是不信。

袁玉真诚的笑容一遍一遍在脑海里播放。

到了晚上，林溪惜没有去自习，而是直接去找元宝，结果苏敏敷着面膜对她说："她好几天没回来了，家里可能有什么事。"

听到这话，林溪惜心里咯噔一下，元宝最近也不在吗？会是什么事？

还好，袁玉没有让林溪惜多等。

两天后，林溪惜接到了袁玉的信息，她连衣服都来不及换，妆也没化，匆匆忙忙跑了出去。

依旧是蓝色的跑车。

袁玉靠着车门，望着天，两个胳膊抱着，修长的手指夹着烟。

林溪惜本来是跑着过来的，快要接近时，她停下步子，目光落在袁玉身上。

她瘦了，人也晒黑了一些，手中的烟抽了一半，眼神中居然带着一丝悲伤。

看见她来了，袁玉掐灭手里的烟，她笑了笑："上车，带你去吃好吃的。"

这一次，袁玉带林溪惜吃了很接地气的小龙虾，她还点了啤酒，自顾自喝着。

林溪惜吃得心不在焉，时不时看看袁玉，袁玉知道她在想什么："溪惜，我可能以后就不是白富美了。"

林溪惜："……"

袁玉看着她，眼里隐着淡淡的忧伤："我之前跟你说过，我的家庭比较复杂，现在我姐……她和爸爸闹翻了，我也许要被踢出局了。"

林溪惜看着她："然后呢？"

她居然笑了，笑容带着一丝冰冷。

袁玉看得一愣："我知道我傻，也知道你们怎么看我，我就是想问问，你真的愿意和我做朋友吗，要不要再考虑一下？"

所以就这么多天躲着不见面？

一股无名的火从心底蹿起，直涌到心窝，林溪惜深吸一口气才压了下去："所以，袁玉，你以为我是为了钱？"

这话说得十分委屈，林溪惜的眼圈都红了，她直勾勾地盯着袁玉，那目光像是要把她千刀万剐。

袁玉撇了撇嘴："我当然没那么想你。"

如果林溪惜真的是为了钱，还会犹豫？

林溪惜盯着她："你就是个傻子。"

她起身，拿起自己的包就走，头都不回。

袁玉赶紧追了上去，到了门口，一把抓住她的胳膊："别生气啊。"

林溪惜转身，拿着包狠狠地砸了袁玉一下，眼泪随之滚了下来。

袁玉是要气死她吗？

一上来就说什么破产、让她再考虑的话，这个人，到底有没有把她当朋友？！

马路对面。

一辆白色的轿车停在路旁，元宝笑眯眯地下了车："哎呀，今天我要吃十斤小龙虾！"

何芸涵笑了笑，正要说话，眼睛却突然直了，怔怔地看着前方。

元宝随着她转过头看了过去："妈呀，现在的孩子都这样吗？大马路上打打闹闹像什么样子！"

何芸涵转过身，从车子里掏出眼镜盒递给元宝。

"干吗啊？"元宝随手接了过来，"难不成还是俩明星吗？我看这个中长头发的很强势，还有点眼熟，哎哟哟……"

何芸涵："元宝，你戴上眼镜。"

干吗啊？

元宝嘴上虽然抱怨着，但还是听话地戴上了眼镜。

世界明亮的一瞬间，元宝"啊"了一声，手机掉在了地上。

何芸涵："……"

被师父抓了个现形，林溪惜坐在餐厅里，头都不敢抬。

袁玉一脸不开心地看着元宝："你怎么偷窥我啊？"

元宝指了指她的脸："你看看你！"她一伸手，对着服务员说，"再给我来四斤特麻特辣的小龙虾。"

馋死她！

何芸涵知道秦意最近发生的事，也知道徒弟最近这段时间心都野了是为什么，她原本以为袁玉回来后两人都能收心到正事上，没想到一见面就打上了。

"有你这么哄朋友的吗？"元宝心里酸溜溜的，她的大傻子姐姐，好不容易有了自己的好朋友。

袁玉："她还不是我朋友。"

元宝："……"

何芸涵："……"

林溪惜偷偷抬起头，看了看师父，软绵绵地道："师父……"

何芸涵看她那两眼泪光闪闪的模样，心里一软："嗯。"

元宝喝了一口饮料："你俩这是闹什么啊？大街上就这样，真的一点不避讳记者吗？姐，你好歹也是个 Boss 啊。"

就算是林溪惜现在还没有什么知名度，但袁玉毕竟是秦意的副总，言行举止还是要注意一些的。

袁玉忧伤地叹了口气："说什么 Boss，我今天给奶奶打电话，准备把你家那三亩地包了，回去种玉米，以后你们就叫我袁地主吧。"

三个人："……"

袁玉摸了摸兜，从里面掏出一包烟："人都说由俭入奢易，由奢入俭难，你看我现在已经抽三百块一包的烟了。"

元宝："……"

真的好想打死她啊。

从两人的对话中，何芸涵弄明白了袁玉这样"落魄"的原因。她看着袁玉，冷嗤道："先不说苏总对你的信赖，就说你家小元宝，她一直心心念念要给你这个姐姐养老呢。"

元宝点头看着袁玉，她怎么可能让她的傻姐姐回家种地，那不是要毁了整个下洼村的农业？

袁玉眼泪汪汪："不，我是一个有志气的人，怎么可能让元宝养着？"

何芸涵和元宝对视一眼，都觉得袁玉这些年变成熟了。

袁玉转头看着林溪惜："就算要蹭吃蹭喝，我也只愿意吃溪惜做的。"

林溪惜："……"

一顿饭吃了一个小时，袁玉就是嘴被包砸破了、辣得直吸气也一直在吃，倒是林溪惜心事重重。

解散之后。

元宝有点担心："芸涵，你说我姐不会想不开吧？"

何芸涵淡淡一笑："不会。"

袁玉是什么性格？锦衣玉食如何？平淡普通又如何？改变不了她太多的。

和林溪惜回去的路上，袁玉很认真地说："溪惜，其实我不是质疑你的动机，我只是有些纠结。我这个人你知道，吃三万块的宴席和吃三十块钱的大排档对我来说没什么差别，可是我怕让你……"

林溪惜本来想要生气的，听了她这话，眼泪控制不住地往下流。

袁玉："但我也想了，我就算以后真的一无所有，也可以从零开始，你看我长得这么好看，肤白貌美大长腿，干点什么不行是吧？"

林溪惜破涕为笑。

停好车子。

袁玉看着林溪惜满脸的泪，给她递了张纸巾："好了，不该是你安慰我吗？怎么反倒成了我安慰你了？"说着，她一只胳膊搭上林溪惜的肩膀。

"以后，你不许欺负我。"林溪惜说道。

袁玉咧着嘴笑："我哪有，你不知道，我这段时间有多难过。"

真是一点没看出来。

林溪惜知道她在撒娇，顺着她问："你想我怎么安慰你？"

袁玉眼睛都亮了："我带你去个地方。"

之前，袁玉经常对林溪惜这么说，然后带她去奇奇怪怪的地方，看奇奇怪怪的风景。

林溪惜没多想，点了点头，琢磨着这次袁玉可能会带她去山上，两人看看夜景，放松一下。

可没想到，袁玉直接把她带回了家，然后二话不说，把她一个人扔在客厅，自己进屋去洗澡了。

林溪惜一脸蒙。

这是什么意思？

等吊足了林溪惜的胃口，袁玉才出来，她手里还抱了一团物体。

林溪惜："……"

她没看错吧？

袁玉指了指怀里洗得香喷喷、正用粉嫩的鼻子拱她的小猪猪："你看！以后我们三个就是最好的朋友了。"

林溪惜："……"

番外五 阳光下

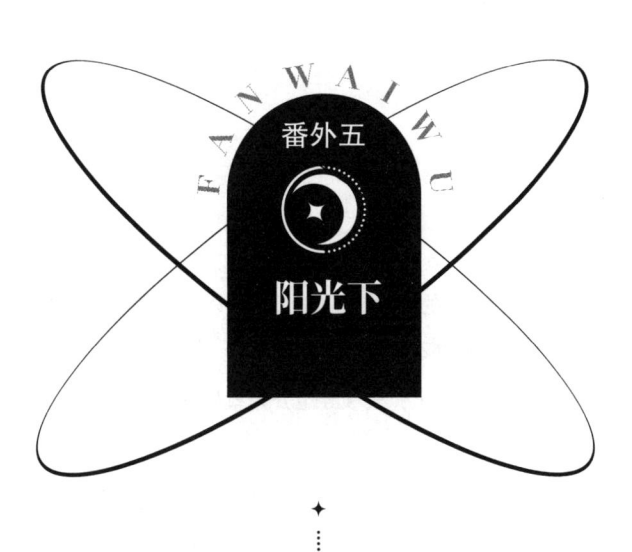

01.

元宝刚出事的时候,遇到的大大小小的波折不少,来自粉丝、路人、其他组织,对她事业上的冲击和质疑一直不断。

元宝刚谈好的戏约又被退了,校领导也开始找她谈话。

她一直都很沉默。

圣皇的办公室里,萧佑大手一挥:"他们算什么,取消就取消,老娘有钱,你们想拍啥?《泰坦尼克号》还是《变形金刚》?说吧,我投资!"

"……"

人生漫漫长路,三两好友的陪伴,让元宝甘之如饴。

事情过去一年多后。

元宝已经大三了,课程要比大一、大二的时候少了不少,她的学习压力也没有之前那么大了。

班里转过来一个女生叫何婷,特别巧,她是从苏敏的管理系转过来的,大家一看就说她长得非常非常像何芸涵,尤其是那双眼睛,透着一样的淡漠疏离。

元宝对她很照顾,也是因为她跟老何长得像,还特别不合群,刚转来时功课还跟不上,所以总是一个人孤零零地在角落里学习。

但元宝是什么人?

何婷刚去的时候,还像戴着保护罩一般,和她保持距离,半个月后,两人就熟悉了。

元宝现在拍戏不多,很多时候的曝光是靠做公益。最开始有记者说她是假热心,转移公众视线,可一天两天这样,过了半年一年甚至更长时间还这样,渐渐的,大家也就都闭嘴了。

她经历了这一遭,比之前成熟了很多,所以,元宝跟何婷聊了几句,就知道她演戏一直不能投入的问题出在哪儿了。

元宝和何婷坐在表演室的地上,她翻看着何婷的剧本:"导师给你的课题是《甄嬛传》啊,角色还是华妃?"

这太有挑战性了,何婷如果演个甄嬛或者梅庄什么的还比较适合,这华妃,气场强大不说,角色集妩媚任性娇蛮于一身,是个复杂的纠结体。

两人找了一段对戏。

元宝给何婷讲解着:"以前有个前辈和我说过,要演好一部戏,就要把自己代入角色。"

拿着剧本的元宝有一瞬间的恍惚,斗转星移,一眨眼,已经过去这么久了。她还能想到最初何芸涵跟她说这话时脸上的冰冷。

"我看看。"何婷找了找,找了一段皇上好几天没去华妃那儿,让她备受冷落,而后皇上因为顾忌她家族的权势又假意去宠爱她的戏份。

不用说,元宝来客串皇帝了。

一大早上,何芸涵心情不错。

喝了她爱吃的南瓜粥去上班,上午一边工作一边和元宝微信聊天,弄得她开会都有些心不在焉。

开完会后,她特意去了一趟面包店,买了一些精致的小点心,准备给元宝送过去。

她才刚到学校门口,就有学生认出她来,跟她打招呼:"哇哇,何影后。"

何芸涵戴着墨镜，不苟言笑。

又来了一拨学生也跟着围观。

"何老师，来找元宝吗？"

"快看啊，天啊，太美了，好美啊。"

"……"

何芸涵摘下墨镜，低着头，唇角不自觉地上扬。

这样的感受，这样的感觉，真的太好了。

这一路走来，虽然目光不少，但绝大部分都是善意的。

何芸涵的表情越来越柔和，甚至会点头浅笑。

自从元宝出事，她在微博上坚定地表态支持元宝之后，她和元宝的友谊也为公众知晓。因此，她刚进阶梯教室，还没来得及问，就有热心的同学给她指路："那边，练习室，元宝在那边。"

何芸涵点了点头，径直走了过去。

大学校园，最不缺的就是各种羡慕嫉妒恨的眼神，何芸涵走到教室门口，看到元宝和何婷正在对戏，她把手指放在唇边，对着身后的小粉丝们比了一个"嘘"的手势。

元宝一演戏就特别投入，完全不知道何芸涵就在门口。

她昂着头看着华妃何婷，眼里带着一丝笑意，上下打量了她一番："你今天这身好看。"

何婷用手绢挡住了嘴，娇俏一笑："皇上这是在取笑我吗？"

元宝走过去，把鼻子凑近闻了闻："你好香啊。"

手，不自觉地卡在了何婷的腰间，何婷的脸微微一红，头顺势靠在元宝的脖颈上："我还以为，皇上不会来了。"

元宝："我怎么舍得。"

哇！！！

太刺激了。

元宝久违地和别人飙感情戏。

大家都看向何芸涵，想知道冷风影后对元宝的这段戏作何评价。只见何芸涵始终保持着淡淡的微笑,直到元宝要霸气地抱起何婷的时候,她敲了敲门:"元宝。"

元宝:"……"

天啊!

这是什么声音?

相处了这么久,元宝就是只听声音也能分辨出来人是何芸涵,她简直是傻眼了——其实她刚刚指导何婷演戏时多少带了点玩票的意思,被何芸涵这样的专业人士看到非常丢脸。

何芸涵淡淡地对她道:"来。"

元宝屁颠屁颠地跑了过去,一脸惊喜:"你怎么来了?"

开心不假。

惶恐也不是吹的。

我的个老天爷啊!

老何好不容易给她来个惊喜……怎么就这么不巧?

何芸涵没有回答元宝的话,而是看了看何婷,何婷有点紧张:"何老师。"

何芸涵点了点头。

元宝在旁边热心介绍:"这是何婷,我班的学生,哈哈,你们都姓何,挺巧的啊。"

何芸涵冷冷地瞥了她一眼,元宝立即收敛了笑容。

何芸涵和元宝从学校出来的时候,大门口已经有许多粉丝等着了,除此之外还围了不少记者。

何芸涵和元宝一路挤出来上了车。

离开前,何芸涵打开车窗,跟几个熟悉的记者朋友点了点头。

大家笑着问:"是来接元宝吗?"

"元宝是不是被喂胖了?"

"……"

简单又不失礼貌地回答了几个问题后,何芸涵面无表情地开车了,元宝忐忑地在旁边坐着，好几次想没话找话说，都被她一个眼神给冻住了。

路上，萧佑的电话进来，是打给何芸涵的。

何芸涵开车，按了免提。

萧佑幸灾乐祸道："我听说元宝那小崽子教人演戏，被你围观并嫌弃了？"

元宝愤怒了："萧总，请注意你的用词！"

萧佑"咯咯咯"地笑道："你在啊，不好意思。"

元宝真是一点没听出来她的不好意思。

萧佑的语气特别诚恳："哎呀，芸涵，你也是，别动不动就嫌弃元宝，这人啊，都是需要鼓励的。"

何芸涵看了看元宝，元宝使劲点头。

对的，萧总说得对。

萧佑："这元宝啊，她疯疯癫癫是本性，精神状态确实堪忧了一些，但这是基因的问题，你当不认识她不就行了？"

元宝："……"

很好，萧总，咱俩又开战了。

对元宝的"精神状态"关心的人还不少，萧风缱的电话也进来了，她就说得很委婉："元宝，你要注意形象。"

元宝咬牙切齿地告萧佑的状："萧总说了，疯疯癫癫这是咱家的基因。"

她这是典型的转移炮火。

谁知萧风缱那边如临大敌，她咳了一声："说什么呢？从小到大我都和你不一样，你小时候就是个疯丫头，我可不是，我一向正常，不信你问阿秦。"

电话那边，苏秦的声音传了过来："风缱，在说什么？"

元宝："……"

电话被挂断。

元宝感觉自己的人生太灰暗了，怎么会有这样的姐姐和损友。

何芸涵看了元宝一眼："我看你在学校挺受欢迎啊，还指导别人演戏。"

元宝赶紧坐直："嘿，一般一般，没啥，我就是善良。"

何芸涵："嗯，那个叫何婷的拜你为师了？"

元宝："什么啊，何同学进班晚，导师让我带着她，顶多算是她的小老师。"
　　何芸涵眼中闪过寒光："我记得，最初你是叫我何老师吧？"
　　是不是不服，想要暗搓搓地找回场子啊？
　　元宝："……"

　　两人去了一个很远的地方吃饭。
　　元宝坐了一路，走进饭店时腿都软了，再看看人家何芸涵，进了饭店就坐在一边拿着电脑办公。
　　元宝揉着腰，酸得难受："哎呀啊，我老了，这身子骨……"她看了看何芸涵，"在干吗啊？都不理人家。"
　　何芸涵看了看电脑："很久没上微博看粉丝留言了。"
　　元宝凑了过去："大家都说什么啊？"
　　肯定都是夸奖她的话吧。
　　何芸涵淡淡道："说你长了一张爱出风头的脸，还说你这种性格，到了六七十岁，就是去跳广场舞也得是全场焦点才行。"
　　元宝噎了一下："现在的网友啊，我怎么会考虑这些问题。"
　　何芸涵没有回应，反而是戳着下巴若有所思地盯着元宝。
　　元宝双臂抱紧自己："干什么？我还饿着肚子呢！"
　　何芸涵不理她，掏出手机，在屏幕上不知道写着什么。
　　元宝赶紧找出手机一看，何芸涵居然回答了一个粉丝的提问。
　　河粉一万年："老大，你比元宝大，前些年身体又不好，有没有想过，要是你比她先走，她不经你允许收那个何婷做徒弟呢？你们俩都姓何，长得也有些像，说不定在之后的史书里，你就变成元宝的学生了呢。"
　　这明明是开玩笑的话，何芸涵却回答得认真："如果那样，记得看我的时候烧元宝。"
　　元宝："……"
　　回复完网友的提问，何芸涵放下手机，勾了勾手："过来坐，元宝。"

明知道过去就没有好下场，但元宝还是不敢忤逆何芸涵，这样的时候，她还是乖一点好。

何芸涵看着元宝："你觉得何婷与我很像吗？"

元宝一口气憋在喉咙里。

用这种语气说这样的事，老何是要弄死她吗？

元宝感觉不仅是老何越来越不像以前的老何，自己也越来越不像自己了，现在反而是她被问得哑口无言了。

何芸涵冷笑："看来是了。"

元宝："……"

吃完饭，元宝特别满足，路上忍不住哼起了小曲。

这大概就是幸福吧。

她摸着黑回去，走到一半，不小心碰到了谁的脚。随即她看到何芸涵的身影动了动，漆黑的眸子一眨不眨地盯着她。

元宝感觉脊梁骨的汗毛都要竖起来了。

我的天啊！！！

老何怎么神出鬼没的！为什么要那样看着她？

何芸涵把元宝拽到路灯下，看着元宝又问："你觉得我跟何婷像吗？"

元宝咽了口口水："不像。"

看来今天不回答，这个坎儿是过不去了。

何芸涵冷笑，挑眉看着她，红唇勾起危险的弧度："哦？"

光是这一个"哦"字，元宝就是一哆嗦。

何芸涵的声音幽冷："那你为什么无缘无故教她演戏？"

"我没有……"元宝着急解释，赶紧改口，"其实也有点像。"

何芸涵身子前倾，一手捏住她的下巴，寒潭一样的眼睛与元宝对视："所以，你这是要收个徒弟，找回在我这里丢失的场子了？"

02.

时间过得飞快,元宝大四下学期忙得连轴转,有时候一天连吃饭的时间都没有,回去之后十分疲惫,躺在床上就能睡着。

刚开始还好,过了一个月,还是这种情况,何芸涵沉默了。

这个时候,好朋友自然要出场了。

一大早,家庭妇女萧佑就穿了一身极其专业的妈妈服,抱着快一岁半的冯生来了。

冯晏送这母女俩来了,穿着制服,低头吻了吻冯生:"下班来接你们。"

冯生吱吱呀呀的,说不清楚话:"不……老……校……"

冯晏失笑,摸了摸冯生的额头安慰道:"我要去工作啊,你就是要跟着老萧啊。"

萧佑亲了亲冯生:"哎哟我的天啊,这孩子弄的,跟我是后妈似的。"说着,故作嗔怪地瞪了冯晏一眼,冯晏浅笑回应。

何芸涵看着这一幕,淡然沉默。

门,被关上了。

眼看上一秒还抱着孩子跟冯晏依依不舍的萧佑,一下子把冯生扔到地垫上,用脚踢了踢她的小屁股:"马屁精,争宠精,幼稚鬼,去,自己一边玩去!"

何芸涵:"……"

冯生委屈地揉了揉屁股,哼唧两声,伸出小手对着何芸涵:"呀……呀呀……"

何芸涵的心都融化了,她走过去,弯腰把冯生抱了起来,一边对萧佑说:"有你这么当妈的吗?"

萧佑:"这算什么,当年我妈把我生下来就扔给我奶奶了,我奶奶让我满地爬,据阿姨说,我爬得差点去吃后院的马屎,我们萧家的孩子就是散养的。"说着,她特别自来熟地去翻冰箱,"元宝做什么好吃的了吗?"

以前,每次知道她要来,元宝都会弄一些萧佑喜欢的点心,比外面卖的口味可要好多了。

萧佑翻了一圈有点失望，她扭头看着何芸涵，何芸涵一边哄着冯生一边说："她最近很忙。"

萧佑是什么人，猴精猴精的，她看着何芸涵道："她忙？这才大四还没毕业呢，能忙到哪儿去？我说你这几天怎么都不精神了，是不是朋友没空理你失落了？"

何芸涵沉默，把冯生抱在自己的怀里。冯生特别喜欢这个阿姨，感觉她身上的味道和妈妈很像。她亲了亲何芸涵的脸蛋，还流着口水湿答答的小嘴"啵"的一声，小手小脚挥舞着，"做……掉她！"

何芸涵："……"

萧佑："……"

何芸涵不可思议地看着萧佑："你和冯部这样教小孩子真的好吗？"

萧佑不以为耻反以为荣："这多好，从小就这么心思透彻，想说什么说什么，长大不像小晏，也不像你，有什么说什么，肯定不吃亏。"

听了这话，何芸涵不吭声了，她默默地给冯生擦了口水。冯生抓住她的手，往嘴里送。

萧佑把冯生扯过去，从妈咪包里找了几个玩具扔到垫子上："去，玩去吧。"

冯生立马安静了。

这点还是很像冯晏的，识时务，好哄。

萧佑挑眉："你是不是觉得元宝越来越成熟，越来越漂亮，随着年龄的增长越来越优秀，而且毕业后，她的事业也会逐渐起步，交往的圈子越来越大，身边的朋友会变得越来越多？"

圈子里的人什么样，她们比谁都知道。

萧佑话不停："外面的人多热情啊，你自己却冷冰冰的，得罪人而不自知。"

何芸涵听了盯着萧佑："萧总什么时候学心理了？"

萧佑一甩头发："不好意思，像我这样优秀的人，经常有人对我作此感想。"

何芸涵唇角勾起一抹笑，她抱起在地上玩的冯生，搂在怀里，轻声细语："来，冯生，跟着阿姨念，无——耻——"

她的发音特别标准，嘴唇的动作很明显。

冯生黑葡萄一样的大眼睛盯着她，水汪汪的，像是能看进人的心里。小冯生还会发挥:"无耻……比……变……态……"

她说完,还对着萧佑甜甜一笑。

萧佑:"……"

这个胳膊肘往外拐的死孩子。

萧佑:"总之呢,朋友都是相互的,你要温柔一点,别总冷冰冰的。"

元宝最近接了一个运动类的综艺节目,每天都是百分之百耗电,累得筋疲力尽才能收工。

这天她和何芸涵约好,收工后去何芸涵家玩。

在路上,她特意让司机帮忙停了一会儿,到了一个花店,买了一大束鲜艳的百合花。

这是芸涵喜欢的花。

想起这段时间以来,她一直忙着工作,忽略了朋友,还挺内疚的。

虽然老何什么都没说,可元宝太了解她了,偶尔的一个小眼神她都知道什么意思。

好在工作要收尾了,她也能休息休息了,她准备和芸涵回下洼村去看看奶奶,放松放松。

元宝微笑着开了门,她一进门,还来不及说话,眼睛一亮。

哇!

芸涵今天打扮得很居家,一身素色的家居服,头发散着,化了淡妆,家里收拾得干干净净。

元宝把花递了过去,四处看了看:"怎么没休息一会儿,不累吗?"

何芸涵接过花,低着头深呼吸。

元宝一转头就看见老何在深呼吸,吓了一跳。

正要说话,何芸涵却突然抬起头,看着她:"想到能和你一起玩,就不累了。"

元宝:"……"

几乎是一瞬间的毛骨悚然,元宝汗毛都要竖起来了。

什么情况?

老何为什么这样？如此……诡异？？？

难不成是她又哪儿做错了？

"我给你煮了面。"何芸涵指了指厨房，这样的表达让她浑身不舒服，"你吃了后希望能暖了一颗心。"

元宝："……"

她的大脑飞速旋转，暖了一颗心？暖了一颗心！

太恐怖了！

老何在说反话，她难不成最近又做了啥事，让她不开心了？

"愣着干什么？"

何芸涵非常"体贴"地把筷子递给元宝，元宝接了过去，惶恐地看着她。

面的虽然味道差了一些，但好在煮熟了，也没有加料。

元宝吃得一点都不剩，她夸奖道："芸涵，你的手艺越来越棒了，太好吃了。"

何芸涵正在翻看手机上的暖心句子大全，听见她这么一说，抬起头，和善一笑："那是因为你吃到了我的用心。"

元宝："……"

天哪。

元宝闭了闭眼睛，感觉小心脏被无数的刀子扎中了。她深吸一口气，走过去："芸涵，我到底做错了什么，你告诉我吧，不要这样折磨我了，求你！"

何芸涵："……"

03.

在元宝大四那一年，对于未来，她陷入了深深的迷茫之中。

她是热爱表演的，喜欢站在舞台上的感觉，可又厌倦那水深的圈子。

与其他即将毕业的表演系学生不同，在这个时候就有不少公司向元宝抛来了橄榄枝，可越是这样，她越是思绪混乱。

当然，不仅仅是外人，就连自家人都开始过来游说她了。

袁玉抱着她的猪来了。她的猪已经快三十斤了，抱着特别沉，袁玉却还是抓住小猪的猪蹄，对着元宝挥了挥手："小姨，你好！"

元宝翻白眼："又干什么啊！"

一大早上抱猪过来做什么？！

袁玉撇了撇嘴："你凶我可以，不能凶我的孩子啊！"

元宝："……"

简直要疯了。

"我听说你毕业后迷茫了，特意来帮你驱除心中的阴云。"袁玉抱着猪，仰望着天花板，"元宝，你看，我第一次见你，就觉得我们心意相通，你大学毕业之后，迟迟不去拍戏，就是为了等姐姐签你对不对？"

元宝："……"

袁玉姐姐最近是开始走苦情戏路线了？

袁玉的手一挥，霸气叉腰："宝总，我新开的经营猪饲料的公司味得壮需要你！我们这个大家庭欢迎你！"

元宝："……"

袁玉被撵走了，连带着她的猪也被扔了出去。

门关上的那一刻，元宝气急败坏的吼声传到外面："你要是再敢来，我就打断你和猪崽的腿！！！"

然而元宝的气还没有消，萧佑又来敲门了。

萧佑今天穿得一本正经，还化了妆，带着一丝冷艳的气息。

她坐在沙发上，用公事公办的口气道："来圣皇吧，锻炼几年，我给你一个职位。"

元宝正要说话，萧佑冷酷地挥了挥手："不用自卑，不用觉得自己还年轻，你的能力我是看得到的。当艺人有什么好？受制于人，你好好跟着我干，干两年，你能把何老师干掉。"

元宝还要说话。

萧佑又打断了她："看见你冯部了吗？不是也被我拿下了？知道为什么吗？"她站了起来，冷冷地看着远方，"我的权势，我的威严，让人颤抖！"

元宝："……"

一系列演讲完毕。

萧佑看着她："元宝，你想说什么？"

元宝干笑了一声，指了指角落的摄像头："这里……有监控，我感觉以芸涵的性格，应该会给冯部看吧。"

脚下一个趔趄，萧佑刚拗的造型支撑不住了，她咳了一声："我刚才跟你闹着玩呢，这家里啊，说的是感情，谈什么权势，我就是为了开导你才那么说的。别说我是总裁了，我就是买下整个世界，也得听我们家小晏的不是？"

元宝："……"

都走吧。

这一个比一个不靠谱的朋友，她真的不想理了。

之后，元宝也去问过何芸涵。何芸涵给了一句又温柔又霸气的话："你想做什么就去做，天塌下来我给你顶着。"

元宝真的去完成她想做的事了。

她去了一趟西藏，感受了一次三步一拜的神圣朝圣；

她去了一趟珠峰，站在峰顶，双手叉腰，俯瞰群山；

她去了一趟纳木错，看着眼前湛蓝的湖水和天空，心也跟着宁静下来……

那一刻，元宝仿佛看透了很多。

茫然浩瀚的宇宙间，她是谁，谁又是她。

这一世，有亲人知己，有三两好友，她是幸福的，一定要好好珍惜。

元宝这一去就是三年。

她也体会到了被老何惦记着，时时絮叨，动不动就去看她的感受。

从西藏回来，元宝的脸有些风干的高原红，何芸涵足足看了半天，轻轻叹了口气，责怪的话到底也没有说出来。

三年里，元宝不仅走遍了祖国的大好河山，她还完成了从小到大一直存在心里的愿望。

她去了偏远的农村，当了半年老师。

每个夜晚，孩子们都休息后，她还要挑灯备课。

只为第二天孩子们的欢笑。

她逐渐明白，这个世界上，没有任何一种职业是轻松的。偶尔在走山路，去孩子家中家访时，她会怀念曾经厌倦了的演员生活。

半年后，她即将离开。

孩子们一个个哭花了脸，家长们更是握着她的手，恋恋不舍。

元宝擦干了泪，兜兜转转，最后半年，她回到了下洼村，开了她梦寐以求的小超市。

货品什么的，都是奶奶和邻里乡亲帮着进的，元宝卖的基本都是最便宜的价钱，有的甚至还低于成本价。

刚开始还好，她回来的时候，毕竟曾经的身份在那儿摆着，全村人恨不得放鞭炮欢迎。

可随着时间的流逝——

元宝回到下洼村的第三个月，她就要过二十四岁生日了，村里旁边几个小超市的老板开始聚集起来，有事没事来找她的碴儿了，甚至叫嚣着要去告她"垄断"。

这些叔叔阿姨都是看着元宝长大的，元宝只能微笑面对，但当那些买着她的便宜商品的村民和这几个老板联合在一起来闹事的时候，元宝没了笑容。

有阳光的地方，必然有黑暗。

元宝的店铺店面不大，被十几个村民围着，闹哄哄的，就连王村长都不敢上前。

她沉默不语，面色冷凝，看惯了她柔和笑容的村民们一时间被震慑住，到底也没人敢主动挑起事端。

就在元宝要说话之际，后面一阵熙攘声传来，人群像是被撕开了一道口子，周围的人自动地让开了一条路。一个穿着白色风衣的女人缓缓走了过来，她眉目如画，面色清冷，径直走向元宝，目不斜视。

有村民认出了她，激动又惊讶地嚷嚷："是何芸涵！"

"这不就是元宝出事的时候为她站台的那个女明星吗？"

"对对对，就是什么老总和影后。"

"……"

村子里有一部分人不认识何芸涵。

闹事人群中，为首的的男人见到何芸涵之后，明显怯场了，眼神都软了。他们旁边一个中年妇女看着何芸涵："你谁啊？"管她是谁，这么多老街坊在，难不成还怕她一个手无寸铁的女人？！

何芸涵眼角揉着风雪，朱唇轻启，淡然开口："我是这里的幕后老板。"

04.

何芸涵一开口，那眉眼，那淡漠的语气，那强大的气场，别说别人了，连元宝都看傻眼了，她直接蒙了，呆呆地看着何芸涵。

何芸涵面色冰冷，径直走到元宝身边，看着她那傻乎乎的模样，勾了勾唇角，手摸了摸她的头："傻了？"她的手握住元宝的手。

元宝本能地往回缩，却被何芸涵握紧了，她警告地盯着元宝，等她不再挣扎，便转身面向所有人。

这气场真的不是一般人能有的。

还真就把那些来找元宝闹事的人给震慑住了，一时间没有一个人敢上前。

最后，还是穿着红衣服的中年妇女先开口了，她捋了一下头发，咳了一声，两手叉腰："怎么着？别以为老板来了这事就过去了。元宝，你这事儿做得不地道，你要赚钱也不能这么赚啊，这不是坑人吗？"

这话一出，旁边蔫着的几个小超市老板跟着附和。

"是啊是啊，哪有这么压价的？"

"你这么做还给不给我们活路啊？"

"就是啊，你们姐俩这几年在外面，家里萧奶奶那边我们乡里乡亲的可没少照顾，怎么养出个白眼狼？"

"……"

元宝很沉默,她安静地注视着这些看着她长大的叔叔阿姨。如果是别人,以她的脾气早就噎回去了,可是现在,她从心里生出一种无力感。不过这个时候自己倒是无所谓了,她反而有些担心老何。

何芸涵什么性格,元宝比谁都清楚。

护犊子,她称第二,没人第一。何芸涵要是真生气了,大家怎么承受得了。

果不其然,在元宝的注视下,何芸涵的唇角勾了起来,对着为首的几个人:"赚钱?"

元宝来这里是赚钱?

红衣服的妇女挺了挺胸脯:"这钱赚得不道德!尤其是那奶粉,我们可是从国外代购的!"

元宝深吸一口气。

下洼村本来条件就不好,这几家店又为了利润抬价卖奶粉,导致村里有好些孩子吃不上奶粉,所以她才一直赔本卖。

何芸涵突然笑了,她这一笑,也不知道从哪儿窜出来几个身材高大、穿着西装的保镖,将一群人团团围住。

不仅是村民,村长的脸色都一下子变了。

刚刚还嚣张的几个人,在那一个个夯实得跟柱子一样、肌肉遒劲的男人面前,全都蔫儿了。

何芸涵不想跟村民理论,而是向为首的一个保镖交代:"小徐,"她回头,指了指元宝超市里摆着奶粉的货架,"一会儿摆个牌子出来,今天奶粉免费发放。"

一句话让在场所有人都蒙了,元宝也傻眼了。

小徐点头:"要写理由吗?"

一般都是得店庆或者要倒闭才这样。

何芸涵看着天,想了想:"理由?"她点了点头,"老板心情好。"

元宝:"……"

闹事的那些其他超市的老板要被气吐血了,但又不敢往前冲,全都向王村长看去。

王村长尴尬地看着何芸涵:"何老师,这……冤家宜解不宜结,都是误会。"

何芸涵跟没听见一样："村长，这些年，元宝和她姐姐资助了村子里多少钱就不用我说了吧？"

这话一出，刚刚还沸腾的人群，一下子哑声了。

没错，这几年，元宝和萧风缱就像飞升的凤凰，先不说她们为下洼村带来多少宣传方面的影响，就是村子里的路灯、柏油路、最新建成的学校，都是姐俩一手操办的。

何芸涵："我记得刚刚听见某位阿姨说，这些年没少照顾萧奶奶呢。"

刚刚还叉腰的妇女像乌龟一样，缩了回去。

何芸涵挑了挑眉："村长，你该知道，超市的财政大权在我这儿，下洼村的确对元宝有恩，可对我……"她的语气陡然一冷，"却没有。"

说完这话，她的眉眼冷凝，眼里带着寒意："我的钱都是辛辛苦苦赚的，可不能给白眼狼打水漂。"

人群散了。

王村长感觉像是被人敲了一闷棍。

元宝张着嘴看着何芸涵，何芸涵抱着胳膊："你有问题？"

元宝："……没问题。"

最好不要招惹发脾气的老何。

两人许久不见了，按照以前的风格，何芸涵现在应该和元宝亲亲热热腻腻歪歪的，可她却径直走进超市，领导一般四下参观。

元宝胆战心惊地跟在何芸涵身后，看着何芸涵蹙了又蹙的眉，大气都不敢出。

何芸涵看了一圈，她转身对元宝说："把账本拿来。"

啊？

元宝没想到，何芸涵是真的生气了。

下午，奶粉大放送之际，闹事那些人又过来了。王村长带队，里里外外还带了许多村干部和生面孔的村民。他们一改之前的吵吵嚷嚷，刚一来，就有几位村民拉着元宝的手哭了："孩子，不能啊，我家孩子就一直读着你建的学校呢。"

还有一个老奶奶:"元宝啊……"

之前闹得最凶的妇女闷头不敢出声,身后,一个年轻的干部走到何芸涵身边:"何老师,我是带着村民过来给元宝道歉的,上午是他们不对,因为个人利益影响了整个村的和谐,还请你大人不记小人过,不要往心里去。"

上午闹事的那些村民,才半天的时间,就被其他村民针对,头都要大了。

他们本来是过来找元宝随便欺负一下的,毕竟,村子里的人都习惯了元宝的和善与尊敬,无论说什么她都不会生气,可谁想到半路杀出了一个何芸涵,弄得场面这么难看。

何芸涵始终没有说话,甚至连一个表情都没有。

大家大气都不敢出。

王村长搓着手:"元宝,这……"

元宝看了看何芸涵,翕动了下唇:"我……"

何芸涵的眼眸沉沉地看向元宝:"只有这一次。"

这话不止一层意思。

一方面是卖面子给元宝,让村民们有台阶下;另一方面,也是给其他村民立个威,之后该怎么做,让他们自己去琢磨。

一直到晚上,大家才都逐渐散去。

小徐站在何芸涵身边,低头听她吩咐。

何芸涵翻动手里的册子:"就这些?"

元宝偷偷看了一眼,是上午欺负她最凶的那几个人,她在一旁大气都不敢出。

小徐点头:"是的,何总,都很简单。"说着,他仿佛司空见惯一般抬头看着何芸涵,"要破产吗?"

元宝手都凉了:啊?!

还好,何芸涵摇了摇头,元宝刚喘了一口气,就听见何芸涵淡淡地说:"下次吧。"

元宝:"……"

天啊,叔叔阿姨们,你们听见了吗?别惹我,赶紧离我远点!老何真的超级凶!

眼看着小徐带着一队人消失了，元宝上前试探性地拉了拉何芸涵的手："不要这么凶嘛。"

何芸涵沉默了片刻，她看着元宝，叹了口气："别再让我看见别人欺负你。"

元宝咽了口口水："我可以帮你挡住眼睛。"

何芸涵："……"

一声惨叫划破天际，把村子里的好多声控灯都弄亮了。

从此，何芸涵在下洼村的"恐怖"名声就被传开了，甚至后来元宝听说，有人哄孩子睡觉都说："快睡啊，要不何阿姨就来揍你啦。"

晚上，元宝拉着何芸涵回到家，萧奶奶正在做晚饭。她杵着拐，笑眯眯地看着何芸涵："回来了，孩子。"

何芸涵立马甩开元宝的手，变得乖巧起来："奶奶，我给你带了礼物。"

元宝呼出一口气。

总算……总算没有那么可怕了。

虽然和何芸涵相识这么久，但是元宝还是特别畏惧她的气场。何芸涵一生气，一个眼神，就像带着寒冰，能瞬间冻结她的心。

到了家里，何芸涵就变成了乖巧的小女孩，她跟着萧奶奶摘豌豆，和萧奶奶聊琐碎的小事，甚至连萧奶奶爱看的电视剧，她都能搭上一两句话了，唯独不说今天下午的事。

但萧奶奶是什么人，她乐呵呵地道："元宝和她姐，一个比一个厌，有你，我放心。"

何芸涵浅浅地笑着，月色之下，看了元宝一眼。

元宝干咳了一声："先进来，我给你喷点花露水，别被蚊子叮了。"

第二天一早，王村长来了一趟，他小心翼翼地看着萧奶奶："元宝和何老师在吗？"

萧奶奶这两天虽然没出去，但村子里发生的事，她并不是不知道。她一看见村长来就知道什么意思,萧奶奶摸了一下额头:"唉,我高血压犯了,头疼。"

王村长吓得一个激灵,什么话都不敢说,光速撤退了。这要是出点什么事,他可是要吃不了兜着走。

萧奶奶带着两个小女孩,能在村子里立足这么多年,是有她的智慧的。一直以来,她对两个孙女的教导就是,人不犯我我不犯人。可惜两个娃娃性格都有些柔,倒是何芸涵,更像是她的孙女。

快到中午的时候。

元宝和何芸涵去洗了个澡,洗完后清爽地并肩躺在床上聊天。

元宝眉飞色舞地给何芸涵讲了这段时间的经历。何芸涵的脸颊还泛着热气未散的粉红,长发柔软地搭在肩膀上,眼神专注地看着元宝。

元宝最喜欢这种感觉。

两人讲着想对彼此说的话。何芸涵也敞开心扉,告诉元宝自己有多么想念她,她留下的猪崽简直变成了元宝的化身。

这些话,曾经的何芸涵是无论怎么诱惑,打死都不会说的。

可是现如今,她已经能坦然地告诉元宝了,是元宝教会她,心里想什么就要表达出来。

元宝听得眼睛都红了,她满含愧疚地说:"对不起……"

何芸涵闭上眼睛,浅浅地笑了。

两人诉说着分开后彼此的想念,说了大半天,元宝话锋一转,道:"回去我就把那个猪崽给扔了,谁也不能代替我。"

何芸涵冷哼。

下午。萧奶奶正孤孤单单地洗着白菜,她感觉自己一颗苍老的心要崩溃了。这俩小崽子,口口声声说回来陪她,结果现在,她连一个人影都没看见。

正郁闷着,大门被叩响了,伴随着"吱吱喳喳"的声音,特别欢快:"奶奶,我来看你啦!"

萧奶奶眼睛一亮,她一下子站起身,几乎是冲上前,把大门打开了。

是袁玉！

门外，林溪惜手里拎着各种小礼品，袁玉站在一旁笑得灿烂："这么快啊，奶奶是不是特别想我啊？"

这些年，袁玉早就成为这个家的一员，萧奶奶一直把她当作自己家孩子疼。

林溪惜和袁玉被萧奶奶喜气洋洋地迎进了门。

袁玉一进屋就不客气地四处看了看："元宝和芸涵呢？"

怎么没有出来迎接她？

萧奶奶没好气地道："不知道！回来后就在屋里懒着了。"

林溪惜低头浅笑，没想到师父还有这样小孩子的一面。袁玉听了愣了愣，她撸起袖子往屋里冲："怎么能这样对奶奶，我现在就去把她们俩揪出来干活！"

萧奶奶："……"

林溪惜："……"

袁玉和林溪惜的到来为小院增添了一丝欢乐。

烧烤架支了起来，小串串了起来，一家人围坐在一起，准备来一顿烧烤。

林溪惜坐在何芸涵身边："师父……"

何芸涵淡淡地点了点头，她抬头看了看正在和元宝一起串串的袁玉，两人真的感情非常好，边串边闹，跟两个长不大的孩子似的。

元宝："下次你再不说一声就来，我把你当串烤了！"

袁玉咬牙切齿道："人家已经赔礼道歉了，你再说，我就……"她手上猛地用力，直接扎透了两块肉，"这就是你的下场。"

萧奶奶摇了摇头，这俩人加起来不到十岁。

"怎么突然想着来了？"何芸涵喝了一口茶水，看着林溪惜。这个徒弟什么性格她最知道，前几年忙着工作，连吃饭的时间都没有，怎么这时候想着放松了？

林溪惜浅笑，夕阳落在她的发丝上，何芸涵看着，心里触动了一下，在不知不觉间，她的徒弟也长大了。

"这几年，我太忙了，袁玉一直陪着我。"林溪惜看着袁玉，浅浅地笑，"我也想好了，每年都抽出一些时间，跟着她四处去玩，人生那么短，师父，我不该那样逼自己是不是？"

之前，她总是纠结于什么配不配，总是想靠自己的努力，成为和袁玉实力旗鼓相当的人，这样才能做她的朋友。可时间久了，她才知道，才真正清楚，袁玉想要的根本就不是那些。

如果真的那样，袁玉就不是袁玉了。

晚上吃烤串的时候，袁玉听说了元宝被欺负的事，她眯了眯眼睛，转动着纤细手指上鸽子蛋大小的翡翠戒指："他们居然敢欺负你？"

别看大傻子平时有点傻，但起了范儿，也是实打实的御姐样。

何芸涵、林溪惜、萧奶奶都看着袁玉，元宝心里也有一种被宠溺包围的满足感。她的姐姐这么爱她，下手一定狠、快、准，像芸涵一样，直接让他们干不下去！

袁玉眯着眼睛，酷酷地喝了一口啤酒："居然敢欺负我的妹妹，我看他们是不想活了。溪惜！"

林溪惜点头，她也略带崇拜地看着袁玉，很久没看见她这么霸气了。

袁玉一手叉腰："我决定了，明天就去帮元宝卖货，气死他们！"

林溪惜："……"

何芸涵："……"

小院的上空仿佛有乌鸦盘旋飞过，萧奶奶咳了一声，仰头看了看天："哎呀，有点变天了，我先进屋休息了，你们年轻人聊吧。"

元宝："……"

袁玉可是说话算数的。

第二天一大早，元老板和何老师以及林溪惜都没到呢，她已经站在大门口，描眉画眼的，手里拿着宣传单："来啊来啊，走过路过不要错过，大家快来看一看，元宝超市大甩卖！"

元宝和林溪惜看到的时候，两人都沉默了。元宝咳了一声，上前把已经不知道叫卖了多久的袁玉给拽了下来："姐，你干吗啊？"

她真是又气又心疼，袁玉擦了擦额头上的汗，挺开心地道："这是姐姐第一次站街，感觉挺好。"

"瞎说什么？这哪叫站街！"元宝一把捂住袁玉的嘴，"你快给我消停点吧。"

袁玉美滋滋的，她随手拿了一瓶矿泉水："你没看见周围那些人气的，他们知道我的身份，我站在这儿，而不是去跟他们正面硬刚，可是给足了他们面子。"

这话让元宝愣住了，她怔怔地看着袁玉。

没错，袁玉在下洼村可是名人，因为她每次来都大手大脚地给村民们发福利，谁家有个什么困难，节气不佳收成不好她都会帮忙，眼睛都不眨一下，下洼村人称"袁财神"。在下洼村村民眼里，袁玉一直都是神话传说一般的存在，如今，她却站在门口这样叫卖。

袁玉摸了摸元宝的头发："我知道你为难，都是乡亲，差不多就行了。"

元宝的眼睛都红了，袁玉笑了，拍了拍她的肩膀："没事，有姐姐呢。"

元宝内心要崩溃了，谁说她姐姐傻？她姐姐这才叫大智若愚，平时有些小事她不愿意去想，但要深究一些事情，她比谁想得都透彻。

就在这个时候，何芸涵戴着墨镜从远处走了过来，她所到之处，村民们本能地后退。

那气场，元宝看得呆住了。迎着风，何芸涵一手摘下墨镜，看着她微微一笑，另一只手缓缓伸出招了招："来，元宝。"

人生啊，还有什么比知己亲朋和三两好友陪伴在身边更好的？

元宝笑着跑了过去。

何芸涵笑得很温柔，她看着元宝："你还有什么心愿吗？"

她曾说过，无论元宝想做什么，她都会支持，天塌下来有她顶着。

元宝眼里有泪光闪烁，她笑着摇了摇头："以后，我会一直陪着你。"

我会一直陪着你。

一如初见时的誓言。

新番外

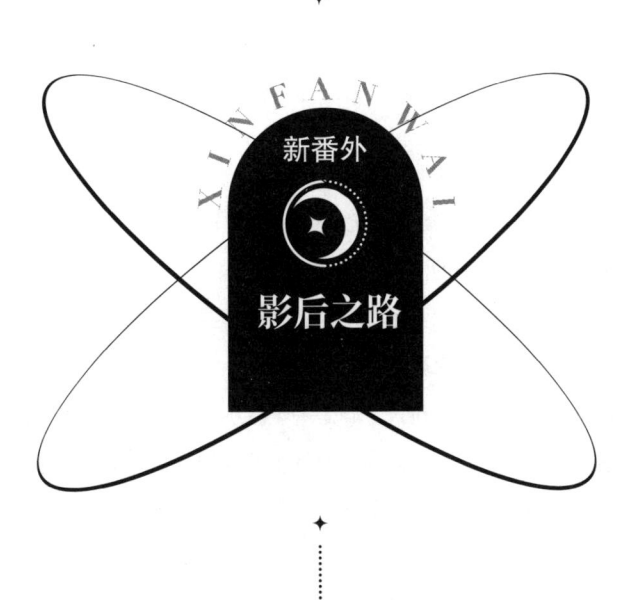

XIN FAN WAI

影后之路

在娱乐圈，再大的风雨与波涛过后终会回归平静，日子久了，时间长了，对于一个演员来说，唯有过硬的演技才是常青之道。

大学毕业后的元宝就意识到了这一点，她和何芸涵正式回归大众视线之后，将许许多多的时间放在了揣摩剧本上。

何芸涵曾经帮元宝认真分析过，她是一个从小就在舞台上摸爬滚打的人，虽然那时大多是凭借一股子灵气在表演，但人生就是如此，付出多少汗水，都会结出不一样的果实。经验方面，元宝甚至比很多老戏骨都要丰富，差的就是对角色精细掌控的火候。

何芸涵的这句话，元宝很熟悉，初见的时候，何芸涵就说过她这一点。

或许是前二十多年过得太潇洒、太闲云野鹤了，对于萧风瑜来说，她演开心快乐一点的角色手到擒来，也会被大众接受，可人物性格稍微复杂一点的就有些吃力，而且并不讨喜。

可二十七岁，对于女演员来说是一个尴尬的年纪。

曾经，转型对于元宝来说只是一个遥远的目标，然而时间不经数，眨眼即逝。

这天，元宝一大早就敷着自制的黄瓜面膜，和经纪人惠文讨论着接下来的戏的剧本。

惠文有些犹豫与挣扎，一路走来，大大小小的演艺奖项元宝拿了不少，她也一直认为以元宝的性格，对现在的状态是知足并满意的。没想到，人家今天居然信誓旦旦地跟她说："我一定要在二十七岁这年拿下向阳奖影后。"

向阳奖影后……

不是惠文想要打击她，这是谁都能拿下来的奖吗？向阳奖不同于当前泛滥的各大颁奖典礼上的奖项，在圈子里有着举足轻重的地位，含金量很高。粉丝投票只占评选的一小部位，请来的评委都是业内泰山北斗，他们一个个为演艺事业奋斗了一辈子，各个火眼金睛。向阳奖评选三年一次，一旦拿下了那唯一的影后奖项，就相当于获得了终生成就光环，是所有女演员梦寐以求的。况且这个奖连入围都要挤破脑袋，得奖哪有那么容易？

"啊，惠文姐，你那是什么表情？"元宝看她这样不乐意了，坐起身，忧伤地望着惠文，"我记得我十七岁说出想要拿向阳奖的雄心壮志时，你不是还说一定会拿到吗？如今……"元宝一手捂住嘴，飙起了演技，语气里满是落差感，"十年过去了，难道爱会消失吗？"

惠文："……"

元宝十七岁的时候，她之所以给予强烈的马屁支持，还不是因为那时候知道元宝的话只是随便一句期望，并不走心。

可二十七岁了，元宝再说出这样的话，那一定是已经在心里滚过一圈的想法，她能不慎重吗？

就在元宝用看"负心人"的眼神楚楚可怜地看着惠文，让她有些招架不住之际，一身黑色鱼尾裙的何影后从屋里走了出来。她随手从元宝脸上揭下一片黄瓜面膜塞进自己嘴里："少说几句。"

元宝："……"

惠文龇牙笑了。哎呀呀，能治得了元宝的还得何影后！

然而就在她兴高采烈之际，却听何芸涵在旁边补刀："不要欺负更年期的女人。"

惠文："……"

不愧是何影后，一大清早的，她嘴里的两把刀子就飞了出来。

惠文在元宝这儿蹭了早饭才离开。

门才刚关上，一看见没人了，元宝就不乐意地嘟囔着撒娇："我就是要拿向阳奖。"

何芸涵坐在沙发上看文件，闻言瞥了她一眼："什么理由？"

她还不知道元宝是什么性格吗？别说是向阳奖了，就是全世界的最高荣誉她也不会在意，能让她如此心心念念，肯定是有什么原因。

元宝撇了撇嘴，走到何芸涵身边坐下，幽幽地说："你还记得，我是什么时候遇到的你吗？"

这话让何芸涵微微一怔，她放下手里的文件，扭头去看元宝的眼睛。

双目对视，时光仿佛在一瞬间倒退，回忆如繁花般纷至沓来。

她们相遇的那一年。

元宝十七岁，她还是一个天天将笑容挂在脸上，人见人爱的小太阳。

何芸涵二十七岁，她刚拿了向阳奖影后，人前风光无两万众瞩目，人后凋零颓败近乎崩溃。

而如今，元宝二十七岁了，她们相遇整整十年了。

她把她从黑暗中拉出来这么久了。

元宝靠着何芸涵，像是抱怨又像是在撒娇一样嘟囔着："我们相遇十周年纪念日马上就要到了，你帮了我、教了我那么多，所以……我想拿个像样的礼物给你。"

十年了。

她想要拿一个像样的礼物给何芸涵。

何老师在演艺圈德高望重，又对名利物质看得极淡，元宝能想到的给她最好的礼物就是走她曾经走过的路，拿她拿过的最高荣誉。

元宝的一句话，让何芸涵心里柔软得不行，她目光柔和，轻声说："只要你想要，我就会陪着你。"

十年的时光，足以让冰山融化。

何老师也不再是那个冷冰冰的老学究了，她总是会在元宝最需要的时候给她依靠。

娱乐圈里的很多东西就像老树根一样，层层缠绕，斑驳复杂。

元宝虽然在圈子里一直保持着热度，但是长江后浪推前浪，新人们如雨后春笋一样往外冒，无论是从年龄上还是观众的新鲜度上，她都不占优势。

她和惠文经过千挑万选选中的大女主剧本《武皇》，也是经过一波三折，久久没有拿下。

故事讲的是一代女皇武则天的一生，里面人物虽然有不少艺术加工与雕琢，但到底是一部大型历史剧，光是选角就用了三个月时间。外传剧组拟投入几个亿进行拍摄，前期宣传得轰轰烈烈，配角们逐一敲定，或是大腕或是实力派，只有女主角武则天迟迟不定。

元宝那几天为了这事吃不下睡不着的，何芸涵不止一次劝她："谋事在人，成事在天。"

"我知道。"元宝自己也觉得好笑，"芸涵，你说我也是越活越回去了，少年时期都没有这么在意一部戏，现在反而焦虑上了。"

何芸涵抬起手，为她拭去额头的汗："会有的。"

元宝点了点头，明亮的眼睛看着她："我们何老师金口玉言，你说会有就一定会有。"

何老师可不就是金口玉言。

这是元宝与她相处十年得出的黄金定律。

或许真的如元宝所说，何芸涵前半生经历了太多苦难与痛苦，就连老天爷都不忍心再如此残忍下去，所以后半生让她一切顺遂，说什么成什么。

一个星期的煎熬等待之后，元宝在半夜十一点多接到惠文的电话。她一下子从床上跳了起来："姐，你说什么？再说一遍，我没听错吧？！"

惠文也在兴奋地咆哮："啊啊啊啊，元宝，走运了，走狗屎运了，真的，K导说了，你就是女一号，武则天，定了，定了！"

元宝涨红了脸，开心得恨不得在床上翻几个跟头。

她立刻把消息分享给何老师。被吵醒的何芸涵并不恼怒，等元宝摇头晃脑地撒完欢，她勾着唇问："这就开心了？"

这就？

元宝听出了端倪，她不可思议地看着何芸涵，在她期待的目光下，何芸涵红唇轻启，笑着说："陛下，婉儿怕是要在接下来的日子与您朝夕相伴，伺候左右了。"

啊啊啊啊！

元宝彻底疯癫了，这都不是她在床上跳一跳就能平复了的，这些日子的焦虑等待全都值得。她不可思议地看着何芸涵："芸涵，是真的吗？你没骗我吧，我不是做梦吧？"

何影后微微一笑，伸手拧住她的脸掐了掐，问："是真的吗？"

元宝："……"

快乐整整持续了一晚上。

第二天，元宝立即投入剧本研读之中，这是她拼尽全力好不容易争取下来的角色，还要和芸涵一起飙戏，她必须要争气。

只是说是一回事，真的到做起来，元宝才知道有多难。

中国千百年来就出了这么一个女皇武则天，可想而知，她的一生有多么的离奇坎坷又波澜壮阔。

《武皇》是一部大型历史古装剧，在正式进组开拍前，因为是老相识，K导特意嘱咐过元宝："一定要熟读剧本，认真揣摩角色的心路历程。"因为开拍的时候，K导要照顾全局，拍摄顺序不是按照武则天从初入宫的武才人到女皇的七个时间段依次进行的，而是分割打乱拍摄，所以很有可能上一幕还情意浓浓，下一幕就刀光剑影了，要想演得好，元宝必须要适应这种节奏。

元宝当然是不适应的，她以前拍摄的多是电影，故事就算结构再复杂，最终呈现在屏幕之上的成片也会在两个小时左右，拍摄的电视剧也多是二三十集的青春偶像剧，剧情简单，演技方面有固定的套路。像是《武皇》这样的剧，七十多集，人物性格多变，一路成长，台词没一句废话，对她来说挑战不小。

那段时间，她推了一切通告，在家专门研究剧本。

何芸涵只要回家，听她说话的语气，就能够大概猜测到她在研读什么剧本。

武才人时期，何芸涵一回家，元宝就乖巧地跑过去，为她拿外套，端茶倒水。

何芸涵看着她："你不是很累吗？不用做这些，你……"

元宝低着头，两手垂着："这夜寒霜重的，殿下还来看媚娘，不胜惶恐。"

何芸涵："……"

要不她走？

白天还是惶恐卑微的武才人，到了下午茶时间，何芸涵看元宝在那儿琢磨剧本，便勾了勾手道："过来，吃点甜点，休息一下。"

元宝放下手里的剧本，星眸望着她："以色事人，能有几时好？姐姐，你莫要多言了，送人。"

何芸涵："……"

晚上做饭的时候，何芸涵心疼元宝连日来辛苦，主动做好饭菜端上桌时，元宝突然两手举起桌子上的旺仔牛奶，星眸如辰，高声振奋道："我大周有大将，我大周有忠良，我大周有忠诚的千百万士兵啊！"

何芸涵："……"

这都不算什么，最夸张的是晚上何芸涵吃得咸了，去洗手间的时候，迷迷糊糊看见走廊上的元宝正睁着双眼阴森地看着她。

何芸涵被吓得后脊一阵冷汗，轻声问："元宝？"

元宝翻了个身，用后脊对着她，声音沧桑似老者："朕这一生，从未相信过任何人，婉儿，你是个例外。"

何芸涵："……"

这剧组还没进呢，何芸涵就差点被元宝搞崩溃。

她对外界一向是淡漠的，却把为数不多的温柔分给了元宝。

看她这样置身戏中，恍惚间，何芸涵都不知道为她争取这个角色到底是坏事还是好事了。

跟元宝被万众期待，观众渴望看到她的转型之作不同，何老师要演上官婉儿的消息一出，舆论一片哗然。

大家都不明白，一个"德高望重"的影后级别人物，为什么会在戏里演这样一个明显与年龄不相符，甚至连女二号都称不上的配角。

她明明比元宝更适合武则天这个角色啊。

何芸涵的粉丝们还好，在微博下加油鼓劲，说要看到何影后的盛世美颜了，期待婉儿。

可更多的网友是不买账的态度——

"都多大岁数了，非要演少女，这不是打脸吗？"

"何老师的咖位还用这样？这不是明摆了做绿叶来捧萧风瑜的吗？"

"老黄瓜墨绿漆吗？就不怕晚节不保？"

"……"

何芸涵性子淡然矜持，自然不会与这些七嘴八舌的网友一般见识，而经历过舆论风波的元宝也看淡了这一切。

可她的看淡与何老师不同。

她看淡的是网友对自己的评价，无论网友们怎么批评贬低她，她都无所谓，可这不代表她接受网友这样说芸涵。

越是如此，她就越不能失败。

万千重压之下，元宝只能拼命逼自己努力。

太累的时候，她也会忍不住问何芸涵："芸涵，你演上官婉儿就一点压力都没有吗？都没见你看剧本。"

她看人家何老师天天去公司看合同忙工作，好似根本没有把剧的事放在心上，难道何芸涵就真不怕像网友说的一样，砸了自己的金字招牌？

何老师淡然地看她一眼，两手抱在胸前，语气淡淡地说："太简单。"

上官婉儿较她之前的角色来说是很好领悟掌控的，她驾轻就熟。不是她有意刺激元宝，而是这七十四集的历史剧拍摄周期要大半年，她必须要将手头的工作全部安排完毕，才能毫无负担地进组，陪着元宝熟悉并演好她的角色。

元宝："……"

好吧，影后就是影后，轻描淡写的语气间带出杀人不见血的霸气。

看老何这样云淡风轻，元宝更是咬着牙努力。这世界是公平的，吃苦只有早晚之说，她也想有朝一日像何老师这样，能够淡定从容地面对一切。

元宝刚进剧组的时候还带着几分忐忑不安，好在她性格开朗、脸皮厚，一个镜头不满意就央求着导演再来一遍。

在她的演艺生涯里，从未有过这样的感觉。

从十四岁刚入宫的武才人，到经历宫中险恶、一路斗智斗勇直到被唐太宗赏识的媚娘，再到后来出家为尼，又被李治高调接回宫……

女帝的一生有多少坎坷波折，真正钻入剧本中的元宝逐渐体会到。

在很多个深夜，她会对着芸涵感慨："一代女帝……一代女帝……所有人看到的都是她龙袍加身、人前威武霸气的模样，却没有人看到她青灯古佛，人后那两行清泪……"

何芸涵看着元宝眼里的光芒与惆怅，心里百感交集。

元宝终于长大了。

只是这过程中的坎坷与挫折，又有谁看得见？

现场不乏演技过硬、性格刚烈的老戏骨，宋城就是其中一个，他演出了唐太宗的睿智与霸气，说的每一句台词都是带着功力的。

他刚进剧组的时候就听说元宝是"带资"进组的，对她的第一印象很不好，有好几次拍对手戏，元宝没有接住，他会一甩袖子，冷冰冰地瞥她一眼。

一个眼神，包含了无数冷嘲与讽刺。

元宝红了眼，回酒店落泪，关上房门谁也不见。

惠文有些着急，敲了半天的门，这时何芸涵拿着盒饭缓缓走了过来："你回去吧，没事的。"

这是每一个演员的必经之路。

一帆风顺，不利于一个人的成长，上坡路永远都是逆风的。

何芸涵敲开屋门之后，并没有去劝慰元宝，而是给她足够的时间让她平复情绪。人绷得太紧的时候，流泪是一种释放的途径，元宝现在经历的一切，何芸涵都经历过。

元宝红着眼睛看着何芸涵，想要鼓励的话在心底翻滚。

何芸涵像是能看透她的心："你在我心里是最好的。"

一句话，哄得元宝欣慰又心酸，她擦干眼泪拿起剧本。

她很喜欢这种有人陪着的感觉。

香炉里燃着袅袅的烟雾，何老师此时靠着床头，手里拿着剧本认真揣摩，如瀑的头发散在身后，泛着淡淡的光泽，衬得肌肤胜雪。她们在同样的空间内，反复认真地去揣摩剧中的人物，一片和谐宁静。

几个小时后，元宝红着眼，不好意思地看着何芸涵，胆怯的语气仿佛怕她会生气："台词真的好多，我……感觉脑袋都木了……"

一部戏的女一号的确会享受万千目光的注视，但这重重目光之后，是演员付出的百分百的汗水与辛劳。

萧风瑜甚至后悔过，当初她想着要接武则天这个角色，是不是太自不量力了？是不是真的像网友说的一样，她更适合上官婉儿？这是在自讨苦吃？

就在元宝思绪游离和自我否定之际，何芸涵抬起手，轻轻地揉了揉她的头发："不要急，你做得已经很好了。"

一如十年前的鼓励。

何芸涵的一句话，让元宝又振奋了起来，她像打了鸡血一样，吃了饭，洗了澡，又拿起了剧本。

今天晚上主要是上官婉儿的戏份，芸涵本来已经很累了，可她还是打起精神与元宝对戏。

她是绝对的实力派，一旦对起戏来并不比宋城差，当何芸涵一甩袖子，用居高临下的睥睨目光看着元宝的时候，那份君临天下的霸气让元宝鸡皮疙瘩都起来了。她不可思议又一脸崇拜地看着何芸涵："老何，老何，你是怎么做到演谁像谁的？还有……"她低头，不确定地看看台词，"这不是宋城老师的台词吗？你怎么都背下来了？"

"好了，今天已经很晚了，休息吧。"

当何影后不想解释一个问题的时候就会逃避，元宝已经习惯了，她一把抓住何老师的手，撒娇道："你告诉我嘛！到底为什么？"

难不成何老师年轻的时候也演过武则天？

不对啊，之前的版本，她可是都看过的。

何芸涵沉默了一会儿，耐不住元宝的再三追问。月色之下，她伸出一根手指，轻轻地戳了戳元宝的额头："因为你是陛下啊。"

这话让元宝怔住了，皎皎月色之下，何芸涵漆黑的眸子里含着宠溺与呵护。

片刻之后，反应过来的元宝红了眼圈。

她明白了⋯⋯

因为她是陛下，她是武则天，所以何老师这是把整个剧本里所有跟她有关的角色都熟悉了一遍。

就是为了配合她⋯⋯

就是为了陪她对戏⋯⋯

何德何能。

她萧风瑜何德何能！

人的潜力是无限的。

尤其当身后有巨大的力量支撑，信仰之力爆发时，后劲无穷。

寒冬腊月，元宝每天四点钟准时睁眼，起得比鸡都早。每拍一场戏之前，她都会先自己反复过几遍场景，把台词全部烂熟于心。

甚至在一次对戏中，宋城记不住词卡顿的时候，元宝还在一边轻声提醒。

元宝的举动，让宋城身子一僵，他眼里那满是不可思议与惊叹的目光让元宝开心不已，回去后拉着何芸涵说了半天。

而何芸涵呢？她只是微笑宠溺地看着元宝。

何老师拍上官婉儿的戏份时，剧组的大小演员都去围观了。当上官婉儿一身潇洒的红色官袍，一手背于身后，淡然地与言官辩论，谈笑间决胜于朝堂之际，大家看得都眼冒小星星。

谁说上官婉儿这个角色不行的？

看看！何影后就演出了第一女丞相的气度与风华！

冬去春走夏又来⋯⋯

在剧组度过了二百多个难忘的日夜，剧组里的人也从最初刚进组时的陌生变得亲如一家。

元宝也从刚进组时的忐忑后辈摇身一变，仿佛成了真的"女帝"，她甚至在一场与何芸涵的对手戏时，手抚着何芸涵的胳膊，低声叫了一句"婉儿"，被大家戏言有奶奶叫孙女的感觉。

她的神态，她的语气，都在不知不觉间与武则天这个人物相融。

宋城拍到杀青戏份，准备离开的那天，他特意叫住了元宝。

虽然卸了妆，穿了便服，但宋城的气场还在。元宝有点紧张，她知道宋老师今天就要离组了，还给他准备了自己亲手做的小礼物。

元宝是个重感情的人，这次拍摄也是她毕生难忘的经历，她给这部剧的每个演员都送上了自己亲手扎的小娃娃。

此时她手里捏着娃娃不敢送给宋城，宋城一手背着看着她，瞅着她那紧张的模样，笑了："元宝啊，宋哥要跟你说一声对不起，之前是我小看你了。"

传言不可信。

他十分后悔自己之前对这么热情敬业的女孩那么恶劣。

这句话让元宝的眼里泛起了泪光，宋城看着她手里的娃娃："这是送我的吗？"

"……"

宋老师带着元宝的娃娃走了，最后留给她的是一句"未来可期"。

得到肯定的元宝兴奋得像是吃了蜜，晚上拉着何芸涵放纵地喝了点小酒，吃了烤串，别提多开心了。

人啊，总是如此感性。

曾经，元宝不止一次打了退堂鼓，还好……还好有何老师……

她迷迷糊糊醉倒在何芸涵肩头的时候，隐约听到K导的笑声。K导不知道在跟何芸涵聊什么，元宝记不住，只隐隐地听到了什么"值得"、什么"喝酒"……

《武皇》的最后一场戏，是武则天驾崩前，站在宫殿前回看一生的画面，导演给了元宝一个长镜头。

她站在万人瞩目的宫殿之上，徐徐望去。

廊腰缦回，琼楼玉阁，灯火辉煌，而她高高在上。

风一吹，吹起她繁华厚重的凤袍，一生如画一般——在眼前划过。

这万人之上的宝座，带给她一世的尊容，带给她万众瞩目，带给她君临天下的霸气。

却也带走了她原本该有的岁月安好。

她好像赢了一切，却又输了一切。

本来这一幕K导称只要眼神到位就可以，可一路走来，元宝早就融入了这个角色。她想着武皇这一生的雨雪风霜，泪水顺着眼角滑落，湮没在厚重的凤袍之上。

仅仅一滴。

但这不是千古唯一女帝可以拥有的脆弱。

何芸涵在一边看着，忍不住跟着红了眼，在导演喊"Cut"之际，元宝听到了剧组众人的掌声与欢呼声。

她俯下身，透过层层楼阁，望着身侧为她鼓掌的人们，那一刻，她的泪如断线的珠子一样落了下来。

记得剧刚开拍的时候，元宝收到的多是冷漠嘲讽的眼神，总能看到三两人聚在一起窃窃私语；当一切画上圆满的句号，她被簇拥在人群中央，享受大家的称赞与夸奖时，她的心是热的，可眼角的泪却在控制不住地流。

当元宝的目光透过层层人群去找寻何老师的时候，看见的只是她离开的背影。

她的何老师总是这样，默默陪伴着她，将万千荣誉给她。

到了全剧杀青告别的时候，元宝已经从最初别人眼中的"带资进组"，成为大家心目中名副其实的"女一号"。

她被所有演员围在最中央，小脸红扑扑的，手里抱着鲜艳的百合花，看着身边的何老师，笑得灿烂。

身为演员付出全部的一次。@武皇剧组。

这是元宝离开剧组后第一次发微博。
很少上微博的何老师第一时间转发——

　　竖大拇指，你值得。

何老师这长期不发微博的人的一次转发，送剧组在杀青后第一次上了热搜。

　　#何影后肯定了元宝#

　　这部剧不仅仅是元宝一个人的努力，整个剧组的汗水在播出的时候都得到了回馈。
　　因为种种原因，《武皇》一开始并不是在大热的电视台播出，播出时间也不在黄金时段。
　　可它的收视率就是直冲云霄，大家是期盼过它会腾飞，可后来掀起的热度让所有人始料未及。
　　不夸张地说，那段时间换一个卫视就在播《武皇》，换一个又在播。
　　大家戏言看不同时间段不同电视台的片段都能连成一部剧了，上一秒钟看的还是武才人刚入宫时的懵懂青涩，下一秒钟就是武则天身穿龙袍居高临下听所有官员高呼"吾皇万岁万岁万万岁"时的威武霸气。
　　以至于《武皇》播出后很长时间，它还是为大家津津乐道，是手机里必备的下饭神剧。
　　身为女一号的元宝在剧播出后热度更是空前绝后，她以前发一条微博留言最多破万，现在基本每一条都是十万起步。
　　无论她发什么，下面都会有一片粉丝回复——

陛下，你说得对！你说什么都是对的！

对于这样的风光，元宝喜欢却并不沉溺，她始终关注着向阳奖颁奖典礼。

她心心念念的奖杯，一定要亲手送给何老师。

因为《武皇》的成功，她拿奖的呼声很高。

可世事难料，在她盛装出席的向阳奖颁奖现场，最佳女演员奖居然被一名新人黑马拿走了。

当镜头扫过萧风瑜的时候，她眼里的错愕与愣怔没有办法掩饰。

何芸涵也在现场，她微微一怔，随即看向元宝。

女孩红了眼。

心里想要的，期盼了那么久的梦，终究是被摔了个粉碎。

晚上，萧总、冯部、风缱、秦总、袁玉、林溪惜都来了，大家怕她难受，过来陪着喝酒。

元宝一杯杯酒下肚，哭花了脸："呜呜呜，我还要拿奖杯送给芸涵呢。"

萧佑拍了拍她的头："你都这么红了，还在意一个奖杯干什么？"

萧风缱也安慰她："物极必反，你不拿奖也许是好事。"

元宝看了看远处正跟苏秦聊天的何芸涵，哭唧唧道："可是我不拿奖，芸涵会伤心的啊……"

袁玉看大家言语安慰都没什么用，她把自己的猪儿子抱着递给元宝："好啦，不要哭了，给你摸一下你侄子。"

元宝："……"

能不难过吗？

元宝自然是难过的，以至于第二个星期，她拎着自己亲手做的枣泥糕去看K导的时候，还在K导家里喝了几杯小酒。

K导吃着枣泥糕，笑呵呵地道："我就喜欢吃这一口，这一个月没吃想得很，恨不得把你再拉回来拍戏。"

元宝举起瓶盖那么大的小酒盅，仰头干掉，忧愁地叹息道："举杯消愁愁更愁，我没有拿奖，都没有脸来看您了，对不起您的栽培，还有芸涵……"

她一杯一杯酒地喝，喝到最后，自己没怎么着，把K导喝得有点迷糊了。K导满脸通红，伸手勾住她的脖子："好啦，元宝，何老师不会怪你的，她这么疼你。"

元宝撇嘴，泪汪汪地说："我知道她不会怪我，可是……我总觉得可惜，如果我拿了奖，她该多开心……大家都说她演上官婉儿屈才了，现在我看啊，也许芸涵演武皇，就不会是这样的结果了。"

听她这么说，醉醺醺的K导摆了摆手："这你可别被舆论影响了，上官婉儿的角色，可是芸涵亲自来找我求的。"

这话像是一盆冷水一样，从元宝头上泼了下来，她握着酒盅的手僵住，呆呆地看着K导。

K导喝了酒嘴就没有把门的了，再加上一直把元宝当作自己的妹妹，笑眯眯地说："要不然，你以为你当年是怎么披荆斩棘拿到女一号的？"

许多被尘封已久、何芸涵不曾提起的往事，就这样不期然地暴露在元宝耳边。

原来……当年为了元宝能够拿下女一号的戏份，一向清冷矜重的何老师找了K导及出资方、编导、圈内的熟人，一次又一次地洽谈。

酒桌上，她一杯又一杯酒下去，好几次K导都看不下去了，要去解围，她都摆手拒绝了。

就连上官婉儿一角，都是何芸涵跟剧方的一种交换。

网友们说得没错，德高望重、事业已到巅峰、圈内圈外都认可的何老师，已经没必要再去演这样费力不讨好的角色了。

可为了元宝，她义无反顾。

一杯又一杯的酒……

一句又一句的话……

默默的付出与争取……

只要是元宝想要的，哪怕是天上的明月星辰，她也会拼尽全力，用身体为她架起一座摘星揽月的天梯。

可她从未向元宝提过。

有的，只是默默的陪伴。

甚至为了与元宝对戏，让她更快融入角色，何芸涵背下了所有武皇的台词，就连与武皇有关的重要角色都没有放过。

一切的一切，只为帮元宝得偿所愿。

月色无瑕，照亮了元宝脚下的路。她是跑回去的，到了门口，顾不上一头的汗，一把拥抱住打开门的何芸涵。

何芸涵微微一愣，她在元宝背上轻轻一拍："怎么了？"

元宝将头埋在她的脖颈，泪流满面："对不起，对不起，对不起……"

泪水打湿了何芸涵的肩头，她皱着眉，抚着元宝的发，柔声问："到底怎么了？"

对于元宝，她永远是这样温柔。

她曾经说过，在那段灰暗晦涩的时光里，元宝是她撑下去的唯一希望，世之美好，都是元宝给她的。

所以，她也会永远陪着她。

何芸涵会永远陪着萧风瑜。

埋藏在二十七岁元宝记忆中最难忘的时刻，就是在何老师怀里哭得畅快淋漓。

那天的风很凉，凉到人的骨子里，可是何老师的拥抱那样温暖，暖到人的心窝里。

三十岁的元宝，已经褪去了稚嫩，在剧组拍戏的时候，已经变成了后辈口中的"萧老师"，甚至，她已经被很多演艺类综艺请过去当导师了。

她不再需要何芸涵一日一日陪着她对戏，一日一日教她如何代入，怎么去完整地体会一个角色，从而变成角色。

对于绝大多数剧本，她都可以游刃有余地驾驭。

对于奖项的争夺，她也再没了那份得失心。

因为何老师已经不止一次告诉她："元宝，你开心，所以我开心。"

世界这么大，她多开心能遇到何芸涵。

世界这么小，一转身不知道就会遗失谁，她没有理由不去珍惜。

元宝每一天都很开心。

因为她知道，只有她开心了，何芸涵才会开心。

三年一度的向阳奖颁奖典礼上，萧风瑜一袭白色抹胸长裙坐在何芸涵身边，微笑并坦然地面对一切结果。

当镜头扫向她的时候，当全场目光落在她身上的时候，元宝与何芸涵相视一笑。

上台，领奖，在大家的掌声中，元宝举着沉重的奖杯，微笑着看向台下的人："三年前，我盼星星盼月亮也想拿到向阳奖最佳女演员。"

台下的人都跟着笑，起哄鼓掌。

元宝："……当时失之交臂了。我记得网上还把我失望而不失礼貌的表情做成了表情包。"

当年的难过，都像云一样，被风吹散了。

镜头往下扫，摄像大哥故意对着何老师拍，场外看直播的网友都刷屏了。

"啊啊啊啊，何老师流泪了！"

"苍天了，我看何老师当年拿影后的时候很淡定，怎么元宝拿奖比她自己拿还激动！"

"擦泪了，何老师擦泪了！"

"……"

元宝也哽咽了，她看着台下的人，轻声说："芸涵，别哭。"

元宝用手背拭了拭眼泪，对着镜头先是说了一些感谢家人、公司、经纪人以及粉丝的感言，最后，她深吸一口气，对着镜头轻声说："十年前，有一个人在微博@我，说——有一个人给我阳光，教我什么是勇敢，如今，我想把这话对她说。"

说完，元宝身子后退，她避开麦克风，对着台下看着她、泪光涟涟的何芸涵，轻声说："谢谢你，芸涵。"

谢谢你。

一路不离不弃的陪伴。

谢谢你。

一路默默无声的付出。

人生若有来世，她们一定还要再相见。

【全文完】

图书在版编目（CIP）数据

宇宙第一可爱 . 完结篇 / 叶涩著 .
—武汉：长江出版社，2023.9
ISBN 978-7-5492-8956-1

Ⅰ . ①宇… Ⅱ . ①叶… Ⅲ . ①长篇小说—中国—当代 Ⅳ . ① I247.5

中国版本图书馆 CIP 数据核字（2023）第 127584 号

宇宙第一可爱·完结篇 / 叶涩 著

出　　版	长江出版社
	（武汉市解放大道 1863 号）
选题策划	林　璧
市场发行	长江出版社发行部
网　　址	http://www.cjpress.com.cn
责任编辑	钟一丹
特约编辑	林　璧
印　　刷	北京盛通印刷股份有限公司
版　　次	2023 年 9 月第 1 版
印　　次	2023 年 9 月第 1 次印刷
开　　本	700mm×1000mm　1/16
印　　张	17.75
字　　数	290 千字
书　　号	ISBN 978-7-5492-8956-1
定　　价	49.80 元

版权所有　盗版必究（举报电话：027-82926804）
（如发现印装质量问题，请寄本社调换，电话 027-82926804）